나는 허수아비

국립중앙도서관 출판시도서목록(CIP)

나는 허수아비 : 박건호 에세이 / 지은이: 박건호. -- 서울 : 한누리
미디어, 2007
  p. ;   cm

ISBN 89-7969-299-4 03810 : ₩10000

814.6-KDC4
895.745-DDC21   CIP2006002726

나는 허수아비

박건호 지음

나는 허수아비

박건호 작사
이대헌 작곡

내가 사랑했던- 사람들은- 모두 상처주고- 떠났다네
너를 사랑하는- 세월만큼- 나는 아픈길을- 걸어왔네

아름다운꿈은 어디로가버렸 나
행복했던날은 어디로가버렸 나

하고싶은이야기는 에헤라 구름위에 띄워볼까- 나는
하고싶은이야기는 에헤라 강물위에 띄워볼까- 나는

철지난들판에 허수아비처럼 서있네———
철지난들판에 허수아비처럼 서있네———

이제는영영- 꽃피는봄은- 그 리워말아 라

떠나간사람은 아무도 오지를않 네 미련일랑

은 떨쳐 버리고 잊혀질것은 잊어버리자 나는

철지난들판의 허수아비처럼 서있네———

나는 철지난 들판의 허수아비

누군가에게서 잊혀진다거나 누구가를 잊는다는 것은 고통중의 고통이 아닐 수 없다. 그 고통을 참아내기 위해 어떤 이는 술을 마시고, 어떤 이는 여행을 떠나고, 어떤 이는 또 다른 사랑에 빠지기도 한다. 하지만 나는 그럴 때마다 벽에 낙서를 하듯 밤을 새워 글을 쓴다. 잊기 위하여 돌아보고 잊기 위하여 울고 웃는 삶의 기록들이 여기 또 한 권의 책이 되어 나온다.

이 에세이들 중에는 내용의 극적 효과를 위해 어느 정도의 픽션이 가미된 것들도 있다. 그렇다고 해서 단순히 허구라고 단정하면 안 된다. 그때 그 순간마다 꿈꾸었던 희망사항들까지 나는 추억이라고 말하고 싶다. 그렇게 하지 않으면 내 지난 날들은 너무도 초라하지 않을까.

나는 한동안 철지난 들판에 홀로 서 있는 허수아비처럼 지냈다. 쫓아야 할 참새떼들도 없는 고독한 날들이었다. 1989년 이느 날이있다. 갑자기 언어장애와 오른쪽 수족이 마비되어 일을 중단하지 않을 수 없었다. 그때 병원을 다녀간 동료들은 내가 폐인이 된 줄 알고 하나

둘씩 발길을 끊기 시작했다. 그래서 오직 글을 통한 대리감정 속에서만 사람들을 만났다. 그러나 그것은 만남이 아니라 잊기 위한 하나의 과정이었다. 그들이 나를 잊었듯이 나도 그들을 잊으려고 했다. 고립이 얼마나 고독하고, 고립이 얼마나 무섭다는 것을 실감했다.

내가 고립 속에서 터득한 것은 사랑은 사랑으로만 남아 있지 않는다는 사실이다. 사랑은 증오가 되기도 하고, 사랑은 미움이 되기도 하고, 사랑은 상처가 되기도 한다. 그래서 나는 사랑을 믿지 않는다. 오늘 사랑했던 사람이 내일 등 뒤에 비수를 꽂을 수도 있기 때문이다.

그러나 나는 잠시라도 사랑이 없으면 살아갈 수가 없다. 사랑할수록 상처를 많이 입게 마련이지만 상처가 두려워 사랑을 외면한 적은 없다. 음식에 체했다고 식사를 하지 않고 살 수 없듯이 내 삶 자체는 사랑인 것이다. 사랑은 가슴에서 눈으로 흘러 나와 나의 글 속에 용해되었다. 그래서 읽는 이에게는 흥미였겠지만 나에게는 고통이었다.

사람들은 내가 자기를 사랑하는 줄 알면 그것을 잘도 이용했다. 중동 국가들이 석유를 무기화 하듯 그들은 사랑으로 나를 위협했다. 〈인간의 굴레〉의 '로저스' 처럼 사랑으로 다가와서 상처를 주고 떠난 사람들이 얼마였던가. 그럴 때마다 사랑은 죽이고 싶도록 미운 것이기도 했지만 그 잘못을 어디 그들에게만 돌릴 수 있겠는가. 그러나 다행이라면 사랑은 결국 주는 사람의 것이지 받아들이지 못한 사람의 것은 아니라는 사실이다.

사랑은 아무나 가질 수 있는 것은 아니다. 지난 날 그들이 나를 받아들이지 못한 것은 그들의 그릇이고 그들의 그릇에 내 사랑을 담을 수 없을 뿐이었다. 그러기에 나는 잊기로 했다. 철지난 들판에 허수아비처럼 어떤 일이나 사람에 대한 집착은 멀리 던져 버리려고 한다. 그러나 완전히 잊는다는 것은 죽음뿐일 것이다. 죽음이 두려운 것이 잊혀짐 때문이라면 죽음이 아닌 잊혀짐이라고 하여 가슴이 서늘하지 않은 것은 아니었다. 잊혀지거나 잊는다는 것은 기억하는 것보다 훨씬 힘든 것이었다.

어떤 시인의 글을 읽어 보면 모두가 아름다운 이야기들 뿐이다. 글만으로 볼 때 그는 아주 착한 사람이긴 한데 그렇다고 예수, 석가처럼 절대적으로 위대한 것은 아니었다. 모두를 사랑하는 듯하지만 예수는 아닌 것 같고, 누구에게나 자비로운 듯하지만 석가도 아니었다. 간디나 테레사 수녀처럼 자신을 불살라 남을 위한 희생도 하지 않았다. 다만 그의 행동과 글은 세상 사는 하나의 처세라는 생각이 든다.

나는 그런 글은 쓰지 못한다. 지나치게 자신을 포장하지도 못하고 겸손하지도 않다. 나같은 직설적 문체로는 변호사 사무실에서 고소장이나 쓰는 직업이 적격인지도 모른다. 정말 세상에는 고발할 것도 많고 욕하고 싶은 것도 많다. 이런 나의 외침을 어느 누가 귀담아 들어줄 것인가. 나는 허수아비다. 철지난 들판에서 아무리 깡통이 달린 줄을 흔들어도 이제는 무서워하는 사람이 없다.

표지 그림을 그려준 가수 장재남, 디자이너 지선숙, 무엇보다도 이 에세이집에 물심양면으로 지원을 아끼지 않는 한누리미디어 김재엽 사장 내외 분에게 두루 감사 드린다.

2007년 1월 박건호

박건호 에세이 · 나는 허수아비 │ 차례

박건호 에세이 · 나는 허수아비 ┃ 차례

| 제2부 삶을 바라보며 |

| 제3부 세상을 바라보며 |

| 제4부 가요계 비망록 I |

박건호 에세이 · 나는 허수아비 | 차례

| 제5부 가요계 비망록 II |

박건호 에세이 · 나는 허수아비

문학 엘레지

시의 문맹자

시 전문지가 배달되어 오는 날이면 절망한다. 말을 모르고 외국여행을 하는 기분이 들기 때문이다. 사실 나는 거기에 실린 시들을 절반도 이해하지 못한다. 시를 시작한 지 40년이 넘었지만 어떤 것은 그 난해성 때문에 쉽게 읽어 내려갈 수가 없다. 소위 잘 나가는 시인과 평론가들로 가득한 시 전문지에 실려 있는 어떤 시들로 인해 나는 시의 문맹자가 되어 버린다.

한 때는 내 가슴을 설레게 하던 것이 문학이었고 또 시였다. 그러나 지금은 그렇지 않다. 쇼크를 두려워하는 심장병 환자처럼 시를 대하기가 너무 조심스럽다. 무슨 말을 하는지 이해할 수가 없는 시들은 내 머리 속을 뒤죽박죽으로 만들어 버린다.

시를 아는 것과 모르는 것의 차이는 어떤 것일까. 시를 못쓰는 것과 일류 시인이 못된 것은 형법 몇조에 해당하는 죄일까. 미소도 인색하고, 대화도 인색하고, 정에도 인색한 것이 문단의 엘리트들인 줄 알았다면 나는 애당초 문학 비슷한 것에 발걸음을 내딛지 않았을지도 모른다. 결국 인간의 삶을 노래하는 것이 시라고 하면 문인으로 세도(?)를 부릴 수 있는 위치에 있다고 하여 그렇게 잘난 척하고 인색할 필요는 없을 것이다.

시단에 파고든 약육강식의 논리가 우리를 슬프게 한다. 나는 무지랭이가 자식을 많이 낳듯 여러 권의 시집을 냈다. 하지만 그 모든 것이 L교수의 말대로 시로서 일고의 가치도 없는 것인지 모른다. 그는 어떤 술자리에서 나에게 유치원 아이를 가르치듯 문학이론을 이야기해 주었고, 내 시집을 읽은 뒤에 감상을 편지로 보내겠다고 했다.

하지만 내가 받은 것은 다른 시인의 입을 통해 전해 오는 욕설들 뿐이었다. 시도 아닌 것을 시로 발표했다는 것이다. 이쯤되면 혼란이 온다. 쉽게 읽히고 쉽게 이해되어지는 것이 불만이라면 시는 어떻게 써야 하는가.

일부 시인들은 시의 깊이와 예술의 영원성을 이야기한다. 나는 그들에게 묻고 싶다. 과연 어떤 것이 깊이 있는 것인가, 물이 맑아 바닥이 들여다보인다고 하여 무조건 얕을 것이라 생각하면 잘못이다. 실지로 빠져 보면 한없이 깊을 때가 있다. 별은 멀리 있어도 눈에 보이고 흙탕물은 얕은 바닥도 보이지 않는다. 그렇게 물을 흐려 놓고 무조건 깊이 있다고 한다면 이는 기만행위가 아니고 무엇인가. 시를 쓰는 모든 이에게 문학적 욕심을 강요할 필요는 없다. 어떤 사물을 바라보고 감동을 받고 솔직한 느낌을 표현하는 것이 시가 아닌가.

나는 가끔 문학 강의를 통해 이론적 사기를 당하는 느낌이 들 때가 있다. 어떤 강의는 강의를 위한 강의, 억지 이론으로 시 창작에 전혀 도움이 되지 않는다. 오히려 그런 이론들은 불편하기만 하다. 그런 강의를 들으면서 내가 깨닫는 것은 오로지 자신뿐이라는 사실이다.

시에는 정해진 해답이 없다. 해답은 시를 쓰는 자신이 만들어야 한다. 그러나 바로 그러한 기능은 일부 독선적인 시인들에 의해 시단을 어지럽게 한다. 시 작품보다 시 이론에 강한 사람들이 논리적이 아닌 시인들을 무시하기 때문이다.

시는 책 안에 있는 것이 아니고 책 밖에 있는 것이다. 그리고 시는 비논리다. 그것이 수학이나 과학하고 다른 점이다. 보들레르, 엘리어트, 랭보, 휘트먼이 사물을 바라보고 느끼는 걸 내가 그대로 따라갈 필요가 있을까. 그들은 그들의 시각이고 그들의 감정은 그들의 감정일 뿐이다.

시를 좁은 이론으로 난도질하기보다 감성을 존중하는 시단의 풍토였으면 좋겠다. 나같은 사람을 시의 문맹자로 만들지 말고 좀더 근거 있는 시들을 발표했으면 좋겠다.

내가 시를 쓰는 이유

시인이 시적 감성만 가지고 시를 쓰기는 어려운 시대가 아닌가 하는 생각이 든다. 시가 대중적으로 성공하여 많은 사람들의 입에 오르내린다 해도 그것이 시로서 인정받으려면 다시 문학인들의 평가를 받아야 하는 모양이다. 베스트 셀러 시집들을 굳이 문학적으로 인정하지 않으려 한다거나, 쉽게 써서 대중들의 입에 오르내리는 작품들을 인기와 야합했다고 혹평하는 사람들이 우리 문학계에는 많이 있는 것 같다.

하기야 필자가 가장 치열하게 씨를 쓰던 1970년대 무렵에도 좋아하는 시인으로 김소월을 꼽는 것을 많은 문학도들은 유치하다고 생각했었다. 그것은 그의 시가 너무 이해하기 쉽고 대중적이었기 때문일 것이다. 따라서 많은 평자들의 단골 메뉴로 등장하던 김수영 같은 시인이 각광을 받았고, 시와 시론을 들고 나온 시인들의 소리가 서정적 감정 위에 군림하기 시작했다.

지금은 시인으로 행세하려면 시에 버금가는 이론을 가지고 있어야 하는 것이 필수종목인지 모른다. 그들이 얼마만큼 공감을 주든 상관없이 열심히 시평을 써내는 사람들에 의해 시단이 주도되어 가는 형편이다. 시를 주도하는 사람들 대부분이 대학교수라 어설픈 이론을 가지고 시에 대한 이야기를 꺼낼 수는 없는 것 같다. '시는 이래야 한다'는 이론의 저울로 시를 하나하나 달아보고 기준에 미달되는 것들을 공격해 들어오면 대부분의 시인들은 주눅이 들게 마련이다.

프랑스, 영국, 미국 등 세계 각국의 시인들을 두루 섭렵해야 시인이 될 수 있다면 나처럼 어설픈 무지랭이로서는 애초 잘못 덤벼들었는지 모른다. 그래서 그런지 지금 시단에는 이미 등단하여 시인이란 명함을 얻었음에도 불구하고 시를 배우는 시인들이 많아 시인의 길이 얼마나 험난한 길인지 새삼 실감하게 된다.

그런데 이상한 것은 시를 이론적으로 평가하려는 사람들이나 대중적이기를 희망하는 사람들이나 한결같이 '독자'를 붙들고 늘어진다는 점이다. 이는 정치가들이 국민이란 이름을 팔면서 국민들의 정서와는 상관없는 논리를 펼치는 것과 다름 없다. 그러나 시 자체가 감정과 사상을 전달하는 것이라면 그 형태적인 것은 그것을 읽는 독자들과의 교감에서 출발해야 할 것이다. 그러나 이론가들이 말하는 '독자'와 대중적인 시인들이 말하는 '독자'는 서로 다를지도 모른다. 시 이론가들이 말하는 독자는 보다 정선된 독자들일 것이기 때문이다.

정선된 독자, 그들은 시대와 공간을 초월한 가장 이상적인 독자이며 이론가들은 그들을 위해 학구적인 시(문학)의 길을 걸어야 한다고 주장하는 느낌을 받는다. 어쩌면 그들의 주장은 타당하다. 적어도 일반 노동자들이 예술을 향유할 수 없었던 산업혁명 이전에는 백번 타당할 수 있을 것이다. 그러나 아직도 시의 기초적인 해득 방법조차 터득하지 못한 일반 사람들이 이해할 수 있는 쉬운 시를 쓰면 안 되는 것인

지……. 그 결과 시의 독자들은 줄어들었고 서점에서는 정통적인 시
인들의 시집을 기피하는 현상이 보인다. 그것은 마치 오늘날 교육이
대학입시에만 초점이 맞추어져 있고, 미래의 삶을 위하여 어떤 비전
도 마련하지 못하는 것과 마찬가지다. 대학을 가지 못하는 수많은 청
소년들을 그대로 방치한다면 그것은 올바른 교육이 아닌데도 말이다.

　시의 독자들이 점점 줄어드는 것은 누구의 책임일까. 시 읽는 재미
는 덮어두고, 가슴이 아니라 머리로 시 창작의 기술만 발전시켜 가는
시단의 현실이 결국 시의 사멸을 초래하고 있는지도 모른다.

　내 시를 지적하는 대부분의 사람들은 내용의 투명성을 이야기한다.
일부 사람들은 그 투명성 때문에 거부감을 느낀다고도 한다. 시가 너
무 자세하면 독자에게 상상력을 주지 못하고 금방 식상해진다는 설명
이다. 나는 그것을 인정한다. 그러나 그 이론을 작품에 적용하지 못하
는 것은 기술적인 문제에 기인하는 것이겠지만 독자를 의식하는 의지
도 담겨 있다. 대부분의 독자들은 시를 읽는 순간 바로 흥미를 끌지
못하면 읽기 자체를 거부하기 때문에 나는 즉흥적 이해와 매력에 치
중하고 있다. 그것이 문학적으로 잘못된 것이라고 해도 별 후회는 없
다. 전지전능하신 하나님도, 떼어내도 상관이 없는 맹장 하나쯤 여유
로 더 달아 놓았는데 그까짓 시 한 편이 이론에 어긋난다고 하여 무슨
큰 일이야 나겠는가.

　전라남도
　어느 늘판을 달리는
　목포행 버스에서
　갑자기 외로워지는 나의 전신은

너의 것이었다

— 〈목포행〉 중에서

이 시는 내가 대중가요 작사가가 되기 이전의 작품이다. 20대 초반, 나는 한 소녀를 사랑했고, 그녀와의 갈등으로 전국을 누빈 적이 있었다. 그때 광주에서 목포로 가는 버스 안에서 이 시를 썼다. 이 시는 시를 쓰기 위한 어떤 작위적인 것도 없다. 그냥 쓰여졌을 뿐이다.

나는 그동안 사물이나 사람에 대해 애정을 갖고 살아오면서 현실을 약간 소설적인 생각으로 묘사해 보는 것도 하나의 작품이 될 수 있다는 사실을 터득했다. 그것이 내가 30년 동안 수많은 노랫말을 써서 히트를 하게 된 하나의 비결이기도 하다.

송수권 시인은 "박 형의 시는 좀 딱딱한 것 같아"라고 말한 적이 있다. 나는 한 번도 내 자신의 시를 그렇게 생각해 본 적이 없는데 그가 던진 이 말은 충격적이었다. 그리고 집으로 돌아와서 내가 쓴 모든 시들을 다시 훑어보았다. 나 자신을 외롭다고 하면서 실상은 외로움을 견디지 못하고 방황했기 때문일까. 현실적인 것을 별로 가감하지 않고 표현한 내 시에서 냉정함이나 이기심을 발견한 것은 아닐까.

젊은 시절 어느 후배의 말이 생각난다.

"오빠는 언제나 인복이 없다고 말하지만 사실은 오빠 자신이 가슴을 열어 놓지 않았어요."

어쩌면 그의 말처럼 그런지도 모른다. 알지도 못하는 청년이 자신의 신장을 떼어주는 데도 나는 그 고마움을 생각하기보다 세상과 현실에 대해 비판만을 하기 일쑤였다. 그 비판이 아무런 여과없이 시 구절 속에 스며들어 있었으니 그가 그런 말을 했는지도 모른다.

그러나 딱딱함이 나의 모습이라면 굳이 감추고 싶지 않다. 그것은 진실이기 때문이다. 흔히 대중적인 것은 말의 화려함에 있다고 생각하는 사람들이 있다. 그러나 말의 화려함이 진실의 벽을 뚫을 수는 없거나 상상이란 경험에서 멀리 떨어진 것도 아니다.

너는 기차를 타고 떠났다. 1968년 그때, 여인이 경찰관한테 붙들려가던 원주역에서 삼십분쯤 연착한 부산행 야간열차로 너는 떠났다.

갑자기 황량해진 플랫폼, 밀려드는 비애, 아버지 시대 증기 기관차는 사라졌지만 추억은 연기처럼 피어 올랐고 우리의 이별은 아직 낭만적이었다.

그날 이후 너의 소식은 바람결에도 들려오지 않았다. 나는 그리워하지도 않았다. 가락국수와 소주 몇 잔으로 지긋지긋한 70년대는 사라진 줄 알았다.

그러나 어느 날이던가. 산마루 저 쪽으로 사라져 버린 기적 소리가 다시 들려오는 순간, 숱한 시간들이 가슴 한복판을 뚫고 지나갔다. 비수처럼 날아오는 기억들이 선혈을 뚝뚝 흘리게 했다.

누가 단 1초의 시간이라도 보상해 줄 수 있을까. 그리운 것은 오래 전에 너와 함께 떠났다.

　　　— 〈너는 기차를 타고 떠났다〉 전문

이 시에서 독자들은 1968년에 부산으로 떠나간 한 여인을 생각할 것이다. 그러나 그 사실은 그렇게 중요한 비중을 차지하지 않는다. 이 시에서 부산으로 떠나간 '너'는 가상적인 인물일 수도 있다. 문제는 시의 주제와 독자를 향한 시인의 노림수가 무엇이냐에 있다.

1968년은 내 고등학교 3학년 무렵이다. 그때 학업을 중도에서 포기하고 부산으로 떠난 친구가 있었다. 그것뿐이었다. 그러나 어느 날 문득 그 친구가 생각났고 60년대 원주역의 분위기가 그리웠다. 한 편의 시상이 떠올랐다. 우선 시의 극적 효과를 돋구기 위해 친구를 여자로 바꾸어 보았다.

'너는 기차를 타고 떠났다.'

그리고 이 한 줄로 시작하여 나는 시간여행을 떠났다. 그 시간여행에서 만난 것들은 모두가 그리운 것들이다. 역에서 호객행위를 하다 경찰관한테 붙들려가던 '몸을 파는 여인'이나 '가락국수', 그것은 우울한 60년대 우리들의 모습이다.

나는 이 시를 쓸 무렵 이미 소멸되었거나 세월 속에 응고되어 버린 과거의 시간들을 찾아 그 그리움을 작품으로 만들고 싶었다. 말하자면 이 시의 주제는 그리움이지만 내가 시도한 것은 1968년도 분위기 묘사에 있었던 것이다. 원주역 근처에 살았던 나는 잠이 오지 않는 밤중이면 역전에 나가 가락국수를 사 먹고, 슬픈 이별의 사연 하나 간직하고 싶었다. 그러한 낭만이 감상적이기는 해도 내 문학적 감성을 키웠는지도 모른다.

나는 작품 속에 작은 삽화 하나를 그려 넣기를 좋아한다. 그리고 같은 시절을 보낸 많은 사람들에게 자신들의 추억을 상상하게 하는 것이 내 작품의 특징이 되게 하고 싶었다. 그러한 나의 계산이 작품으로 승화하지 못했는지도 모른다. 그렇다고 독자들의 상상력을 무조건 가로막으려고 하지는 않았다는 것을 덧붙인다. 경험에서 얻은 것을 토대로 나의 스토리를 엮어내고, 그 스토리 밖에서 독자들은 자신들의 스토리를 엮어 나가라는 것이 내 시의 의도인 것이다.

시의 소재가 일상적인 것이라면 그 내용은 보다 구체적이어야 한다고 생각한다. 나는 을지로의 어느 찻집에서 사람을 만나기로 하고 1시간 전에 종로에서 승용차를 몰고 약속장소로 떠난 적이 있었다. 시간은 충분했다. 일찍 도착하여 그를 기다리는 동안 시나 한 편 쓸 속셈이었다. 그러나 데모대들이 길을 점령하여 꼼짝할 수가 없었다. 붉은 띠를 두른 젊은이들이 개선장군처럼 이리 뛰고 저리 뛰고 있었다. 내 차의 본네트를 손으로 탁탁치며 그렇게 당당할 수가 없었다.

사회적 정의를 위해, 혹은 시민들의 권리를 찾아주기 위해 단체행동을 하는 그들의 명분은 이해한다. 그러나 어떠한 큰 정의도 작은 정의를 침범할 수는 없을 것이다.

팔당대교가 놓이고부터
팔당으로 가는 길은 가까워졌으나
추억으로 가는 길은 더 멀어졌다
…… (중략) ……
사람들이 시민운동을 벌이고부터
미국이나 유럽으로 가는 길은 가까워졌으나
종로에서 을지로로 가는 길은 더 멀어졌다
내가 너에게로 가는 길은 더 멀어졌다

— 〈팔당대교를 바라보며〉 에서

미사리 횟집에서 팔당대교를 바라보던 기억과 종로에서 발이 묶인 기억을 합쳐 하나의 시를 만들었다. 칼럼으로 써도 족할 이런 소재를 시로 썼다고 탓하는 사람이 있을지도 모른다. 그러나 서태지의 랩이 멜로디가 없어 음악이 아니라고 주장했던 어느 선배 가수의 변이 지금 시대에는 호소력이 없듯 시의 소재도 따로 있는 것이 아니라는 이야기다.

어느 평론가는 영혼적인 소재가 아니면 시로 생각하지 않는다고 한다. 그의 말이 옳은 것이라고 해도 나는 동의하지 않기로 한다. 거기에 상반되는 나의 시를 버릴 수가 없기 때문이다. 때로는 아주 사소한 것에 분노하기도 했던 내 삶의 모습들이 문학적으로는 어떻게 취급받을지는 모른다. 그러나 물질적인 집착에 대하여는 언제나 마음을 비운 것처럼 수도자적인 시를 쓰면서도 철저하게 이해타산적인 삶을 사는 시인들이 이 땅에는 얼마나 많은가.

시낭송회가 끝나고 뒷풀이 자리에서 어쩌다 토론을 하려고 하면 "이제 시 애기는 그만 하자"고 방해를 놓는 시인들이 있다. 그저 술에 취해 음담패설이나 하며 깔깔대고, 2차로 노래방에 가고, 그래도 부족한 사람들은 삼삼오오 짝을 지어 취향대로 흩어진다. 시는 장롱 속에 감춰놓고 남들에게 자랑을 하기 위한 보석함 같은 것일까. 그들은 스트레스는 다른 것으로 풀고 시를 쓸 때면 가뿐하게 작업에 임하는지도 모른다. 그러기에 어떤 시는 가슴으로 오기도 전에 머리를 혼란스럽게 한다.

시 작업은 수학처럼 하나의 답만 가지고 있어야 하는 것은 아니다. 그런데도 타인의 생각을 이해하기도 전에 비판하려 하고 그 개성을 개성으로 인정하려 하지 않고 하나의 답을 종용하곤 한다. 그리고 대개는 자신의 색깔 속으로 끌어들이려고 한다.

실존주의냐, 포스트모더니즘이냐 하는 그러한 문적 방향이 중요한 것은 아니다. 자신의 인생에 충실하고 그것을 진솔하게 노래하다 보면 또 무엇이 규정되어지는 것이 아니겠는가. 생각이 어떤 틀 속에 갇혀 있으면 상상의 나래를 펼치기 곤란해진다. 시인의 생각은 조롱 속에 갇힌 새가 아니라 창공을 날으는 불사조여야 할 것이다.

내 시를 읽고 공감하는 분이 있다면 나는 그를 위해 모든 것을 던질 수가 있다. 굉장한 거짓말처럼 들릴지 모르겠지만 그것은 진심이다. 공감은 재미와는 다른 말이다. 마음과 마음으로 이어지는 하나의 울림, 그 울림을 찾아 동서고금의 모든 시인들이 끊임없이 정신세계를 탐험해 온 것이 아니던가.

나는 이십여 년 동안 작사가의 길을 걸었다. 그 길은 철저한 생활의 길이기도 했으며 때로는 회한의 길이기도 했다. 풍요 속에 빈곤, 나는 늘 무엇엔가 쫓기듯이 옆이나 뒤를 돌아볼 작은 사이도 없이 그저 앞만 보고 달렸다. 그 결과 두 번의 뇌졸중, 만성신부전 말기 현상으로 제동이 걸렸다.

나는 그것을 신의 계시로 생각했다. 문학적 갈증으로 탈진하려 할 때 죽음 직전까지 몰고 가서 적당히 경고 조치하는 것으로 받아들였다.

사월이 되자
수많은 느낌표들이 되살아난다
겨우내 바람 속에 숨어 있던 느낌들이
들판 곳곳에서 되살아난다

저 풀잎이나
꽃잎들 위에 내리는 햇살

햇살은 1972년 이후
증발해 버린 나의 언어를
강물 위에 내리게 한다

아아 이 순간
살아 있다는 것은 감격이다
가슴은 끊임없이 울렁거리고
나 혼자는 감당할 수 없는
벅찬 감격이다.

　　　　　　　　— 〈사월〉(귀양지 10) 전문

　신장 이식수술을 받고 난 후 처음으로 바라본 사월의 들판은 그랬
다. 아직 잉크물이 마르지 않은 수채화처럼 들판도, 강물도, 하늘도
모두 다 경이로운 것이었다. 그리고 그 때부터 10여 년 동안 나는 미
친 듯이 시를 썼다.

봄은 신이 그려 놓은
한 폭의 수채화
아직 마르지 않은 물기들이
햇빛에 반짝인다

이제 에어컨을 끄자
갑자기 바람이 차창으로 밀려들어
온 몸을 애무하기 시작한다

"쉬잇—"
라디오를 끄고 귀를 기울이자
세상이 울긋불긋하게 물들어 있는 양수리 근처에서
신의 음성이 들리기 시작한다
— 〈꽃의 무덤〉(귀양지)에서

시는 나의 구원이었다. 시를 쓰지 않았으면 우리 사회의 정치, 사회, 문화적 변화로 인해 나는 가끔씩 졸도를 했을 것이다. 그러나 시가 내 정신적 구원이 되고 있음에도 불구하고 예상치 않았던 갈증으로 점점 목이 탔다. 앞으로 그 갈증이 다소나마 해소될지 더욱 목이 탈지는 모른다. 그러나 시를 쓰는 것은 나의 숙명이고 마지막 한 편은 미완성인 채 남겨지게 될 것이다. 마지막 글씨 끝에 나의 펜이 멈춰져 있을 테니 말이다.

아무도 나를 초대한 적이 없는 시단이다. 내가 끝까지 버틸 수 있을 것인가. 중도에서 포기할 것인가. 그것을 점칠 사람이 지금은 아무도 없을 것이다. 물론 말리는 사람이 있어도 나는 시를 쓸 것이다. 그것을 우리 말로 '살'이 끼어서 그렇다고 했던가.

시와 노랫말의 차이

노랫말은 진실해야 한다

내가 20대 초반인 1970년도에는 '통행금지'라는 것이 있었다. 밤 12시에서 새벽 4시까지는 거리에 나갈 수가 없었다.

1971년 어느 날이었다. 신당동에서 친구를 만나고 오다가 12시가 넘어 버렸다. 여관도 찾을 수 없어 우왕좌왕하다가 방범한테 들켜 파출소로 잡혀 갔다.

파출소에는 이미 여러 명이 조서를 받고 있었다. 즉결 재판에 회부되면 며칠 동안 구류를 살던가 벌금을 내고 풀려 나와야 할 판이었다. 조서를 받는 사람들의 태도는 가지각색이었다. "우리 삼촌이 ××지원 판사"라느니 "시계가 고장났다"느니 궁색하기 짝이 없는 변명들이었다. 그러나 조서를 받는 담당 경찰관은 예외없이 도장을 쾅쾅 찍으며 그들을 재판에 회부했다. 그럴 때마다 "내가 누군 줄 아느냐"고 공갈을 치는 사람도 있고, 뒤늦게 한 번만 봐달라고 사정을 하는 사람도 있고, 파출소 안은 온통 아수라장이었다.

드디어 내 차례가 되었다. 나는 아무런 변명도 하지 않고 이렇게 말했다.

"잘못했습니다. 선처를 부탁합니다."

그러자 순경은 나를 한 번 힐끗 쳐다보더니 아무 말도 않고 조서 위에 쾅하고 도장을 찍었다. 거기에는 '훈방조치'라는 파란 색 글씨가 드러났다. 나는 "휴우~" 하고 안도의 숨을 내뿜었다.

"1시간 안에 집에 가야 해."

담당 경찰관은 내 팔뚝에도 도장을 찍어 주었다.

그날 담당 순경은 나의 솔직함을 보고 훈방조치했을 것이다. 그러나 사람들은 자신을 시인하기보다 변명하기를 즐겨 한다. 가사를 쓸 때도 경험이 적은 사람들은 미사여구를 즐겨 쓴다. 미사여구는 아름답게 보이지만 잘못 쓰여질 때는 쓰지 않는 것보다 더 역겨워진다. 그런 가사는 결코 사람들을 공감시킬 수 없다. 사람의 마음을 움직이는 것은 언어가 아니다. 언어 속에 숨어 있는 진실이다. 그래서 나는 노랫말의 기본은 진실에서 출발해야 한다고 생각한다.

대부분의 시인들은 자신의 시에 멜로디가 붙어 노래로 불려지기를 원한다. 노래를 통해 시가 더욱 아름다워지기 때문이다. 그럼에도 불구하고 노래를 대함에 있어서는 편견 있는 시인들이 많다. 대중가요로 만들어지면 무조건 저급이고, 클래식으로 만들어지면 무조건 고급이라는 생각이다.

필자도 대중가요 작사가가 되기 이전에는 그렇게 생각했었다. 그러나 고급과 저급은 형태상으로 말할 수는 없을 것이다. 20세기 벽두에 각종 대중 매체에서 가장 위대한 음악가로 꼽은 것은 '모차르트'나

'바흐'가 아니라 '비틀즈'였다는 사실은 시사하는 바가 크다.

　　지금도 못잊었다면 거짓이라 말하겠지만
　　이렇게 당신을 그리워하며 헤매이고 있어요
　　한적한 그 길목에서 밤 깊은 이 자리에서
　　우리가 남겨둔 이야기들이 나를 다시 불러요

　　당신은 행복을 위하여 돌아서야 했지요
　　내 모든 꿈들은 사라져 갔어도
　　바람이 불면 저 창문가에서 그 사랑이 울고 있어요
　　우리가 헤어진 것은 운명인 줄 알고 있지만
　　이 세상 어딘가 당신이 있어 기다림이 있어요
　　　　　　　　　　— 〈그 사랑이 울고 있어요〉 전문

이 가사는 전두환 전 대통령 부부가 백담사에서 은거하고 있을 당시
에 쓰여졌다. 그때 나는 그 분이 국민들에게 어떻게 이야기하면 설득
력을 가질 수 있을까 하는 엉뚱한 생각을 해보았다.

　　지금도 조국을 사랑한다면 거짓이라 하겠지요. 그러나 아주 오래 전부터
조국을 사랑하는 한 소년이 있었습니다. 그가 자라면서 저지른 여러가지
실수는 용서받을 수 없을지도 모릅니다. 다만 지금 저에게 작은 발언권을
주신다면 감히 이렇게 말하겠습니다. 아직 역사는 끝나지 않았습니다. 조
국을 사랑하는 저의 마음이 진실이라면 모두들 그 마음을 알아줄 것입니
다.

나는 이렇게 연설문을 작성하다가 문득 그 내용을 '연가'로 바꾸어 보았다. 앞의 예문에서 보았듯이 그것은 한 편의 가사로 완성되었다. 그런 형태는 우리의 옛시조에서 많이 발견된다. '임금'과 '국가'와 '님'을 동일시 보는 것이 우리의 조상들이었다. 그래서 나는 대중가요 가사를 쓰면서 국가에 대한 사랑, 신에 대한 사랑 같은 것을 일반적 연인들의 사랑과 차별을 두지 않는 버릇을 가졌다.

나는 연인에 대한 사랑도 나라 사랑만큼의 비장함이 있어야 한다고 생각한다. 사랑을 위해 조국을 버려야 했던 낙랑공주의 사랑을 우리가 욕하지 않는 것은 그 마음 속에 진실이 숨어 있기 때문이다.

시인들 중에는 단어 몇 자를 잘 조립해 놓으면 훌륭한 대중가요 가사가 된다고 생각하는 사람들이 있다. 그러나 지금부터라도 그런 생각은 버려야 한다. 아무리 하찮은 노랫말이라도 그것이 대중들에게 어필할 경우에는 그 속에 진실이 담겨 있는 것이다.

청각적인 언어와 시각적 효과

지금도 기억하고 있어요
시월의 마지막 밤을
뜻 모를 이야기만 남기고 우리는 헤어졌지요

그날의 쓸쓸했던 표정이
그대의 진실인가요
한 마디 변명도 못하고 잊혀져야 하는 건가요

언제나 돌아오는 계절은

나에게 꿈을 주지만

잊을 수 없는 꿈은 슬퍼요

나를 울려요

　　　　　　　　　　— 〈잊혀진 계절〉 전문

이 노래는 나의 출세작 중에 하나다. 그러나 이 작품은 아주 짧은 순간에 만들어졌다. 작곡을 시작한 지 얼마 안 되는 작곡가 이범희 씨가 멜로디를 보여주길래 즉석에서 붙인 가사다.

그 무렵 나는 미당 서정주 시인의 시 구절 중에서 "바닷물이 떨어지는 소리가 들린다. 사십오도씩 사십오도씩 기울어지며 떨어지는 소리가 들린다"라는 구절에 매료되어 있었다. 사십오도씩 기울어지며 떨어지는 소리는 어떤 소리일까. 무엇인지 알 수는 없지만 그 '구체적 추상성'은 묘한 매력을 갖고 있는 것 같아 언젠가 내 가사 속에 특정한 날짜와 시간을 표현하고 싶었다.

그것이 잠재적으로 내 의식 속에 돌아다니다가 무심결에 '시월의 마지막 밤'으로 표현된 것이다. 처음에는 '구월의 마지막 밤'이라고 했다. 그러나 발표 날짜가 한 달 늦어질 것 같아 '시월의 마지막 밤'으로 고쳤는데 이것이 대중들의 느낌과 기막히게 들어맞았다.

이 노래 중간에 나오는 구절 '쓸쓸했던 표정'은 처음에는 '씁쓸했던 표정'이라고 했었다. 사랑도 화끈하게 해보지 못하고 헤어지는 사람에게 이별은 소태 씹은 맛일 거라는 생각을 했다. 그렇다면 그 표정은 분명 '씁쓸한 표정'일 것이다. 그것이 노래로 발표됐을 때는 '쓸쓸한 표정'으로 바뀌어 버렸다. 악보에 쓰여진 이범희의 글씨를 가수가 잘

못 읽었는지, 가수가 발음상 그렇게 불렀는지는 확인해 보지 않았다. 그러나 막상 취입을 해놓고 보니 '쓸쓸했던 표정'도 괜찮은 것 같아 문제 삼지 않았을 뿐이다. 만약 내가 고지식한 시인이었다면 '씁씁했던 표정'이라고 수정을 요구했을지도 모른다. 그러나 발음상 '쓸쓸했던 표정'이 더 좋은 것으로 생각되었다.

작사가 중에는 이상한 고집을 부리는 사람들도 많다. 전체 흐름에 지장이 없다면 지엽적인 문제에 집착할 필요가 없다고 생각하는 것이 내 생각이다. 우리 말에는 시각적으로는 괜찮으나 청각적으로는 듣기에 좋지 않은 발음들이 많이 있다. 그래서 나는 멜로디가 붙은 뒤에 입으로 불러 보고 좋지 않은 발음이 나오는 것은 다른 말로 바꾸어 버린다. 어찌 보면 가사도 음악의 일종이기 때문이다.

후렴구와 대중가요

우리의 민요 중에는 '후렴구'가 자주 등장한다. 아무런 뜻이 없어도 발음하기에 좋은 말들이 노래의 감칠맛을 돋굴 때가 많기 때문이다. "에야노 야노야", "에헤라", "어랑어랑 어허야" 등은 우리나라 노래만이 갖고 있는 특징일 것이다. 그리고 이 후렴구는 부르는 사람의 몫이라기보다 듣는 사람이 흥에 겨워 절로 따라 하는 메아리 같은 것이기도 하다.

한 번 보고 두 번 보고 자꾸만 보고 싶네
그 누구의 애인인가 자꾸만 보고 싶네

1970년도에 히트된 신중현 씨의 노래 〈미인〉은 하나의 충격으로 다가왔다. 종래 가요에 비해 파격적인 스타일의 노래라고 많은 사람들은 생각했었다. 이 노래는 '보고 싶다'는 간단한 내용을 점층적으로 반복하여 효과를 거두고 있다. 네 박자마다 엘렉트릭 기타 연주가 받아주고 있어 그 당시로서는 신선한 스타일이었다.

그러나 이러한 형식이 아주 새로운 것은 아니다. 우리의 민요들을 살펴보면 '열고(내용)' '닫고(후렴)' 하는 방법을 즐겨 쓰고 있다는 것을 알 수 있을 것이다. 다만 그동안 가사가 했던 것을 특정 악기가 받아주었을 뿐인 것이다.

살어리 살어리랏다 청산에 살어리랏다
머루랑 다래랑 먹고 청산에 살어리랏다
얄리얄리 얄라셩 얄라리 얄라

이 노래 〈청산별곡〉의 후렴구를 〈미인〉에 갖다 붙여도 재미가 있다.

한 번 보고 두 번 보고 자꾸만 보고 싶네
얄리얄리 얄라리 얄라 얄라리 얄라 얄라리 얄라
그 누구의 애인인가 자꾸만 보고 싶네
얄리얄리 얄라리 얄라 얄라리 얄라 얄라리 얄라

굳이 악기를 사용하지 않더라고 박수로 장단을 맞추어 한 사람이 '본문'으로 열어주고 여럿이서 '후렴'으로 받아주면 그것은 다분히 민요적이다. 대중음악 평론가들은 이 노래는 '우리 음악'과 '팝'의 접

목이라고도 말한다. 신중현이 추구했던 서양의 로큰롤이 발전했다는 해석이다. 그러나 이 노래는 기존의 3박자 민요와는 다르고, 보다 민초적인 것에 가까운 〈각설이 타령〉과 일맥상통한다. '어얼 씨구씨구 들어간다 저얼 씨구씨구 들어간다'로 시작하는 〈각설이 타령〉은 2박자 리듬으로 되어 있다. 2박자 리듬은 사람들의 발걸음에서 유래되었다는 말이 있다. 그래서 그런지 기마민족들의 말발굽에서 유래했다는 3박자보다는 훨씬 서민적이다. 〈새타령〉, 〈꽃타령〉 같은 3박자의 노래가 풍류적인 멋을 담고 있는데 비해 2박자의 노래들은 현실적인 자조가 섞여 있는 것 같다.

그런데 이런 느낌은 우리의 전통적인 노래에만 있는 것이 아니라 세계적인 노래라 할 수 있는 팝송에서도 가끔씩 발견된다. 하기야 팝송이 아프리카 음악에 서구인들이 돈을 투입하여 개발한 것이라고 생각해 보면 흑인들의 한이나 우리의 한이나 마찬가지라는 생각이다.

이리 칠 저리 칠 바지 안에 똥칠이요
두리두리 두칠이야 개천봉
치악산에 시루봉 남배우에 윤일봉 여배우에 도금봉
묽은 봉 짧은 봉 개미허리 잘룩봉
두리두리 두칠이야 개천봉

중학교 때 축구부 아이들이 이런 노래를 부르고 다녔다. '칠'이라는 말에서 '봉'이라는 말로 자연스럽게 연결되는 것은 재미있는 발상이었다, 나중에 시인 김지하가 판소리의 톤으로 〈탈〉이라는 시를 썼는데 이것을 김민기가 노래로 만들어 음반이 판매금지되는 등 난리가 일어났던 것으로 알고 있다.

배부른 놈은 배불러서 탈
배고픈 놈은 배고파서 탈
있는 놈은 있어서 탈
없는 놈은 없어서 탈

이렇게 특정적인 발음에 악센트를 주어 음악적인 효과를 나타낼 수도 있다는 것을 가사 쓰는 사람들은 유념해야 할 것이다. 그러나 소외당한 계급들이 현실을 풍자한 그런 노래들은 위정자의 비위를 거스르는 일이 많았다. 사람과 사람의 입으로 전해져 커다란 공감의 바다를 헤엄쳐 다니는 그런 노래들은 때로 다이나마이트보다도 무서운 힘을 발휘했다. 그래서 저속하다는 이유로 탄압을 받아왔던 그런 노래들이야말로 진정한 민초들의 마음일 것이다. 가사를 쓰는 사람들은 그런 민초들의 마음을 열심히 채집하여야 한다. 우리 생활에 노래가 없었다면 서민들의 애환은 무엇으로 달랬을까.

귀족들만이 예술을 향유할 수 있었던 중세기에도 예술은 잡초처럼 돋고 있었다. 그러나 잡초라고 해서 무시해서는 안 된다. 그것도 고귀한 생명들인 것이다.

어허넘차 어허야 어야 어야
이제 가면 언제 오나
어허넘차 어허야 어야 어야
대문 밖이 저승이요 저승이 대문 밖이라

어허넘차 어허야 어야 어야

미음 그릇 받쳐 들고 한 숟가락 더 먹어라

두 숟가락 더 먹어라

어허넘차 어허야 어야 어야

눈물짓던 우리 모친 두고 원통해서 못떠나겠네

— 〈상두가〉 중에서

상여꾼들이 부르는 이 〈상두가〉는 어릴 때부터 내 폐부를 찔렀다. 그리고 제목도 알 수 없고 작자도 알 수 없는 그런 류의 노래들이 우리 생활 주변에 수없이 흘러다니고 있었다.

어떤 놈은 팔자 좋아

엄마 손잡고

이리 갈까 저리 갈까

갈 데도 많은데

그렇게 흘러다니는 느낌들을 생각하고 정리하며 나는 작사가의 길을 걸었다. 그 나라 언어의 흐름을 이해하지 않고는 대중가요는 존재할 수 없다는 것이 내 생각이다. 일찍이 홍난파 선생은 이렇게 말했다.

"예술은 국경이 없지만 국가의 배경이 없는 예술은 국경을 넘기에도 힘들다."

그런 점에서 노래에 관심이 있는 시인들이 가사를 쓰려면 우리 정서와 우리 말의 매력을 살려주는 데 주력했으면 좋겠다. 시인들이 대중가요 가사 쓰는 일에 대거 참여하고 있는 외국의 경우에도 남녀의 애정 문제가 주로 노랫말의 소재가 되기는 하지만 그 중에는 상당히 철학적인 것도 많다.

철학적 통찰력을 갖고 무게 있는 작품도

얼마나 세월이 흘러야 저 바다가 산이 되려나

또한 저 산이 바다가 되면 그 모두가 행복하려나

이제 얼마나 더 바보인 척하고 있어야 속인 자는 자신을 알까

오~ 내 친구야 묻지 말아라

저 바람만이 알고 있다네

— 밥 딜런의 〈Blowing in the wind〉 중에서

내 마음을 풍요롭게 해 준 당신

숲속에 찾아온 밤처럼

봄날의 산처럼

빗속을 걸을 때처럼

사막의 폭풍우처럼

잔잔한 푸른 바다처럼

다시 한 번 풍요롭게 해 주십시오

당신을 사랑합니다

내 인생을 바칠 수 있게 해 주십시오

당신의 웃음 소리에 근심 걱정을 잊고 싶습니다

당신의 품 안에서 죽고 싶습니다

당신 곁에 눕고 싶습니다

언제나 당신과 함께 하고 싶습니다

당신을 사랑하게 해 주십시오

— 존 덴버의 〈애니의 노래〉 전문

기는 달팽이보다는 날으는 새가 되고 싶다

그렇지, 될 수만 있다면 그렇게 해야지

박히는 못보다는 때리는 망치가 되고 싶다

그렇지, 될 수만 있다면 그렇게 해야지

— 사이몬과 가펑클의 〈El condor pasa〉 중에서

그러나 여기에 제시한 노래들이 그 내용만 가지고 가사가 되는 것은 아니다. 그것은 모두 영어로 쓰여진 것이라 그대로 번역한다고 하여 멜로디에 맞는다고 볼 수는 없다. 멜로디가 갖고 있는 악센트와 가사의 악센트가 맞아야 비로소 이상적인 가사가 된다.

맨 앞의 예문 〈Blowing in the wind〉(바람만이 아는 대답)은 내가 노래를 부를 수 있게 가사를 맞춰 놓아 별 문제는 없지만 뒤의 것들은 더 다듬어야 한다. 낭송으로 하면 어떨지 모르지만 노래 가사로 쓰기에는 뭣한 것들이 많다. 시인들 중에 이런 작품을 들고 오는 사람들이 많아 좀더 구체적으로 설명을 하려고 한다.

존 덴버의 〈애니의 노래〉는 '내 마음을 풍요롭게 해준 당신'이라고 해놓고 거기에 따른 긴 설명을 하고 있다. 그러니까 '처럼'이라는 직유법을 다섯 번이나 사용하면서 '다시 한 번 풍요롭게 해 주십시오'라고 한 문장을 끝내고 있다. 이렇게 되면 멜로디에 대입하기가 곤란하

게 된다. 앞의 이야기에 비해 그것을 설명하는 문장이 너무 길기 때문이다. 그리고 그것들은 멜로디 악센트와 맞지 않기 때문에 멜로디에 맞춰 불러 보면 무슨 말을 하는지 알아 들을 수도 없을 것이다.

거기에 영어와 우리 말의 흐름이 다른 것을 깨달아야 한다. 영어는 한 음에 여러 개의 발음이 굴러도 괜찮지만 우리 말은 그렇지 않다. 특별한 경우를 제외하고는 한 음에 한 자를 붙여야 한다. 이 멜로디를 알고 있는 사람들은 내가 노랫말로 다듬어 놓은 아래 가사를 대입하여 불러보기 바란다. 아주 자연스러울 것으로 생각된다.

내 마음 속 그대 다시 돌아와 주오
숲에 어둠이 오면 더욱 그리워요
오직 그대를 위해 살게 해 주십시오
나는 언제까지나 그대 사랑해요
그대 미소에 근심 걱정을 잊고
그대 품 속에 안겨 잠들게 해 주오
날이 가면 갈수록 더욱 그리워지는
내 마음 속 그대 내 사랑이여

이 노래는 1박자 악타그로 시작되는 3박자의 노래다. 3박자는 '강 약약'으로 되어 있다. 그리고 첫 박자 1박자는 약이다. 그래서 나는 '내'자를 약으로 시작하게 하여 '마'자를 강이 나오게 하였다. 이런 흐름으로 처음부터 끝까지 맞춰 놓았기에 노래를 부르는 데 무리가 없으리라고 본다.

'사이몬과 가펑클'이 부른 페루의 민요 〈El condor pasa〉(철새는

날아가고)는 얼핏 보면 멜로디와 가사 내용이 맞지 않는다고 생각할
수도 있다. 멜로디의 서정성과 가사의 철학성이 어찌 보면 상반된다
고 느껴질 수도 있을 것이다. 못, 망치 같은 단어들이 더욱 그러한 느
낌을 준다. 그러나 가사의 전체적 의미를 생각하고 멜로디의 악센트
와 잣수에 따라 잘 편집하면 그렇지도 않다.

    달팽이처럼 기지를 말고
    날아라 날아라 새들처럼 음 ~
    박히는 못이 되기보다는
    때리는 때리는 망치가 되고 싶어 음 ~
    창공에 발자국을 남기며 날 수는 없는 걸까
    생활의 굴레 속에서
    끊임없이 돌고 도는 우리 인생 음 ~
    난 지구를 발 밑에 두는
    야망을 야망을 키우지만 음 ~
    떠나는 길이 되기보다는
    머무는 머무는 수풀이 되고 싶어 음 ~

가사는 멜로디적으로 멜로디는 가사적으로

    노래는 작사, 작곡을 합쳐 하나의 작품으로 완성된다. 그러니 노랫
말이 하나로 모든 것을 책임질 필요가 없다. 상호 보완작용을 통해 한
편의 노래가 완성되고 그것이 조화를 잘 이루어야 오래도록 사랑받을
수 있는 명곡이라고 한다.

사랑해 당신을 정말로 사랑해

당신이 내 곁을 떠나간 뒤에

얼마나 눈물을 흘렸는지 모른다오

    — 〈사랑해〉 중에서

사랑해 사랑해 당신을 사랑해

저 하늘에 태양이 돌고 있는 한

당신을 사랑해

     — 〈그대 없이는 못살아〉 중에서

 앞의 노래는 '라나 에 로스포'가 부른 〈사랑해〉의 앞부분이고, 뒤의 것은 '패티 김'이 부른 〈그대 없이는 못살아〉의 앞부분이다. 가사만으로 볼 때 '사랑해 당신을 정말로 사랑해'와 '사랑해 사랑해 당신을 사랑해'는 별로 구분이 없다. 그러나 그 가사들에 붙여진 멜로디를 대입해서 들어보면 확연히 다른 느낌을 받게 된다.

 이렇게 가사는 어떤 멜로디를 만나느냐에 따라 운명이 결정되기도 한다. 반대로 멜로디 또한 어떤 가사를 만나느냐에 따라 운명이 결정된다. 작사가 '빛이 되게 하여라'라고 했을 때와 '아~ 빛이 되게 하여라'라고 했을 때는 전혀 다른 노래가 될 수도 있다. '아~'라는 감탄사 한 자 때문에 멜로디의 방향이 다른 곳으로 흐를 수도 있기 때문이다. 그렇듯 단 한 마디도 쓰임새가 다양하고 소중하게 쓰이는 것이 가사라고 할 수 있다.

 시인의 경우는 더욱 그렇겠지만 지나치게 자기를 고집하는 사람들이 있다. 제3자의 의견을 전혀 받아들이지 않는다. 그런 경우에는 노래가 두 사람의 합작품이라 생각하기 때문이다. 그러나 타협이 나쁜 것만은 아니다. 필요하다면 자신을 양보하여 작사자나 작곡자가 서로의 의견을 받아들이는 데서 좋은 노래가 탄생하기도 한다. 멜로디의 기능을 감안하지 못하고 한 자도 못 고치게 하는 것은 일종의 아집일 뿐이다.

그러나 시인들 중에는 남의 의견을 받아들이는 것을 대단히 자존심 상해 하는 사람들이 많다. 물론 가사뿐 아니라 예술을 하는 사람이 줏대가 없으면 그 또한 문제다. 다만 보다 객관적인 시각으로 자신을 볼 줄 아는 사람만이 좋은 작품을 만든다는 것을 명심해야 한다. 고정 관념을 갖고 자신의 의견을 변경할 줄 모르는 사람은 발전성이 없다.

나는 어떤 시인들의 노래 모임에서 회원들이 쓴 가사들을 살펴본 적이 있다. 그들이 쓴 가사들을 작곡가들한테 넘겨 주었더니 멜로디를 붙이기 곤란한 구절들이 많으니 약간 수정해 주었으면 했다. 그러나 그들 중에 대부분은 글자 한 자도 고치면 안 된다고 고집했다. 왜 고쳐야 하는지 타당성을 타진하기도 전에 무조건 안 된다는 것이었다. 할 수 없이 노래를 만들려는 계획은 무산되고 말았다. 그들은 시가 갖고 있는 시각적 효과를 청각적 효과로 바꾸어야 한다는 사실을 받아들이지 않았다.

아무리 좋은 아이디어를 갖고 있는 사람도 그 자체가 노래 가사가 된다고 생각해서는 안 된다. 그것은 마치 재료만 가지고 있는 그 자체로 요리는 아닌 것과 마찬가지다. 똑같은 밀가루로 필요에 따라 만두도 만들고 국수도 만들 수 있다. 때로는 타인의 의견이 보배를 가져다 주는 경우도 있다.

필자의 경우는 그러한 예가 많다. 나미가 부른 〈빙글빙글〉의 경우도 그 중에 하나다. 뒷부분 '어떻게 하나, 우리 만남은 빙글빙글 돌고' 부분이 처음에는 '어떻게 하나, 우리 만남은 결론도 없이 빙글빙글 돌고' 였다. 취입을 하던 과정에서 작곡가가 '결론도 없이' 라는 구절이 발음상 안 좋다고 하여 그냥 삭제해 버렸다. 그러나 가사는 멜로디에 힘입어 탄력이 붙게 되었다. 지금 생각하면 그 구절을 그냥 두었다면 두고두고 후회했을 것이다.

첫작품 〈모닥불〉의 경우도 마찬가지다. 세 번째 줄에 '아무리 이야기를 주고 받아도 마음에 고독은 남는 거란다' 가 있었다. 이것을 작곡가 겸 가수 박인희가 조심스럽게 "삭제했으면 어떻겠느냐?"하는 의견을 제시했다. 나는 "그렇게 하라"고 쾌히 승낙했다. 그래서 나온 것이 지금의 〈모닥불〉이다.

모닥불 피워 놓고
마주 앉아서
우리들의 이야기는 끝이 없어라

인생은 연기 속에
재를 남기고
말없이 사라지는 모닥불 같은 것

타다가 꺼지는
그 순간까지
우리들의 이야기는 끝이 없어라

이 얼마나 깔끔한 가사로 완성되었나. 그 구절을 삭제하지 않고 노래가 완성되었다면 나는 지금까지도 후회했을지 모른다. 그리고 참고적으로 말하자면 내 가사 중에는 즉흥적인 것이 많다.

조용필이 부른 〈단발머리〉는 녹음실에서 썼고 〈눈물의 파티〉는 녹음실로 가는 차 안에서 썼다. 허림이 부른 〈인어 이야기〉는 작곡가 김기웅 선생과 스텐드 바에서 술을 마시다가 썼고, 설운도가 부른 〈잃어버린 30년〉은 한밤중에 납치되다시피 끌려가서 썼다. 이러한 나의 버릇을 아는 가수나 작곡가들은 미리 가사를 부탁하지 않고 불쑥 멜로디를 내놓기도 한다, 즉석에서 가사를 써달라고.

'대중음악은 스테이크 장사가 아니라 냄새 장사다.'

이것이 평소의 내 소신이다. 문득문득 스쳐가는 아이디어를 잡아야지 냄새는 버려두고 잘 구워진 스테이크만 고집한다고 좋은 작품이 나오는 것은 아니다. 그러니 자칫하면 사라져 버리는 냄새를 잡아내기 위해 세상 일에 촉각을 세우며 살아야 한다.

휴머니즘과 문학

문학이란 휴머니즘이다. 시를 구성하는 방법 중에 혹은 소설 기법의 4대 요소 중에 휴머니즘이란 말은 없지만 글이 인간적 진실을 외면한다면 그것은 문학이 아니다. 그럼에도 불구하고 지금 많은 문인들 중에는 문학이 자신의 허세를 채워 주는 악세사리 쯤으로 생각하는 사람들이 많다.

그런 사람들을 향해 묻고 싶다.

"제목 밑에 쓰여진 이름을 읽히게 하고 싶으냐, 아니면 이름 밑에 쓰여진 내용을 읽히게 하고 싶으냐"라고.

미국의 스토(Stowe, H.E.B) 부인이 쓴 장편소설《엉클 톰스 캐빈》에 나오는 '검둥이의 설움' 은 링컨으로 하여금 노예 해방을 결심하게 했고, 그리하여 저 유명한 미국의 남북전쟁이 일어났다. 미국의 남북전쟁이야말로 휴머니즘을 위한 전쟁이었다. 피부색이 다르고 언어가 달라도 인간은 평등하다는 인권의 시작이었다. 이렇듯 훌륭한 문학 작품은 감동의 물결을 통해 인간을 움직인다.

나는 죤 크로닌이 쓴 〈천국의 열쇠〉를 읽고 더욱 더 문학인이 되고 싶은 충동을 느꼈다. 그리고 진정 과연 천국의 열쇠를 가질 수 있는 자는 누구인가 생각하며 살고 있다. 성경에도 주여주여 하는 자마다 다 천국에 가는 것은 아니라고 했다. 맹목적인 기도보다는 하나의 작은 실천이 더 중요한 것이다.

내 주변에는 오로지 자신만이 가장 현명하고 참된 인생을 살고 있다고 생각하는 사람들이 많다. 그래서 그들은 나의 작은 실수들을 놓치지 않고 비판하며 세상 사는 법을 이야기한다. 때로는 그들의 이야기가 독선적으로 느껴질 때도 있지만 내가 참고 듣는 이유는 그것도 하나의 수련이라고 생각하기 때문이다. 그래서 그들의 이야기 속에서 단 한 마디의 진실을 발견할 수 있다면 나는 그것들을 좋은 소재로 삼으려고 한다.

내 생각이 아무리 옳다고 하더라도 그 속에는 독선이 있을 수 있고 남의 얘기가 아무리 거슬린다 하더라도 추슬르고 추슬른다면 그 속에서 진리를 발견할 수도 있기 때문이다.

그러나 그렇게 하자면 하나의 원칙을 정하지 않으면 안 된다. 모든 것을 휴머니즘의 테두리 안에서 생각하고 다듬어 가는 것이다. 누가 뭐래도 문학은 휴머니즘이기 때문이다.

지적(知的) 오만

일본 신주쿠에 가면 9층 짜리 이세단 서점이 있다. 백화점만한 크기의 이 서점에는 책 쇼핑 나온 사람들이 북새통을 이룬다.

나는 이 서점에서 1층부터 9층까지 연 이틀을 돌아다닌 적이 있다. 문학에서부터 심령과학에 이르기까지 산더미 같은 책들이 쌓여 있는 곳에서 혹시 한국 사람이 지은 책들은 어떤 것들이 나와 있을까 해서다. 그러나 북한 문제를 다룬 몇권의 책과 KAL기 사건으로 유명한 김현희의 수기 이외에는 발견할 수가 없었다.

미국 문학, 영국 문학, 중국 문학 등은 많은데 한국 문학은 전혀 눈에 띄지 않았다. 발에 걸리는 것이 시인이요 소설가들인 우리나라에서 어찌 한 명도 현해탄을 건너오지 못했을까. 나는 괜히 우울했다.

나는 오늘 한 여류 소설가로부터 전화를 받았다. 그냥 사무실에는 놀러와도 '모닥불' 사이트에는 들어오지 않겠다는 것이었다. 전체 회원 중에서 어울리고 싶은 사람이 두 명 정도 밖에 없기 때문이라는 것이었다. 로그인을 안 했으니 그는 이 안에 누구누구가 회원인지 파악하지 못했을 것이다. 다만 회원으로 등록해 놓고 글을 올린 사람들을 살펴보고 하는 말일 것이다. 그 중에는 수준 이하의 글도 있었을 것이 분명하다. 그런 사이트에 자신의 글을 진열해 놓는 것이 자신의 명예로 보아 용납되지 않았던 모양이다.

나는 그와 전화를 끊고 다시 사이트를 보는 순간 좀 유명하다는 한 시인의 이름이 접속되어 있는 것을 발견했다. 반가운 마음에 쪽지를 보내려고 글을 쓰고 있는데 그 사이 그는 방을 나가 버렸다. 나는 그가 올린 글이 있을까 하여 게시판을 뒤졌는데 아무 것도 없었다. 아마 다른 글들을 읽어 보기만 했던 모양이다. 좀더 정확히 말하자면 검토를 했던 것인지도 모른다.

나는 시인들과 잘 어울리다가 신춘문예에 당선되면서부터 얼굴 내비추기를 꺼려 하는 한 시인을 알고 있다. 그는 3류들과는 어울리지 않겠다고 했다. 이제 자신은 문명을 떨칠 사람인데 시시한 사람들과 어울리면 품격이 떨어진다는 뜻일 것이다. 하지만 사람 사는 얘기 자체가 그러한데 그것을 회피하겠다고 하면 어디에서 삶의 이야기를 찾을까.

톨스토이의 〈부활〉이나 토스토예프스키의 〈죄와 벌〉에는 창녀가 등장한다. 창녀는 가장 밑바닥 인생인데 작가는 그를 통해 인생의 진실을 이야기하여 감동을 주고 있다. 존 스타인 백은 일본에 초청되어 각 세미나에 참석했으나 재미가 없어 모든 일정을 변경하고 뒷골목을 구경하기 시작했다.

그때 일본 작가들은 "당신은 1류 작가인 줄 알았는데 왜 3류 행동을 하느냐?"고 했다. 그 말을 들은 존 스타인 백은 "어떻게 작가가 1류와 3류로 나뉠 수 있느냐?"고 했다. 그런 일본에서조차 지금은 모든 예술을 등급으로 이야기하지는 않는다.

하지만 아직 우리나라에서 예술, 특히 문학에서는 수많은 등급이 존재한다. 그리고 그 등급은 지극히 주관적이다. 자신만이 정통이고, 자신만이 문학적 지위를 누려야 한다고 주장하는 사람들이 많다. 그런 문학적 귀족들의 지적 오만 속에서 한국 문학은 스스로 타이타닉호가 되어 바다로 침몰하고 있는지도 모른다.

문학이라는 것

간혹 문학이 목숨보다 중요하다고 생각하는 사람이 있다. 그만큼 문학의 치열함을 설명하는 것이겠지만 그런 사람일수록 생에 애착이 강한 것을 보게 된다. 그럴 때면 나는 가끔 펜을 집어 던지고 싶어진다.

'어디까지가 인간의 진실이고, 문학적으로 바른 길인가.'

이게 피를 마르게 나를 괴롭히는 명제 중에 하나다.

아마 10년 전이었을 것이다. 내 신장이 전혀 기능을 하지 않아 일주일에 세 번씩 병원에서 피를 정화하여 목숨을 연명하던 시절이 있었다. 그때 나는 죽을지도 모른다는 불안감이 문득문득 가슴을 서늘하게 했다. 다행히 신장을 기증한 사람이 있어 이식수술로 제2의 생명을 얻었지만 수술이 성공하여 정상인 비슷한 생활을 하게 될 때까지 그 몇 년간을 나는 암흑 속에서 살았다. 만약 그때 문학이라는 것이 없었다면 나는 생명을 지탱할 수 없었을지도 모른다.

하지만 그때에도 나는 문학을 생명 앞에 갖다 놓지는 않았다. 삶에 대한 애착이 얼마나 소중하다는 것을 느꼈기 때문이다.

5년 전에는 가슴 뼈를 톱으로 자르고 심장으로 통하는 두 개의 혈관을 왼쪽 다리와 배에서 쓰지 않는 혈관을 떼어다 교체했다. 그 과정은 신장 이식수술과는 댈 것이 아니었다. 얼마나 고통스럽고 한 순간 한 순간이 지루했으면 그냥 죽었으면 하고 생각했었을까. 그래서 내가 제일 사랑하는 둘째 아들이 문병을 왔을 때도 귀찮아서 빨리 집으로 가라고 할 정도였다.

그때 나는 한 편의 시도 쓰지 못했다. 뇌졸중으로 입원했을 때나 신장 이식수술을 했을 때는 나를 구원해 주었다고 생각했던 시가 그때는 한 편이 아니라 한 줄도 나오지 않았다. 빨리 이 몽롱한 의식과 고통에서 벗어나 한 시간이라도 편안하게 있었으면 하는 생각뿐이었다.

그러니 문학이 목숨보다 중요하니 뭐니 하며 주접을 떠는 사람을 보면 그를 한 번 죽였다가 살렸으면 하는 생각이 든다. 진정한 문학은 진정한 삶의 이야기이기 때문이다. 한 사람의 삶은 문학을 통해 수천 수억의 삶이 될 수도 있는 것이다.

박건호 에세이 · 나는 하수아비

관념의 차이

　잡지 『좋은 생각』에는 가끔씩 감동적인 이야기들이 우리들에게 회자되기도 한다. 오사카 박람회장을 뜯을 때 못에 찍혀도 살아있던 도마뱀 이야기 등은 우리의 삶을 한결 풍요롭게 해준다. 하지만 전혀 그런 인생을 살지 않는 자가 그런 이야기를 하면 뭔가 위선적으로 보이고 역겹기만 하다.

　우리 정치사를 더럽힌 사람 중에 독립운동 안 한 사람이 누가 있고, 애국자 아닌 사람이 어디 있는가. 그러나 나라는 정부수립 이후 한 번도 편한 날이 없었다. 우리나라는 36년이나 일제 강점기를 지나야 했고, 그런 사실을 놓고도 자신만이 자유롭기 위하여 다른 사람을 매도하는 자에게 아직 경험이 많지 않은 젊은 국민들은 박수를 보내고 있다. 이른바 촛불시위. 그 유행병처럼 번진 이벤트 속에 나라도, 사람도 멍들어 간다. 그러나 그건 한 다리 건너 나랏일이고, 발등에 떨어진 불인 내가 운영하는 '시섬(http://poemisland.com)' 사이트의 장래 문제를 생각해 본다.

시섬은 M사이트에서 갈라져 나온 사람, S사이트에 있으면서 이 곳에도 이름을 걸치고 있는 사람, 무수히 많은 타사이트에 직접 간접으로 연관을 맺고 있는 사람들이 70%를 점령하고 있다. 그들은 시섬에 특별히 애정을 가지고 있는 것도 아니고 그저 호기심 정도로 바라보고 있다. 그런 와중에 민주적 방법으로 임원을 선출하여 운영하자는 사람들이 있다.

그건 사회가 구성될 때부터 생겨난 조직의 원리라고 생각한다. 그러나 조직이란 그 핵심체가 단단한 뿌리를 박고 자라야 할 것이다. 절반은 다른 땅을 딛고 선 사람들이 안에 있는 것을 일으키기 위하여 어떤 힘을 줄 수가 있겠는가.

우리 사이트를 위해 기술 지원을 해 준 사람도 걸핏하면 버릇처럼 자기가 관리하는 사이트를 입에 올리고, 얼마 전에는 내 허락도 받지 않은 광고물로 시섬이 마치 자기네 사이트의 식민지처럼 표현한 것도 있었다. 그런데 그들은 내가 그런 불만들을 얘기할 적마다 춘추전국시대로 돌아가 공자 왈 맹자 왈하며 아름다운 충고를 한다. 하지만 나는 그것이 충고인지 조크인지 정도는 분별할 줄 안다.

앞에서 얘기한 『좋은 생각』에서 청탁이 왔을 때 나는 기억나는 아름다운 일이 없다고 했다. 남에게 고마움을 느끼는 아름다운 일은 고사하고 한 번도 남을 미워하지 않고 살아간 적도 없었다고 했다.

사실이 그랬다. 남을 고마워하기 전에 섭섭한 것이 인생이었고, 그렇게 받은 상처 때문에 나는 늘 얼룩져 있다.

나는 글을 쓰는 자들은 너무도 위대하고 착한 자들이라고 생각했다. 그러나 사이트를 만들고 보니 부딪치는 사람들 중에는 나를 스트레스 받게 하는 사람들이 많은데 그들이 올린 글들은 한결같이 아름다운 것을 보았을 때 공감하기 힘든 경우가 많았다.

생각해 보라. 이런 위선이 어디 있는가. 자신을 오픈하지 않고 어떻게 진실한 글을 쓸 수 있겠는가. 나는 이 '시섬'에 올려지는 글들이 가슴에 젖지 않는 미담이기보다는 진정한 참회록이기를 기대했다.

인간은 결코 신이 아닐진대 어찌 완벽한 삶의 이야기만을 남길 수 있겠는가 !

모닥불 엘레지

정수라는 CM송을 부르던 가수다.

그런데 그가 대중가요 가수로 변신할 무렵 나와 마찰이 있었던 것은 이제 CM송은 부르지 말라는 내 부탁을 듣지 않았기 때문이었다. 가수가 CM송을 부르는 첫번째 매력은 돈 때문이다. 대중가요는 히트가 되기 전에는 돈이 생기지 않는데 CM송은 바로바로 가창료가 지불되고 있기 때문에 그까짓것 병행하는 것도 괜찮다는 생각을 대부분 하게 된다.

하지만 CM송은 그야말로 물건 선전하는 노래이기 때문에 한 곡에 대한 완성도보다는 부분적인 소리의 매력을 중요시하게 된다. 따라서 CM송을 많이 부르던 가수는 부분적인 면에서 완성도를 기하려 하기 때문에 3분이 넘는 노래의 기승전결을 잘 타고 넘어가지 못한다.

이런 나의 생각과 마찰을 일으키던 정수라는 그후 CM송을 일체 부르지 않고 가요에 전념하여 대성을 했다.

그 무렵 정수라처럼 CM송을 부르던 가수는 몇 명이 더 있었다. 노래에 상당히 재질이 있었던 L이라는 가수가 있었는데 그는 끝내 가요에서 CM송의 한계를 벗어나지 못했다. 그는 노래 한 소절이 돈이라는 개념 때문에 당장은 돈이 되지 않는 가요에 전념하지 않았던 것이다.

이것은 가수에게만 국한된 것이 아니다. 〈잊혀진 계절〉의 작곡가 이범희는 그룹에서 기타를 치고 있었다. 그룹 하는 사람들의 속성은 자신의 실력과 돈이라는 관념을 깨뜨리지 못하는 데 있다. 그래서 베이스를 치던 S, 건반을 치던 K 등은 대중음악 일을 할 때마다 한 편 한 편의 편곡료를 따지기 때문에 현실적으로 그러지 못한 가요계의 생리에 맞지 않았다. 그러나 유독 이범희만은 대우를 따지지 않고 닥치는 대로 일을 했다. 그 결과 가요계에 실력이 인정되어 일류 음악인으로 급성장했다.

1983년 민해경의 〈어느 소녀의 사랑 이야기〉, 이용의 〈잊혀진 계절〉 발표 이후 우리 둘은 음반사로부터 상상할 수 없는 거액의 돈을 받고 전속을 했다. 만약 그때 전속금이 아니었으면 우리는 집도 마련하지 못했을 것이다.

내가 왜 이 얘기를 하느냐 하면 '모닥불'이라는 사이트를 운영할 때 회원들끼리 시집을 내면서 생긴 문제 때문이다. 시집 출판 과정에서 일부 시인들이 잘못된 프로페셔널적 생각을 보여줬다. 회원들끼리 얼마를 추렴하여 작품으로 연대감을 가지려는 것이 이 시집을 만드는 목적이었다. 그러나 일부 시인들은 일반 상업적인 문예지와 비교한 모양이다.

고료를 많이 주는 것으로 치면 사보가 제일 많다. 하지만 돈을 얼마나 받느냐와 문화적인 자존심과는 전혀 별개라고 본다. 일반 문예지는 만드는 주체가 있고 그곳에서 투자를 하는 것이지만 시인들이 추렴하여 만드는 동인지는 그것과는 다른 의미가 있다. 그런데 그것을 같은 맥락에서 본다면 잘못이라고 본다.

몇 년 전 사랑방 시낭송회에 미당 서정주 선생님이 나오셨다. 선생님은 스스로 "자, 회비" 하고 돈을 내놓으셨다. 옆에 있던 제자가 깜짝 놀라 제지하자 "이건 대접과 다른 거야" 하시며 굳이 만원을 내셨다. 그렇게 함으로써 문화인이라는 동료의식으로 가까워지는 것이었다.

시가 낭송된다든지 인쇄되어 나오는 것은 어디나 똑같은 것은 아니다. 그것이 놓여지는 곳에 따라 가치는 달라질 것이다.

지금은 '시섬'으로 바뀌었지만 일부 시인들 중에는 자기만 특별히 대접받기를 원하는 경우가 있었다. 그러나 직업을 떠나 마음에 맞는 사람들끼리 모임을 만들면 잘났건 못났건 모두가 한 식구다. 식구라고 생각하면 십시일반으로 얼마 안 되는 돈을 투자하는 것이 뭐 그렇게 억울한 일이겠는가.

하기야 나도 그런 자존심으로 살아가던 습작기가 있었다.

예술가의 탄생을 위하여

예술로 인해 돈을 벌고 싶은 사람이 알아야 할 첫 번째 조건은 내 생각을 남에게 강요하려고 해서는 안 된다는 사실입니다. 그런데 내가 만난 프로페셔널이 되려는 예술인들 중에는 그런 마음을 갖지 않은 사람이 많았습니다.

예술적 생업에 부딪쳐 보지 않은 그들은 아직 세상에 뛰어들지 않아서 그렇지 자신이야말로 이 세상을 뒤엎을 만한 능력이 있다고 생각하고 있었습니다. 그래서 이런 생각을 가진 사람들은 그 탁월한 재능을 가지고 있음에도 불구하고 자신이 만든 오만의 덫에 걸려 허우적대다가 사라지는 경우를 많이 보았습니다.

예술인들은 자신의 재능에 많은 사람들이 굴복하기를 원합니다. 하지만 예술인은 많은 사람들의 굴복 위에 태어나는 것이 아니라 그들의 가슴에 가서 살아야 한다는 것입니다. 그것을 다른 말로 한다면 감동이라고 하겠습니다.

그러나 많은 예술인들이 보이는 소망은 어떻게 하면 큰 무대 위에서 많은 사람들을 향해 소리치느냐 입니다. 여기에서 그들은 예술의 본질을 망각하고 있습니다. 어떤 무대, 어떤 매체가 예술의 성패를 결정하는 것이 아니라 한 사람이라도 진심으로 움직일 수 있다면 그는 이미 일류에게로 접근할 수 있다는 사실입니다.

나는 신인가수 중에 '열린 음악회' 출연이나 독자적 콘서트부터 생각하는 경우를 많이 보았습니다. 그러나 그들은 그렇게 꿈만 꾸다가 사라져 갔습니다.

문인들도 마찬가지입니다. 많은 문학 지망생들은 신춘문예 같은 큰 무대만이 자신이 갈 길이라고 생각하고 있었습니다. 그러나 그렇게 생각하는 순간 그는 이미 문화적 사치근성이 자신의 마음 깊숙이 스며들어 있다는 것을 자각해야 합니다.

내 주변에는 재주 있는 지망생들이 많았습니다. 그러나 최후에 남아 있는 자는 재주 있는 자가 아니라 끈기 있는 자였습니다. 어머니가 자식을 잉태하듯 작품을 쓰거나 연기를 하거나 노래를 했던 사람들이 최후의 열매를 땄던 것입니다.

예술이 결국 마음의 전달이라면 그것의 성패는 얼마나 따스하냐일 수밖에 없습니다. 그런데 대다수 덜 여문 예술인들은 남의 자존심을 짓밟거나 꺾어 버리는 재주로 사람들의 마음을 움직이려고 합니다.

그렇게 해서는 소기의 목적을 이룰 수가 없습니다. 그러니 지금부터라도 진정한 예술인의 자세가 무엇인지 자각하고 목적을 이뤄 가시기 바랍니다.

문학이 우리를 슬프게 할 때

문학을 하는 사람의 입장에서는 겸손이라는 말이 미덕이 아닌 것일까. 시를 잘 쓴다는 평이 있거나 소설을 잘 쓴다는 사람들은 대부분 이 세상에 글 쓰는 사람은 자기뿐인 것으로 착각하는 것 같다.

필자도 이십대 전후에는 그런 적이 있었지만 문학이란 배우면 배울수록 첩첩산중이었다. 그래서 어디 가서 문학한다는 소리도 못하고 지냈던 것이 아닌가.

그런데 시낭송회 같은 곳에 가보면 원로들의 강의에 반론을 펴는 것은 꼭 젊은 문학도였다. 그는 문학의 진실을 알려고 하는 것이 아니라 상대를 이기려고 하는 경향이 많았다. 하지만 그것은 문학을 하는 자세가 아니라고 본다. 문학작품에서 감동이라고 하는 것은 휴머니즘과 결부되는 경우가 많은데 그런 말싸움을 거는 것은 미당 서정수 시인에게 시비를 걸어 유명해지려는 모 시인처럼 문학인이 아니라 문학적 정치인이다.

오늘 나와 대화를 나눈 시인은 몇 년 전만 하더라도 작품을 봐달라고 팩스로 시를 보내던 신인이었다. 그런데 그를 망친 것은 H문학지인 것 같다. 그는 그 잡지로 등단한 이후 이제까지 같이 어울리던 모든 시인들을 3류시인이라고 하면서 외면을 했다. 그는 H지로 등단하여 소위 문단의 엘리트라고 할 수 있는 스타급의 시인들을 만나면서부터 자신의 둘레를 배반하기 시작했다. 그래서 그를 알던 많은 문우들은 그와 교류하지 않았다.

그의 말대로 그는 특별한 시인이 되었는지 모른다. 하지만 그렇다고 해서 시를 잘 쓰지 못하는 시인들을 얕잡아 볼 하등의 권리도 없다. 그러나 좋다. 그가 어울리는 고급 문단이라는 곳도 그렇게 대단한 곳은 아니다. 그곳에 동원되어 다니는 원로나 중진급 문인들은 거마비를 주면 동원할 수 있는 인물들이 대부분이다.

그렇다면 젊은 시절 동경 유학이나 하고 출세를 위해 몰려다니며 입으로나 문학의 지조를 말하는 그들이 유랑극단에서 핍박 받으며 민족의식을 일깨우던 3류 예술인들보다 무엇이 잘났던가.

문학은 재주에 있는 것이 아니라 정신에 있는 것이다. 그런데 문학을 하는 사람들의 지적 허영심을 부추기는 몇몇 문학집단의 행위는 지식을 팔아먹는 독버섯들이다. 거기에 춤을 추는 문인들이 있다면 아무리 그의 재주가 하늘을 찌른다고 하더라도 그것은 문학이 아니다. 그런 문학이 우리를 한없이 슬프게 한다.

문인들의 파라다이스

물은 낮은 곳으로 흐른다.

사람은 자신의 꿈이 펼쳐지는 곳으로 모인다.

그래서 뉴욕이나 파리 같은 대도시는 전세계인들이 동경하게 된다. 그러나 꿈인 것처럼 보이는 신기루를 찾아갔다가 신세를 망치는 곳이 있다. 라스베가스 같은 도박도시가 그렇다. 그런 곳일수록 휘황찬란한 불빛들의 유혹이 사람들을 부른다.

이글스가 부른 〈호텔 캘리포니아〉에도 있지 않는가.

"체크 아웃은 언제나 되지만 당신은 결코 떠나지 못할 것입니다."

잘만 하면 백만장자가 될 수 있다는 환상에 모두 세계적 도박도시 라스베가스를 찾는다. 거기에 가면 도박에 관심이 없는 사람이라도 빠찡고씀을 하게 된다. 코인을 넣고 당기기만 하면 되는데 여기저기 좌르르 쏟아지는 소리들이 여행객들의 욕심을 부추긴다. 1센트 짜리부터 있으니 처음에는 오락으로 시작한다. 그러다가 돈을 다 털리고 나오다가 입구에서 몇닢 남은 것마저 집어넣고 당겨보다가 비로소 돌아올 여비를 걱정하게 된다.

라스베가스는 '사상누각(沙上樓閣)'이라는 말의 현대적 실체가 아닐까. 사막에 세워진 라스베가스는 휘황찬란한 불빛으로 전세계 여행객들을 유혹한다. 거기에서 펼쳐지는 화려한 쇼들이 모두 공짜인 것 같지만 아침이면 가장 비싼 대가를 지불했다는 것을 알게 된다. 그렇게 화려했던 불빛들이 꺼지면 세상에 그만큼 적막한 곳이 없다.

한때 『현대문학』, 『창작과 비평』 등의 문예잡지에 글을 싣기 위해 문학 지망생들이 각고의 노력을 하던 시절이 있었다. 신춘문예 당선을 위해 고시공부 이상의 문학공부를 하던 시인들이 있었다. 그 중에는 존경받는 중견으로 올라서서 부러움을 사는 시인 작가들도 많다. 그러나 과학의 발달로 인터넷이 생기면서부터 문학은 문학 외적인 눈가림으로 치장하기 시작했다.

그것은 태그를 이용한 영상시 같은 것들이다. 사이트, 카페 등이 한둘이 아니니 여기저기 도배를 하고 다니는 사람들이 있다. 남의 글은 한 줄도 읽지 않고 남더러 자기의 글을 읽어 달라는 것이다. 글의 질은 생각하지도 않고 그림이나 낭송으로 덕을 보려고 한다. 그러나 그렇게 한다고 하루 아침에 일류 문사가 되는 것은 아니지만 그런 현상은 점점 더해 가고 글을 쓰는 사람보다 컴퓨터를 잘 만지는 사람들이 목에 힘을 주는 시대가 되어 버렸다.

앞으로의 문학은 어떻게 해야 하는가. 작품의 질도 높아지고 시대의 추세에 발맞추는 것이 과제이다. 하지만 문학을 하는 많은 사람들은 문학의 실력을 쌓아야 하는데 그렇지 못한 것이 현실이다. 멜로디의 힘을 빌려 노래로 만들던가, 영상이나 낭송을 통해 쉽게 전달되기를 바라는데 그것이 또 다른 답답한 상황을 불러 오게 된다.

진정한 문학을 학습하려고 하는 것이 아니라 문인들은 새로운 매체를 통해 서둘러 스타가 되려고 하기 때문이다. 잡지나 책으로 만드는 것처럼 편집하고 인쇄해야 하는 과정을 생략해도 되니까 아직 발효하지 못한 작품들이 범람하고 있는 것이다. 그러나 잔나비 관 쓴다고 대감이 될 수 없듯이 그것은 얄팍한 눈가림의 문학이 되는 것이다.

사이트를 즐기는 시인들은 항시 더 좋은 곳을 향해 두리번거리게 된다. 잘 뭉쳐지면 세미나도 열고 토론도 하며 문학적으로 성숙하게 하려고 사이트들은 새로운 아이디어를 만들어 내고 있지만 그것은 거대 사이트에 의해 먹히게 된다. 문학에는 관심이 없고 어떻게 하면 자신을 멋지게 알려질까 하고 혈안이 된 사람들 때문이다. 그러나 그러한 자세는 한국문학을 풍요 속의 빈곤으로 몰아가게 될 것이다.

시를 쓰지 않아도 될 사람들이 문학에 뛰어들어 사이버라는 사막 위에 또 다른 정신적 라스베가스를 만들었으니 이제 단 한 사람이라도 사명감을 가진 사람이 탄생한다면, 그것을 희망으로 삼아야 하겠다. 그리고 문인 스스로 문인들의 파라다이스는 결코 화려함이 아니라는 것을 자각했으면 좋겠다.

나는 허수아비

어린 시절 그리운 모습 중에 하나는 들판의 허수아비다.

허수아비는 두 눈을 부릅뜨고 팔을 벌린 채 들판에 서서 가을을 지킨다. 추수를 하기 전에 새떼들이 쪼아먹는 곡식의 양도 만만치 않다. 그래서 사람들은 허수아비를 만들어 냈다. 새떼들이 몰려 오면 원두막에서 허수아비와 이리저리 이어 놓은 줄을 당긴다. 그러면 여기저기에서 깡통소리가 요란하게 울리고 그 소리에 놀라 벼이삭을 쪼아먹던 새떼들은 달아나고 만다.

그것은 가장 한국적인 풍경 중에 하나다. 그러나 철지난 들판의 허수아비는 외롭다. 추수가 끝나면 가을의 상징 같은 허수아비는 어느덧 버림받는 신세가 된다. 비 바람에 옷은 찢기고 모습도 이상하게 일그러져 간다. 죄가 있다면 가을에 열심히 들판을 지킨 것뿐인데 사람들은 그를 외면하고 어디론가 종적을 감춘다.

텅빈 들판에는 새떼들도 오지 않는다. 허수아비만 홀로 남아 잊혀져 가고 있을 뿐이다. 잊혀진다는 것은 슬픈 일이다. 석공 아사달에게서 잊혀진 줄 알고 아사녀는 영지 못에 몸을 던졌다. 그러나 잊혀지지 않았기에 기다리다 돌이 된 여인도 있다.

철지난 들판에서 허수아비는 무엇을 생각하고 있을까.

화려했던 시절을 생각하고 재기의 꿈을 꾸고 있을까.

마음을 다 비워 버리고 이제는 떠나갈 준비를 하고 있는 것일까.

나는 혼자 있을 때마다 허수아비를 생각한다. 허수아비는 다름 아닌 나의 모습이기 때문이다. '타도! 타도! 타도!' 만을 외치던 젊은이들은 늙는다는 이유 하나만으로 우리 또래의 친구들을 가요계의 허수아비로 만들었다.

지난 시절은 지난 시절이다. 그때 뛰어난 능력을 발휘했던 것은 추억에 불과하다. 민주화, 자유, 다 좋은 말이다. 그러나 그렇게 쟁취하여 얻어내는 순간 나이 때문에 누리지 못한다면 민주화, 자유는 누구를 위한 것일까. 지금 사회 각 분야에서 현대판 고려장이 부활되고 우리들은 허수아비가 된다.

"아니 젊어서 가사를 많이 썼으면 됐지, 히트곡도 많고 저작료도 많으신 분이 뭘 그렇게 악착같이 일을 하려고 합니까?"

동료 작사가의 얘기다. 이제 먹고 살 만하면 편안히 놀면서 지내라는 것이다. 그러나 가사뿐 아니라 모든 예술행위가 빵만을 위한 것이겠는가. 그의 말대로 아무 것도 하지 않고 죽을 날만 기다리며 놀면서 지낸다면 인생은 얼마나 길고 무의미한 것일까. 누군가 여덟 시간 일은 할 수 있어도 여덟 시간 춤을 출 수는 없다고 했나.

그런데 언제부턴가 이 나라에서는 하라는 일은 없고 걸핏하면 하지 말라고 한다. 개중에는 내 건강을 걱정해서 그러는 사람도 있겠지만 대부분 그런 사람들은 호시탐탐 나를 허수아비로 만들려는 사람들이다.

나는 '시섬(http://poemisland.com)'이라는 사이트를 운영하고
있다. 수익사업은 아니고 그저 취미로 인터넷 상에서 이루어지는 문
인들의 친목 모임이다. 그곳 회원들 중에 자꾸 나를 허수아비로 만들
려는 사람들이 있다.

"일은 저희가 할 테니 회장님은 편안히 계세요."

생각하기에 따라서는 눈물겨운 배려가 아닐 수 없다. 그러나 그들은
끊임없이 나를 고립시키려 했다. 그런 의도가 없다고 해도 결과적으
로 그렇게 되었다. 회원들의 이메일 번호를 알아 어떤 사안을 따로 연
락한다든지, 교인이란 이름으로 뭉친다든지, 회원들에게 전화를 걸어
자기 의견을 시섬의 의견처럼 통보한다든지 하는 일로 나를 허수아비
화 하는 것이다.

옛날에 왕들은 여자들에게 둘러싸여 있었다. 그러니 정사를 돌볼 틈
이 어디 있었겠는가. 왕이 연일 주색에 빠져 있는 사이 신하들은 당쟁
을 일삼아온 것이 우리네 역사였다. 그러자니 외세의 침입을 받게 되
는 것은 당연한 일이었고 드디어 나라까지 빼앗기는 불운을 맞게 되
었다. 이것은 허수아비를 만들기 좋아하는 우리 민족의 못된 버릇 때
문인 것이다.

나를 허수아비로 만들려는 것은 나를 무기력하게 하려는 사람만이
아니다. 자신의 생각이 최선인 줄 아는 작곡가나 가수들은 나를 존중
하지만 그 존중이 나를 피곤하게 한다. 끊임없이 작품을 써달라고 하
고 어느 곡을 취입할 것인지는 쉽게 결정을 못내린다.

그러는 동안 써주는 작품은 헤아릴 수 없을 정도로 많다. 그 중에 한
두 곡만 취입하면 맥이 풀린다. 그 작품을 쓰느라고 보낸 시간들이나

작품을 구상하기 위해 겪은 고통은 보상받지 못하는 경우가 많다. 그러나 식사를 초대한다든지 집에 과일을 보내는 일 때문에 인정상 돌아서기 힘들다. 차라리 다른 작가에게 작품을 부탁하든지 일을 맡겨 주면 좋은데 그렇지도 않다. 오로지 내 작품 아니면 노래하지 않겠다는데 울며 겨자 먹기로 그를 위해 허수아비가 될 수밖에 없다.

내가 사랑했던 사람들은 모두 상처주고 떠났다네
아름다운 꿈은 어디로 가버렸나
하고 싶은 이야기는 에헤라 구름 위에 띄워 볼까
나는 철지난 들판에 허수아비처럼 서 있네
이제는 영영 꽃피는 날은 그리워 말아라
미련일랑은 떨쳐 버리고 잊혀질 것은 잊어버리자
나는 철지난 들판에 허수아비처럼 서 있네

너를 사랑하는 세월만큼 나는 아픈 길을 걸어왔네
행복했던 날은 어디로 가버렸나
하고 싶은 이야기는 에헤라 강물 위에 띄워 볼까
나는 철지난 들판에 허수아비처럼 서 있네
이제는 영영 꽃피는 날은 그리워 말아라
미련일랑은 떨쳐 버리고 잊혀질 것은 잊어버리자
나는 철지난 들판에 허수아비처럼 서 있네

– 박건호 작사, 이대헌 작곡 〈나는 허수아비〉 전문

그러나 사랑하는 사람을 보낸 것은 슬픔 중의 슬픔이다. 사랑이라고 해서 비단 이성과의 관계뿐만은 아니다. 살아오는 동안 하루라도 못 보면 안 되는 사람이 있게 마련이고 그런 사람이라고 해도 헤어져야 할 때가 있다. 헤어지지는 않았더라도 이 때까지 느껴 왔던 것과 달리 몰랐던 이중성을 발견했다면 그것은 이별보다 더 아픈 것이다.

그런 아픔들과 이별의 슬픔들을 자근자근 씹으면서 나는 오늘도 철 지난 들판에 허수아비처럼 서 있다.

2부

삶을 바라보며

Y의 삶

나에게 있어서 대부분의 추억들은 짜증나는 것이었고 인간관계는 그저 서운한 사람들 뿐이었다. 극장 한 번 갔다고 훈육 선생님은 굳이 무기정학을 시켰다. 그 이후 나는 불량학생으로 분류되어 학창시절 내내 억울함을 가슴에 품고 지냈다.

커서도 마찬가지였다.

원주에서 올라온 시골뜨기 시인 지망생을 인간 대접해 주는 사람은 없었다. 그동안 가사를 쓰는 일도 어려웠지만 그것을 직업으로 인정해 주지 않아 위축될 대로 위축된 삶이었다.

작품료를 쥐꼬리만큼 주는 제작자, 내가 병으로 쓰러지자 면회를 오지 않거나, 득실에 따라 전화를 가려 받는 친구, 친절하지 않은 간호사, 좋은 성인가요는 왜 만들지 않느냐고 비판하면서 CD는 사지도 않는 주부 등 섭섭한 사람들은 끝이 없다.

그리고 지난 날 나에게 일어났던 크고 작은 일들은 대부분 불만 투성이들이었다.

'나는 왜 지지리도 인복이 없을까?'

'나는 왜 만사에 재수가 없을까?'

이렇게 한탄하며 살아온 반생이었다.

그런데 나와 전혀 다른 시각으로 세상을 보는 Y라는 사람이 있다. 그는 사람에 대한 고마움과 인생의 즐거움을 이야기한다. 살다 보면 마음 상하는 일이 많을 법한데 그는 그렇지 않은 모양이다.

어느 누구를 헐뜯는 일이 없다. 병마와 싸우면서도 불우이웃을 자주 돕는 원로 가수 K, 연기인으로서의 삶에 충실한 영화배우 M, 의리를 지킬 줄 아는 신문기자 W, 예술가들을 위해 과감한 투자를 하는 영화제작자 E, 그가 그리워하는 사람들은 끝이 없다.

나는 그의 폭넓고 따뜻한 인간관계를 부러워했고 반대로 색안경을 끼고 보기도 했다. 어쩌면 그것은 자신의 이미지 관리를 위한 위선일지도 모른다는 생각에서였다.

또한 그가 그리워하는 사람들 중에는 나를 가슴 아프게 한 사람도 많았기 때문이다. 아무리 후한 점수를 준다 해도 결코 좋게 보아지지 않는 반사기꾼까지 아름답게 이야기하는 Y의 속셈은 과연 무엇일까. 그의 미소는 가식이고 그의 말은 거짓이라는 생각도 했다.

그러나 그것은 사람이나 세상을 긍정적으로 바라보지 못하는 나의 변명 같은 것이었는지도 모른다.

좋은 추억을 찾기 위해 고민했던 지난 며칠 동안 나는 세상이 다른 색깔로 변하는 것을 보았다. 좋은 생각으로 세상을 보고 좋은 생각으로 글을 써야 한다는 관점에서 문득 돌아본 나의 지난 날은 결코 섭섭한 사람들의 집합소가 아니었다.

일복이 없다고 생각했던 나는 어느 청년의 장기(콩팥) 기증으로 새

생명을 얻었다. 그보다 더 큰 감동이 어디 있으랴.

그것뿐이 아니었다.

돌아보니 고마운 사람들은 한둘이 아니었다. 모두가 따뜻한 사람들이었고 너무도 소중한 순간들이 많았다. 이렇듯 어떻게 바라보느냐에 따라 세상은 얼마든지 달라질 수 있는 것이 아니었던가.

비로소 Y의 삶이 느껴지기 시작했다.

변기에 쏟아지는 오줌줄기

구름 한 점 없이 맑은 아침이었다.

문득 하늘을 쳐다보니 사람들이 걸어가고 있었다. 저 쪽 장재로부터 시작된 갈가마귀 같은 긴 행렬은 복판에 이르러 한 사람씩 하늘 속으로 걸어 들어가고 있었다.

— 하늘 궁전의 초대를 받은 것일까?

어린 시절 내 고향에는 가끔씩 과학적으로 해결하기 힘든 사실들이 벌어지곤 했다. 여름 밤이면 마을 앞 낡은 우물가에서 도깨비불이 보인다고 수근댔다. 복금댁 큰애기가 병으로 앓아 눕게 되자 한 달도 넘게 굿판을 벌렸고, 그것은 마을 사람들의 좋은 구경거리가 되었다.

판수가 북을 두드리며 경을 읽고 경이 절정에 이르면 대잡이는 나무 끝에 종이를 달아 만든 대를 잡고 휙휙 날아가서 귀신을 잡아 왔다. 개울가에서도 잡아 오고 마을 뒤 서낭나무에서도 잡아 왔다. 귀신을 잡아 와 나무에 구멍을 뚫고 그 속에 가뒀다. 귀신을 가둘 때 사람들은 '워워워-' 하고 소리를 질렀다. 콩알 같은 귀신(?)이 대잡이의 손에서 팔딱팔딱 뛰는 것이 신기하기만 했다.

어린 시절, 그 경이로운 모습들은 나에게 기쁨을 주는 일이었다. 그러나 그것이 기쁨인 줄 안 것은 모두 어른이 되어서였던 것이다

1975년 MBC에서 그해 최고의 인기곡으로 〈내 곁에 있어주〉가 선정되었다. 작사가, 작곡가, 가수, 모두에게 주는 상이었다. 그러나 나는 시상식에 참가하지 않았다. 가요계에서 첫 번째 얻은 행운을 깨끗하게 사양했다. 그 시절 나는 작사가의 자리는 내 자리가 아니라고 생각했었다. 그리고 살다 보면 더 큰 행운이 온다고 믿었다. 미래를 위해 아무 것도 준비하고 있지 않으면서 언제나 꿈은 찬란하기만 했다.

1983년에 받은 KBS 가요대상이나 〈잊혀진 계절〉이 MBC 최고 인기곡에 선정된 것도 결코 기쁨은 아니었다. 김수환 추기경 앞에서 가요대상을 받을 때도 내가 바라보는 것은 트로피가 아니었다. 무엇인가 알 수는 없지만 더욱 높고 큰 자리가 나를 기다리고 있을 것이라고 생각했다.

KBS에서 제1회 가사대상을 받을 때 몇몇 작사가들이 내 들러리를 선다고 투덜거렸다. 2회 때는 생각지도 않았는데 〈풀잎이슬〉로 대상이 주어졌다. 그리고 그 해 국무총리 표창을 받기도 했다. 그러나 그 순간에도 나는 기쁨을 느끼지 못했다. 적어도 1980년 말까지 나는 결코 작사가로 남겨지기를 원하지 않았다. 동냥하듯 몇 푼 던져주는 음반 제작자, 상전처럼 행세하는 PD들, 기자들……, 그 틈에서 음악저작권법이 강화되어 시행되기 전까지 이 땅의 작사, 작곡가들은 얼마나 배가 고파야 했던가.

1989년은 내게 아픔이 시작되는 첫 해였다. 느닷없이 뇌졸중으로 쓰러져 병원에 실려 갔다. 오른쪽 수족이 마비되었던 것이다. 언어신

경이 막혀 말을 제대로 하지 못했다. 생각은 그렇지 않은데 뭐라고 말을 하면 발음이 뭉개져 나왔다. 나는 사람들이 면회를 오면 그저 말똥말똥 쳐다보기만 할 뿐이었다.

그때 나는 비로소 나를 돌아보았다. 노는 것인지 일하는 것인지 모르게 보낸 가요계 25년이었다. 그 동안 너무 많은 것을 잊고 살았다. 그래서 내가 잃어 버린 모든 것들을 찾아주기 위해 신이 나를 쓰러뜨렸을지도 모른다는 생각이 들었다. 그런 생각을 하는 순간 나는 자리에서 벌떡 일어나려고 했다. 그러나 그때는 이미 누군가의 부축이 없으면 꼼짝달싹할 수 없는 신세였다. 곧 몸이 회복되기는 했지만 그 이후의 내 생활들은 전 같지가 않았다. 특별한 일이 없으면 집에 틀어박혀 지냈다.

그러다가 1994년 결정적인 타격을 입었다. 생고기를 먹은 것이 잘못이었다. 보름 동안의 설사 끝에 만성신부전이 악화되어 죽음의 문턱까지 가게 되었다. 이제는 마음에 품고 있는 꿈들이 문제가 아니었다. 투석을 하면서 구차한 생명을 연명해야 했다.

그것은 절반의 죽음이었다. 죽음은 날마다 한 걸음씩 내게 다가오고 있었다. 어쩌면 이 세상 모든 기억으로부터 하얗게 지워질지도 모른다는 불안감에 가슴이 서늘할 뿐이었다.

하늘이 무너져도 솟아날 구멍이 있다고 했던가. 뜻밖에 신장 이식수술을 받게 되었다. 스물 일곱 살 되는 청년이 신장을 기증해 주었던 것이다. 그러나 한 달 정도 입원하여 수술을 받는 날까지 그 청년의 마음이 변할지도 모른다는 생각에 불안하기만 했다.

그리고 한 달 동안 입원하여 검사를 받을 때마다 너무 고통스러웠다. 방광 사진을 찍기 위해 하루 종일 소변을 참는 것은 고통 중의 고통이었다. 수술 후 5일 동안이 고비였다. 방광까지 오줌 줄을 꽂고 지냈는데 한 시간마다 물을 먹어야 하니 편하게 잠도 잘 수가 없었다. 오줌이 마려워도 누지 못하는 느낌으로 5일을 지내는 것은 견딜 수 없는 괴로움이었다. 피와 가래를 뱉을 때마다 아랫배도 당겼다. 두 번 신장 이식수술을 받으라고 하면 차라리 죽음을 택할 것 같았다.

1994년 5월 30일 아침. 신장 이식수술의 마지막 단계인 오줌 줄을 뽑았다. 오줌 줄을 뽑는 순간, 꼼짝하지 못하게 몸을 묶고 있던 밧줄이 풀리는 기분이었다.

나는 화장실로 뛰어갔다. 변기에 쏟아지는 오줌줄기. 실로 몇 년만의 일이던가. 그것은 34년의 내 투병생활을 마감하는 진혼곡이었다. 그리고 내 제2의 인생이 출발하는 거룩한 순간이었다. 그 기쁨을 무엇에 비하랴. 나는 그 순간을 순백색 도화지 같은 것이라고 했다.

검정 염소 이야기

원주에서 고등학교를 다닐 때의 일이다

길에서 우연히 검정 염소를 안고 오는 두 명의 친구를 만났다. 지친 모습들이었다. 염소를 팔려고 몇 시간이나 헤맸다는 것이다. 요즘 같으면 염소탕집을 쉽게 찾을 수 있지만 그때만 해도 염소를 약으로 먹는 사람들은 별로 없었다. 하기야 밥도 먹기 어려운 시대였으니 웬만큼 사는 집이 아니고서는 보약으로 먹는 염소탕 같은 것을 엄두나 냈을까.

모든 것이 힘들었던 시절이었다. 부모에게 용돈이라는 명목으로 매달 돈을 타 쓰는 친구들은 한 반에 그저 한두 명 정도였다. 그러한 때 염소를 팔러 다닌다는 그들의 말은 귀가 번쩍 뜨이는 말이었다. 염소를 팔아주면 용돈 몇 푼은 족히 얻어 쓸 수 있을 것 같기 때문이었다. 그래서 나는 염소를 팔아주겠다고 했다.

나는 그들이 맡긴 염소를 끌고 우시장으로 갔다. 우시장에는 크고 작은 소떼가 개척시대의 노예시장을 방불케 했다. 소장사들은 저마다 한 다발의 돈을 쥐고 이리저리 소들을 살피며 다녔다.

"아저씨, 염소는 사지 않으실래요?"

나는 누런 털 점퍼를 입고 있는 소장사 앞으로 갔다. 그는 소를 쓰다듬다가 힐끗 쳐다보고, 다시 먼저 하던 대로 소를 쓰다듬기만 했다. 그렇게 우시장에서 몇 시간을 헤맸지만 어디를 가도 염소를 사겠다는 사람은 없었다.

"이거 아까 그 염소 아냐?"

그 친구들도 이미 우시장에 다녀간 모양이었다. 나는 비로소 염소를 팔기가 어렵다는 것을 깨달았다. 어느덧 해는 뉘엿뉘엿 저물어 가고 있었다.

나는 염소를 팔기는 고사하고 하룻밤을 지낼 것이 걱정이었다. 정원도 마당도 없는 집으로 끌고 갈 수는 없는 노릇이었다. 더구나 하루종일 굶었을 염소에게 무엇을 먹여야 한단 말인가.

나는 행구동 K선생 댁으로 향했다. 치악산 밑 행구동은 농촌과 인접하고 있어 염소 한 마리쯤은 쉽게 맡길 수 있을 것 같았기 때문이었다. 그러나 행구동 길은 시내 중심가에서 쌍다리라는 다리 하나를 건너 작은 산을 끼고 십리쯤 가야 했다.

염소를 끌고 부지런히 걷고 있는데 누군가 헉헉대며 뒤에서 따라오고 있었다. 돌아보았지만 아무도 없었다. 이를 악물고 다시 걸었다. 그러나 그것은 사람의 소리가 아니었다. 염소의 소리였다. 그때 염소의 숨차 하는 소리가 사람 소리와 흡사하다는 것을 처음 알았다. 나는 길에 주저앉아 잠시 염소에게 풀을 뜯게 했다.

염소를 안고 K선생 댁에 도착했을 때에는 캄캄한 밤이었다. 나는 며칠 동안 염소를 좀 맡아달라고 했다. 그러나 이미 외양간을 다 헐어

버려 맡아둘 만한 곳이 없다는 것이었다. 눈 앞이 캄캄했다. 그러나 어쩔 수 있으랴. 다시 마당이나 뒤란이 있는 친구를 생각하다가 선배인 J형네로 갔다. J형은 "사정이 딱하니 맡아두기는 하지만 내일은 찾아가라"고 했다.

일단 위기는 모면하고 돌아왔지만 문젠 염소를 맡긴 친구들로부터 연락이 오지 않는 것이었다. 그 다음 날도 또 다음 날도 선배는 쉬는 시간마다 교실로 찾아왔다. 염소를 찾아가라는 것이었다. 나는 그런 선배를 피하려고 매시간 수업이 끝나면 뒷문으로 도망쳤다.

그렇게 3일은 피할 수 있었지만 나흘째 되는 날이었다. 밖에서는 다른 반 아이들 떠드는 소리가 들리는데 선생님의 강의는 엿가락처럼 늘어지고 있었다. 여간 조바심이 나는 것이 아니었다. 선배가 문 앞에서 기다리고 있을 것만 같았다. 이윽고 수업이 끝나고, 나는 가슴을 조아리며 뒷문으로 살금살금 빠져 나갔다.

바로 그때였다.

"너, 염소 찾아가!"

선배의 호령이 목덜미를 후려쳤다.

아직도 나는 그때만큼 간담이 서늘해 본 적이 없다. 지금 같으면 염소를 달여 보신이나 했을 텐데.

사랑과 결혼에 대한 에스프리

결혼의 첫 번째 조건은 사랑이어야 하는데 현실은 그렇지 못할 때가 있어 씁쓸할 때가 있다. 그러나 어쨌든 결혼은 가슴 설레는 일이고 아름다운 것이다. 경험자가 말해 주지 않아도 책이나 영화 등을 통해 간접 경험을 하고 현명하게 인생을 출발하는 젊은 남녀들이 대견스럽기만 하다. 그래서 결혼을 앞둔 사람들을 위해 무엇인가 좋은 말을 하려고 하는데 말문이 열리지 않는다.

결혼식장이나 신혼 여행지 등에서 새롭게 인생을 출발하는 커플들을 바라보면 온통 부러운 것들 뿐이다. 나는 결혼한 지 15년쯤 된 사람이지만 남들보다 멋진 결혼식을 한 것도 아니고, 이상적인 부부생활을 한 것도 아니기 때문에 오히려 그들의 지혜를 바라보며 과거를 반성하고 싶을 따름이다. 내가 결혼을 앞둔 사람들을 위해 할 수 있는 말은 아무 것도 없다. 결혼식에서 내가 겪은 작은 실수들, 들어도 안 들어도 좋은 몇 마디를 하려고 한다.

나는 서른 네 살에 늦장가를 들었다. 평생 혼자 살 것 같던 내가 결혼을 했다는 것은 지금 생각해도 뜻밖의 일이다.

"너 기왕 늦었으니 남 보라는 듯이 멋진 결혼식을 해봐."

이 말은 결혼식을 이십여일 남겨놓았던 어느 날 친구 G가 한 말이다. 나는 그 친구의 말을 들으며 약혼식에서 케이크를 절단하던 일을 생각했다.

그 때까지 나는 생케이크를 잘라본 일이 없다. 그저 영화나 TV에서 본 정도다. 그래서 케이크를 끝까지 잘라 두 토막으로 잘라 절단하려고 했다. 얼마나 힘들었는지 모른다. 그저 입김으로 촛불을 끄고 칼만 살짝 대기만 해도 되는 것을 몰랐다.

나는 케이크 자르던 실수 같은 건 결혼식에서는 없을 것이라 생각했다. 모든 것이 순조로웠다. 처음에는 호텔에서 근사하게 결혼식을 하고 싶었지만 가정의례준칙에 의해 웨딩드레스를 입을 수 없었다. 웨딩드레스를 입을 수 없는 결혼식을 원하는 여자들은 없을 것이다. 우리는 할 수 없이 역삼동의 어느 예식장을 빌렸다.

유명 디자이너 앙드레 김은 웨딩드레스를 만들어 주고 싶다고 했으나 예식장측의 원칙 때문에 신혼여행에 입고 갈 나들이복을 했을 뿐이다. 그리고 친구의 주선으로 바이올린 둘, 첼로 하나, 피아노 하나가 준비되었다. 주례는 유명한 숭전대학교(당시) 안병욱 교수님이 맡아 주셨다. 그 정도면 당시로서는 인상적인 결혼식이었다.

안병욱 교수님은 주례사에서 만남과 선택과 약속을 강조하셨다. 특히 약속은 평생을 두고 지켜야 할 서로의 의무라고 강조하셨다. 또 결혼의 의무에 대해 다음과 같이 강조하셨던 것으로 기억한다.

바다에 나갈 때는 위험성이 있으니 한 번을 기도하라.

전쟁에 나갈 때는 더 많은 위험성이 있으니 두 번을 기도하라.

그리고 결혼을 할 때는 바다와 전쟁보다 훨씬 더 많은 위험성이 있으니 세 번을 기도하라.

나는 눈을 감고 안 교수님의 말씀에 귀를 기울였다. 한 마디 한 마디가 가뭄에 단비처럼 가슴으로 배어들었다. 그러나 신혼여행에서 돌아오자 결혼식에 참석했던 친분 있는 사진작가들이 난리였다.

"아니, 멋진 사진 한 장 찍어 주려고 했더니 그렇게 눈을 감고 있으면 어떻게 해?"

그들이 내미는 사진들을 보니 전부 눈을 감은 것들이었다. 그들은 나를 향해 카메라를 들이대고 아무리 기다려도 눈을 뜨지 않더라는 것이었다. 아차, 하나는 알고 둘은 몰랐다. 그건 학술 강연이 아니라 결혼식이었다. 나는 안 교수님의 주례사만 열심히 들을 생각을 했지 그 순간 단 한 번뿐인 추억이 만들어진다는 것은 생각하지 못했다. 사진을 찍기 위해 다시 결혼을 할 수는 없지 않은가.

지금 나는 결혼을 앞둔 사람들에게 이렇게 말하고 싶다. 주례사를 할 때는 눈을 감지 말라고. 좋은 말씀 한 마디는 열 장의 사진보다 나을지 모르지만, 이 경우 한 장의 사진이 백 마디의 말을 할 수 있는 것이다. 그러나 사진을 잘못 찍었다든지 케이크를 자르려고 고생했던 것은 결혼생활에 큰 지장을 주지 않는다. 오히려 그런 실수들이 애교 역할을 한다.

문제는 결혼을 너무 중요하게 생각한 나머지 볼 것을 안 보고 안 볼 것을 보다가 상대를 잘못 선택한 경우다. 신랑 될 사람의 직업에 '사' 자가 붙었다고 하여 신부가 기본적으로 아파트나 자가용을 준비해야 한다든가, 잘난 신부가 신랑에게 거는 첫 번째 조건이 부모님 안 모시고 따로 살기라면, 그 선택은 애초부터 불행을 예고하는 전주곡이라 할 수 있다.

결혼은 현실적인 타협이 아니다. 미래를 향한 도전이다. 끝없는 꿈의 바다를 둘이 헤엄쳐 다니며 여기 저기 숨어 있는 행복을 건져 오는 일이다. 오늘 평온하다고 하여 내일도 평온한 것이 아니듯 오늘 풍랑을 만났다고 하여 내일도 풍랑을 만나는 것이 아니다.

따라서 결혼은 모든 물질적인 조건들을 초월해야 한다. 결혼식장에서 신부의 화려한 웨딩드레스를 보고 간 하객들은 다음 날이면 잊어버린다. 그런데 웨딩드레스 값을 지불하고 열흘 굶는 일을 만들어서는 안 된다.

결혼의 첫 번째 조건이 사랑이라면 두 번째 세 번째 조건도 사랑이다. 그리고 그 사랑의 온도는 섭씨 75~85도 정도는 되어야 한다. 손을 집어 넣으면 델 수도 있겠지만 그렇지 않고는 진정한 선택을 할 수 없을 때가 많을 것이다. 결혼을 하기 전에 그 예비 커플들은 친구나 친지의 의견을 들으려고 한다. 자신의 선택이 잘못인지도 모른다는 생각에서다.

그러나 타인이 보는 기준과 당사자들이 보는 기준은 다르다. 타인은 그 사람의 외형만 본다. 얼굴이 잘생겼다든가 재산이 많다든가 하는 정도지만 당사자는 그 사람의 내면을 보게 된다. 그 사람의 성격이나 장래에 대한 꿈을 짐작한다.

꿈은 현실보다 중요한 것이다. 그러나 타인의 의견에 의해 그 짐작은 흔들릴 수도 있다. 만약 상대의 꿈을 보고 그 실현의 가능성을 80%만 확신한다면 어느 누가 돌아서려고 하겠는가. 그러나 결혼 전 사랑의 온도는 최소한 75도는 되어야 모든 유혹들을 뿌리칠 수가 있다. 그렇다고 1백도 이상은 위험하다. 너무 펄펄 끓다 보면 나쁜 면도 좋게만 여기다가 자칫 잘못된 만남이 되는 경우가 많다.

섭씨 75~85도로 출발하는 사랑은 살아가면서 더러는 식는다 해도 그것은 식는 것이 아니다. 결혼은 연애와 다른 것이기 때문이다. 얼핏 보면 사랑이 식은 것도 같고 함께 살다 보면 장점보다는 약점이 많이 보이게 마련이지만 그 약점은 오히려 인간을 인간이게 하는 약점이 된다. 서로가 서로의 약점을 사랑할 때 자신도 모르는 정의 물결이 가슴에 흐르게 되는 것이다.

그때 사랑의 온도는 바야흐로 36도 5부, 그러니까 인간 체온이 되는 것이다.

가장 맑은 영혼이 하나 내 몸 속에 들어와

― 생명의 동행

나는 한 청년의 신장(콩팥)으로 생명을 지탱한다. 그 청년이 내게 신
장을 주지 않았다면 지금쯤 목숨을 잃었거나 일주일에 세 번씩 인공
신장실에 가서 피를 걸러내며 구차스런 목숨을 지탱했을지도 모른다.
어릴 때부터 허약한 신장을 타고 난 나는 다행히 40여 년을 간신히 지
탱해 왔고, 드디어 신장이식이라는 첨단의학의 혜택을 보게 된 것이
다.

그러나 첨단의학만으로 되지 않는 것이 신장이식이다. 누군가가 신
장을 제공하지 않으면 아무리 첨단의학이라 해도 나는 저 원시적 상
태로 신음할 수밖에 없는 현실이었다. 형제간이나 부부간이라 해도
내 몸에 들어 있는 신장 한 쪽을 선뜻 떼어 주기 힘들 것이고, 떼어 준
다고 해도 조직형이 맞으리란 보장도 없다.

특히 내가 신장이식을 받은 1994년은 지금처럼 교환이식도 드물었
고 조직형이 맞지 않으면 투석을 하며 지낼 수밖에 없는 형편이었다.
그래서 나도 많은 환우들처럼 참담한 생각으로 병원에 가서 혈액투석

을 받고 있었다. 혈액투석은 하루에 물 한 컵 이상 마실 수 없어 언제나 목이 말랐고 수박 한 조각을 먹어 보는 것이 꿈이었다.

내가 신장이식을 받은 것은 그야말로 꿈 같은 현실이었다.

그날도 여느 때처럼 처량한 마음으로 투석을 받고 신장실을 나오던 중이었다. 나는 문득 사랑의 장기기증본부에 등록을 해야겠다는 생각을 했다. 아내한테 어서 빨리 마포에 사랑의 장기기증본부 사무실로 가자고 했다. 아내는 점심이나 먹고 가자고 했다. 나는 그렇게 말하는 아내의 말은 듣는 둥 마는 둥하며 택시 잡으러 병원 입구 승강장으로 갔다.

남자 동생이 한 명 있어 조직검사를 했는데 반은 맞았다. 그 정도로도 이식은 할 수 있었지만 간염이 있어 벽에 부딪치고 말았다. 희망을 걸었던 아내는 여간 실망을 하는 것이 아니었다. 하지만 나는 다행으로 생각했다. 그렇잖아도 몸이 안 좋아 비실비실하는 동생의 콩팥을 얻어 생명을 유지하고 싶지는 않았다.

그날 나는 마포에 있는 사랑의 장기기증본부에 등록을 하고 나오면서 왠지 좋은 일이 있을 것 같은 예감이 들었다. 담당 간사의 표정도 그랬고 국장의 표정도 그랬다. 하지만 막상 저녁 10시 무렵 조직형이 맞는 사람이 있으니 항체반응검사를 해 보자고 할 때는 거짓말 같았다. 더군다나 모든 신체검사가 다 끝나고 막상 이식수술에 들어가려 할 때 환우가 도망을 갔다고 하니 이건 나를 위해 나타난 사람 같았다. 27살의 건장한 청년, 독실한 기독교 신자이자 집안도 부유했으니 나는 신장을 제공하려는 그의 저의를 의심하며 불안해 할 필요도 없었다.

신장이식 이후 나는 정상인과 똑 같이 생활할 수 있었다. 소변도 잘

나오고 거무튀튀하던 얼굴빛도 제 색으로 돌아왔다. 그것은 생명의
환희였다. 나는 신장을 제공해 준 한 청년으로 인해 죽음에서 살아났
다. 그 순간 나는 '이것은 생명의 동행'이라고 생각했다.

나의 삶에는 항시 신장을 제공해 준 그 청년의 삶도 함께 한다고 생
각할 때 하루하루를 섣불리 낭비할 수 없었다. 이제부터의 삶은 덤이
고 삶의 절반은 신장을 제공해 준 사람의 것이었다.

나는 수술을 위해 한 달 동안 말할 수 없는 고통을 견뎌내던 그 청년
을 생각했다. 나는 그 청년한테 신장은 하나만 있어도 된다고 하면서
실상 속으로는 하나님이 왜 필요없는 신장을 두 개로 만들었을까 하
는 의혹이 있었다. 만약 내 가족 중에 누군가가 다른 사람을 위해 신
장을 제공하겠다고 하면 나는 말렸을지도 모를 일이었다.

하지만 내게 신장을 제공해 준 청년은 성공적인 신장이식 후에 나보
다 더 기뻐했다. 그리고 건강하게 사시라고 하며 이제는 줄래야 더 줄
수 있는 신장이 없다고 했다.

나는 오늘도 내 인생은 나 혼자의 것이 아니라고 생각한다. 이 세상
에 가장 맑은 영혼이 하나 내 몸 속에 들어와 동행하는 것이다. 이 생
명의 동행은 내 나머지 인생을 더 아름답게 장식해 주리라고 믿는다.

사랑하지 않아도 되는 홀가분함

내 첫사랑은 손목도 잡아보지 못하고 끝났다.

그래서 더 애틋한 그리움으로 내가 쓰는 노래 가사 속에 등장하면서도 모습은 언제나 변해 가고 있었다. 때로는 꿈을 꾸는 소녀로, 때로는 배신하고 돌아선 여인으로 내 곁에 있어준 것이다.

하지만 그것은 다 허구였다. 그녀는 내 작품을 만들어 주는 하나의 모델이긴 하지만 항시 그 때마다 내가 만들어 내는 하나의 가상적인 모습일 뿐이었다.

가수 민해경이 부른 〈어느 소녀의 사랑 이야기〉는 이렇게 시작하고 있다.

그대를 만날 때면
이렇게 포근한데
이룰 수 없는 사랑을 어쩌면 좋아요

미소를 띄워 봐도

마음은 슬퍼져요

사랑에 빠진 나를 나를 건질 수 없나요

이것은 그녀의 편에 서서 쓴 것이지만 사실이라기보다는 그랬으면 하는 바람일 뿐이었다.

그러나 작품 속에서와 현실을 정반대로 표현했다. 사랑했던 그녀가 다른 남자 품에서 옛날은 다 잊고 신혼의 단꿈을 꾸고 있을지도 모를 일이었다. 그것을 생각하면 온몸을 찢어 버리고 싶을 정도로 가슴 아픈 일이지만 어쩔 수 없는 노릇이었다.

다만 나는 작가였기에 그것을 뒤집을 수 있었던 것이다. 작품 속에서는 그녀가 나보다도 더 나를 그리워한다고 표현하여 놓았다. 그리고 그 바람을 중간 브릿지에서 더 구체화시켜 놓았다.

내 인생의 반은 그대에게 있어요

그 나머지도 나의 것은 아니죠

그대를 그대를 그리워하며 살아야 하니까

그러나 이런 식의 표현들을 보고 옛날에 같이 문학을 했던 어느 선배는 말장난하지 말라고 하곤 했다. 내 인생의 반은 그대의 것이고, 그 나머지도 자기 것이 아니라고 하는 것은 넌지시 모두 그대의 것이라는 말인데 그런 말의 재주를 부리는 것보다는 진실을 표현하라는 것이었다.

하지만 나는 그 말에 동의하지 않았다. 창작에서의 진실은 사실의 나열이 아니라 그 주제에 있는 것이 아니겠느냐 하는 생각에서다.

가령 진실이라고 해도 똥누고 있는 모습을 적나라하게 묘사하는 것을 나는 반대하는 편이다. 그것은 생각에 따라 틀릴 수도 있겠지만 나는 아름다운 것이라고 말하고 싶지는 않다.

그리고 언어 예술 중에 특히 시는 말장난의 극치가 아니겠는가. 내가 말장난을 했기로서니 그것이 문제될 것은 없다는 생각이다.

동짓달 기나긴 밤을
한 허리를 버혀 내어

춘풍 니불 아레
서리서리 너헛다가

어론님 오신 날 밤이여든
구뷔구뷔 펴리라.

그 옛날 황진이가 쓴 이 시조도 그런 식으로 따지면 말장난이라고 할 수 있다. 그러나 동짓달의 긴 밤의 허리를 베어낸다는 것은 허무맹랑한 것이지만 이 허무맹랑함이 바로 언어예술의 결정체인 것이다. 그런 나에게 말장난이니 뭐니 하는 것은 괜한 생트집이었는지도 모른다.

지금도 기억하고 있어요
시월의 마지막 밤을

뜻 모를 이야기만 남긴 채
우리는 헤어졌지요

이용이 부른 〈잊혀진 계절〉은 많은 사람들과 '시월의 마지막 밤'을
공유한다. 그들은 '시월의 마지막 밤'에 의미를 두고 또 다른 만남의
시간들을 갖곤 했다.

하지만 그것은 필자의 경험에서 얻어진 것이 아니라 작품 속에 나타
난 가상적인 날짜에 불과했다. 처음에는 '구월의 마지막 밤'이었는데
발표 시기도 늦어졌고 어감도 괜찮아 '시월의 마지막 밤'이 되면서 사
람들은 의미에 의미를 만들어 갔다.

나는 첫사랑의 연인과의 가상적인 추억을 생각하며 이 노래 가사를
썼다. 그러나 노래가 발표된 이후 많은 연인들은 나의 말장난에 의해
구체적인 추억들을 만들어 갔다고 생각한다. 그렇다고 나는 사기꾼은
아니다. 결국 내가 하는 것은 허구를 만들어 내는 문학형태 속에서 또
하나의 진실을 이야기하고 있는 것이다.

내 두 번째 사랑은 나를 비참하게 만들었다.

그녀를 스타로 만들어 보고 싶은 주변 사람들은 우리가 간직했던 짧
은 사랑의 추억마저 아주 더러운 것으로 만들어 버렸다.

나는 그녀 주변의 한 사람으로부터 방송국 앞에서 멱살까지 잡혔다.
그리고 그녀 주변 사람들은 나를 골탕 먹이기 위해 전속해 있던 음반
사로 찾아가 사장을 만났다. 이유는 그녀가 말을 듣지 않는다고 내가
진행하고 있던 음반작업을 중단하고 있다는 누명이었다.

그때 사장은 이렇게 말했다.

"나는 박건호가 소속해 있는 회사의 사장이지 보호자는 아닙니다.

개인적인 일은 얘기하지 마세요. 그리고 나는 박건호를 믿습니다. 그가 음반을 보류하고 있다면 이유가 있겠지요."

이 모든 것을 그녀가 알고 있었을까.

공과 사를 구분하기 위해 매니저를 다른 사람으로 구했는데 그들이 음모를 꾸미고 있었던 것이다. 가수에게 애인이 있다는 것은 귀찮은 일이었고 될 수 있는 한 그 사이를 멀어지게 하는 것이 유리하다고 판단했기 때문이다.

그런데 결국 그들의 목적대로 우리 사이에는 금이 갔고, 그녀는 그쪽에서 스타가 되었다. 스타가 된 그녀에 비해 나는 점점 초라해지는 것을 느꼈다.

그 이후 내 가사는 첫사랑과 두 번째 사랑이 합친 모습으로 등장하기 시작했다. 요즘 컴퓨터에서 가끔씩 실험적으로 합성하는 가장 기준적인 한국인 같은 그런 것이 아니라 내 마음 속에서 편리한 대로 왔다갔다 하는 그런 것이었다.

그대의 옷자락에 매달려 눈물을 흘려야 했나요
길목을 가로막고 가지 말라고 애원해야 했나요
　　　　　－ 최진희가 부른 〈우린 너무 쉽게 헤어졌어요〉 도입부

당신도 울고 있네요 잊은 줄 알았었는데
옛날에 옛날에 내가 울 듯이 당신도 울고 있네요
　　　　　－ 김종찬이 부른 〈당신도 울고 있네요〉 도입부

파티 파티가 시작될 때 나는 너를 보고 말았네

우린 처음 본 사람처럼 그냥 서로 인사만 하네
- 조용필이 부른 〈눈물의 파티〉 도입부

이렇게 나는 첫사랑이든 두 번째 사랑이든 개의치 않고 노래 속에 등장시켜 제 3의 모습으로 만들어 냈다. 하지만 그렇게 할수록 그녀들에 대한 추억이나 사랑의 감정들은 바래져 갔다.

많은 사람들은 내게 사랑의 추억들을 물어 왔다. 나는 아무 것도 없다고 했다. 이미 작품마다 우려 먹을 대로 우려 먹었으니 윤색되지 않은 현실의 사랑은 모두가 시시하게 느껴졌다. 그리고 그것은 시쳇말로 배때기에 기름이 끼어 순수했던 모든 감정들이 어디엔가 가서 말라 붙었는지도 모를 일이었다.

이제는 첫사랑을 만날 수 있었지만 옛날의 감정은 되살아나지 않았다. 내가 왜 그녀한테 실연을 당하고 마음을 다스리지 못했는지 이상하기만 했다. 두 번째 사랑은 유명을 달리 했기 때문에 만날래야 만날수도 없으니 거론하지 않는 것이 예의라고 하겠다.

그러던 중에 운명이라 생각했던 세 번째 여인을 만났다. 그녀는 형이하학적인 모든 욕망의 굴레는 던져 버리고 정신적인 나의 모든 것을 사랑하는 듯했다. 그러나 그녀는 광적인 여자였다.

낙엽이 뚝뚝 떨어지는 가을이었다. 그녀는 뚜렷한 이유도 없이 헤어지자고 했고 봄에 만나자고도 했다. 봄이 되려면 두 개의 계절을 지나야 하는데 그때 감정으로는 정말 견디기 어려운 상황이었다.

나도 모르게 그녀에게 다이얼을 돌렸던 적이 한두 번이 아니었다. 그러나 그녀는 내 목소리를 확인하고는 말도 안 하고 '찰칵!' 끊었다. 그럴 때는 정말 환장할 노릇이었다. 무작정 집으로 쳐들어가고도 싶었으나 그런 용기는 없었다.

　나는 하루하루 그녀를 생각하며 지루한 날들을 보냈다. 겨울이 가고 물론 봄이 되어도 그녀한테서는 감감 무소식이었다. 어떻게 보면 그렇게 냉정한 여자도 없었다.

　　겨울이기에 봄이 멀지 않던 계절의 끝에 서서
　　너의 모습을 바라본다는 가느다란 희망으로
　　기다리는 시간들이 너무 아팠다
　　사람들은 나에게 표정이 없다 하지만
　　흘려보지도 못한 눈물 덩어리들이 내 마음 곳곳에 있어
　　지난 시절이 아무리 행복했다 하여 무슨 소용있나
　　네가 없는 이 자리는 무덤 속 같은데
　　목이 터져라 불러보아도 대답이 없는 사람아
　　단 한 번만이라도 옛날처럼 다정히 그 목소리 들려다오

　그해 겨울 〈비몽(悲夢)〉이라는 가사를 구상하고 있을 무렵 얼핏 전해 오는 것은 내가 딴따라(가요 작사가)이기 때문에 이쯤에서 차버려야 하겠다는 말이었다.

　사지가 부르르 떨리고 머리 끝까지 핏대가 올라왔다. 하지만 그녀가 전화를 걸어만 준다면 아무렇지 않은 듯 달려갈 마음이었다. 그만큼 그녀를 사랑하고 있었다. 사랑이라기보다 로저스를 향한 필립의 집착 같은 것이었다. 필립의 마음을 일평생 괴롭혔던 '인간의 굴레'를 나도 쓰고 있었고 그래서 그런 명작을 쓰고 싶었다.

다시 또 여름이 가고 가을이 지나도록 그녀에게서는 아무런 연락이 없었다. 이제 그녀는 물론 이 세상 모든 여자들은 아무도 사랑하지 않고 결혼도 하지 않겠다는 생각까지 했다.

그런 그녀를 지방에서 가진 어느 예술인의 모임에서 마주쳤다. 그녀는 나를 보자 반색하며 다가왔으나 함께 온 친구들과 이내 술에 취해 인사불성이 되었다. 그리고 얼마 후 친구와 함께 도망가듯이 어디론가로 떠났다.

아마 그게 그녀가 할 수 있는 최선의 쇼맨십이었을 것이다. 그 상황은 내 노래 〈슬픈 인연〉의 첫머리 같은 것은 결코 아니었다.

멀어져 가는 저 뒷모습을 바라보면서
난 아직도 이 순간을 이별이라 하지 않겠네

나는 그녀의 뒷모습을 바라보며 마음이 홀가분해지는 것을 느낄 수 있었다. 이제 그녀를 사랑한다거나 그리워하지 않아도 된다는 해방감이었다.

그녀가 달아나듯이 사라지는 순간 그녀에 대한 사랑도, 그리움도, 한 가닥 남은 미련도 다 날아가 버리고 말았다. 그리고 그녀에게 가졌던 나의 마음이 단순히 인간의 굴레가 아니었던 것이 아닌가 하는 생각이 들었다. 그것은 사랑하지 않아도 된다는 홀가분함이었다.

나는 거기에서 최소한 그녀를 미워하지 않는 것으로 세 번째 사랑을 또 마감하기로 했다.

그날 새벽 나는 아무도 몰래 모든 일정을 취소하고 그곳을 떠났다. 세상에는 새로운 나의 길이 무수히 많다는 것을 새삼 느꼈다. 공연히 인간의 굴레 속에서 헤매던 지난 날의 자신이 어리석었다는 생각도 들었다.

그녀에게 나는 애초부터 호기심의 대상이었지 사랑의 대상은 아니었다는 생각이 들었다. 내가 아무리 잘해 주었다 해도 그녀는 떠나갈 사람이었다. 그녀의 불만은 나의 지나친 간섭이었고, 스토킹하듯 불같이 다가서는 것이었다고 한다.

그렇다면 그녀는 술에 취하면 5분에 한 번씩 전화 공세를 퍼부어댄 적이 없었던가. 그것도 다 사랑의 모습이었는데 스토킹이라고 한다면 나는 치한이 되어 버린 채 추억을 마감해야 할 것이다.

백 번 양보해서 생각해도 그녀 주변의 사람들한테 내 이미지를 이상하게 끌고 가는 것은 결코 우리 사랑에 대한 예절이 아니었다. 차라리 그만 만나자고 했더라면 멋진 이별의 밤이라도 만들었을 것이 아니겠는가. 그런저런 생각을 하면 씁쓸한 기억들이 화살처럼 내 가슴을 콕콕 찔러 왔다.

그때 비행기는 활주로에서 날개를 쭉 펴고 막 이륙을 하고 있었다. 나는 몸이 구름 위로 솟아오르는 것을 느끼면서 눈을 감고 혼곤한 잠 속으로 빠져 들어갔다. 그 잠 이후를 생각하지는 않았다.

동의

기자들이 히트 비결을 물을 때가 있다. 그때마다 나는 서슴없이 "있는 것은 있다고 하고 없는 것은 없다고 해야 하며, 좋은 것은 좋다고 하고 싫은 것은 싫다고 해야 한다"고 한다. 그 이상 다른 어떤 수식어로 꾸며 쓰려고 하면 글이든 노래든 공감을 얻기 힘들다고 본다. 왜냐하면 그것은 진실이 아니기 때문이다.

그런데 사람들은 상대를 향해 장황하게 자기 변명 내지 자기 설명이나 자랑하기를 좋아한다. 그렇다고 예쁘게 보아주지 않는데 말이다. 글이라는 것이 그 자체로 상대(독자)에게 자기 생각을 보여주는 것이라면 그것은 자기를 설명하지 않고 상대로 하여금 스스로 느끼게 해야 한다고 본다. 그렇지 않다면 그것은 아무런 공감도 주지 않는 자기 넋두리일 수밖에 없다.

우리는 크고 작은 일이건 잘못을 했을 경우 "미안해"라는 한 마디로 그 파장을 잠재울 수가 있다. 그렇지 않고 계속 자기 합리화를 위해 억지변명을 늘어놓는다면 더 큰 손해를 입을 수가 있다. 그렇다고 "미안해"란 말이 모든 사건을 잠재울 수 있는 만능의 단어는 아니다. 하나도 미안하지 않은 표정으로 협박하듯 고함을 치듯 "그래, 미안해!"라고 하면 그것은 같은 단어라도 화해적 의미가 될 수 없다. 어디까지나 언어는 마음의 보조수단으로 진실을 담고 있어야 하는 것이다.

미친년, 지가 민주투사야 뭐야. 즈아부지 얼굴에 똥칠을 해도 분수가 있지. 욕을 욕을 해대는 택시기사의 고함을 들으면서 우리 아파트 앞까지 온 것도 지난 해의 일, 그때 택시 뒷좌석에 쪼그리고 앉아 아무런 반론도 펴지 못한 것을 후회한다. 토론 프로그램에 전화를 하려다가 해야 할 말을 생각하다가 100분의 몇 곱절이 넘는 스트레스를 남긴 채 방송이 끝났다. 그때 말도 되지 않는 말로 왈왈왈 짖어대던 그들에게 아무런 반론도 펴지 못한 것을 후회한다. 보고 들으면서도 말을 못하고 무기명 투표장에 들어가서도 반대하지 못하는 비겁자들아. 우리가 뽑은 대통령이나 국회의원들을 대신하여 강물에 빠져 죽어버리자. 살아서 아무 말도 안 하면 그들은 동의하는 줄 안다. 찬성하는 사람은 찬성자 편에서 동의하는 줄 안다. 반대하는 사람은 반대하는 자 편에서 동의하는 줄 안다.
"그러나 역사는 항시 동의하지 않았다"

이 글은 내 시 〈동의〉라는 것이다. 여기서 내가 하고 싶은 말은 맨 끝연 '그러나 역사는 항시 동의하지 않았다' 다. 필자가 쓰고 싶으면 어떤 글이든 못 쓰겠는가. 문제는 필자가 떠드는 여러가지 말을 독자가 동의하느냐 않느냐에 따라 글(창작)의 생명이 달라진다는 것이다.
글을 쓸 때는 언제나 독자나 역사의 동의를 얻어야 할 것이다.

오! 윤동주, 나의 연적이여!

죽는 날까지 하늘을 우러러

한 점 부끄럼이 없기를

잎새에 이는 바람에도

나는 괴로와했다

모든 죽어가는 것들을 사랑해야지

그리고 나한테 주어진 길을

걸어가야겠다.

오늘밤에도 별이 바람에 스치운다.

－ 윤동주의 〈서시〉 전문

이 시는 어느 해 방송에서 조사한 우리나라에서 가장 애송되는 시 1위로 뽑힌 적이 있었다. 그 바람에 문학계에서는 윤동주에 대한 재평가가 이루어지기도 했다. 그러나 그때까지만 해도 나는 윤동주 시인에 대해 그렇게 관심이 없었고, 이 시도 시라기보다 《하늘과 바람과 별과 시》 시집에 있는 서문 쯤으로 기억하고 있었다. 그런 의미에서는 한용운 시인의 《님의 침묵》이라는 시집의 〈군말〉과 같은 것이었을 것이다.

> 님만 님이 아니라 기룬 것은 다 님이다.
> 중생(衆生)이 석가(釋迦)의 님이라면 철학은 칸트의 님이다.
> 장미화(薔薇花)의 님이 봄비라면 맛치니의 님은 이태리다.
> 님은 내가 사랑할 뿐 아니라 나를 사랑하느니라.
> 연애가 자유라면 님도 자유일 것이다.
> 그러나 너희는 이름 좋은 자유에 알뜰한 구속(拘束)을 받지 않느냐.
> 너에게도 님이 있느냐. 있다면 님이 아니라 너의 그림자니라.
> 나는 해 저문 벌판에서 돌아가는 길을 잃고 헤매는 어린 양(羊)이 기루어서 이 시를 쓴다.

그러나 윤동주 시인의 시집 《하늘과 바람과 별과 시》 앞에 놓인 〈서시〉나 한용운 시인의 《님의 침묵》 앞에 놓인 〈군말〉은 다 그 시인의 시집을 읽는 데 커다란 도움이 될 뿐더러 그 시인들의 일생을 요약해 놓았다고 해도 과언이 아니다. 그래서 나는 시집을 낼 때마다 서문을 중요시하게 되었다.

솔직히 말해서 방송을 통해서 〈서시〉가 부각되기 전까지 나는 윤동주 시인을 우리나라 대표시인의 한 분이라고 생각하지는 않았다. 시인이라고 하면 김소월과 청록파 시인 박목월, 조지훈, 박두진 정도로 알고 지내다가 장만영, 김광균 같은 모더니즘 쪽으로 확대되었다. 그러다가 유치환을 거쳐 미당 서정주에 이르러 평생 그 분의 시정신에 빠져 버렸던 것이다.

하지만 내가 원하든 원하지 않든 나는 다시 윤동주 시인을 생각하지 않으면 안 되었다. 그것은 1997년 연변에 갔을 때 윤동주 생가를 방문하면서부터였다. 그곳 방송국 사람들과 윤동주 생가를 마악 들어서는데 느티나무 아래 몇 명의 노인이 앉아 있었다.

그 노인 중에 한 분이 "대구에서 오신 분 안 계세요?" 하고 물었다. 나는 이상해서 그 쪽으로 가며 "왜 그러시냐?"고 물었다. 그러자 그 중에 한 노인이 어떤 할머니를 가리키며 이 사람의 고향이 창원이라고 했다. 그래서 나는 창원 어디에서 오셨느냐고 물었다. 그러면서 그 할머니는 고향이 창원이라는 것 밖에는 아는 바가 없다고 했다. 그러나 그 할머니는 어릴 때 떠나오던 그 고향 마을의 모습이 지금도 눈에 선하다고 했다. 누가 자기를 고향에만 데려다 준다면 금방 어릴 때 집으로 돌아갈 수 있다고 했다.

순간 나는 눈물이 핑 돌았다. 한평생 어린 날의 추억 하나만을 가지고 살아가던 그 할머니의 생각에는 창원이 얼마나 큰 도시로 변했는지는 짐작도 못하는 것 같았다.

윤동주 생가는 그 시절을 미루어 생각할 때 부농이었던 것으로 짐작되었다. 일제시대였는데 마루를 비롯 부엌, 방 같은 것이 단정했던 것으로 보아 그렇게 느껴졌다. 하기야 만주로 이민 온 사람 중에 동경으로 유학갈 정도면 다른 사람들보다는 부자였을 것이라는 생각도 들었다.

동경 유학 중에 어린 나이로 마루타가 되었던 윤동주, 목 터지게 어머니를 불렀고, 조국을 그리워했을 윤동주를 생각하니 측은한 생각에서 갑자기 눈시울이 뜨거워졌다. 나는 그의 생가 마루에 걸터앉아 속으로 그의 시 〈별 헤는 밤〉을 읊어 보았다.

계절이 지나가는 하늘에는
가을로 가득차 있습니다.
나는 아무 걱정도 없이 하늘 위의 별들을
다 헤일 듯합니다.
가슴 속에 하나 둘 새겨지는 별을
이제 다 못 헤는 것은
쉬이 아침이 오는 까닭이요
내일 밤이 남은 까닭이요
아직 나의 청춘이 다하지 않은 까닭입니다.

윤동주의 생가 마루에서 시를 읊으니 감개가 무량했다. 연길이나 용정이라고 할 때는 잘 모르겠는데 막상 북간도라고 하니 갑자기 아주 먼 역사 속으로 빠져 들어간 기분이었다.

해방 전 함경도 쪽의 사람들은 먹을 것이 없었다. 그래서 두만강 건너 저쪽 만주 땅으로 월경하여 씨를 뿌리고 때가 되면 추수해 오는 도둑 농사들을 지었다. 그러나 그곳은 남의 땅이라 함부로 오고 가기 힘든 곳이었다. 그래서 사람들은 국경을 지키는 순라꾼들한테 들키면 만주가 아니라 간도에 갔다 왔다고 했다.

간도는 말 그대로 강 가운데 있는 조그만 사잇섬이다. 그러나 실제로 두만강의 가운데 있는 사잇섬은 농사를 지을 수 없는 조그만 땅이었다. 그러나 사람들은 간도에 갔다 왔다는 핑계를 대기 시작했고 그들 사이에서는 강건너 저 쪽을 북간도라고 부르기 시작했다. 그런 유래로 만주는 섬이 아닌데도 북간도라 하였다. 그 북간도에 지금 내가 와 있는 것이다.

어머니, 그리고 당신은 멀리 북간도에 계십니다.

그러나 지금 북간도 윤동주 생가에는 그가 목메이게 부르던 어머니는 없었다. 북경의 하늘을 돌아 백두산 관광차 들른 고국의 관광객 내가 앉아 있을 뿐이었다.

나는 여기가 타국임에도 불구하고 이상하게 향수가 젖어오는 것을 느꼈다. 주위의 산천을 둘러보니 어디서 많이 본 듯한 느낌이었다. 다른 것이 있다면 하늘이 유난히 낮고 가까이 있다는 느낌이었다. 그것은 공해가 없기 때문인지도 모르겠다.

미당 서정주 시인은 이런 만주의 모습을 가리켜 "하나님, 이것은 참 너무도 많은 하늘입니다"라고 했다. 그러고 보니 그 말이 참 적절한 말인 것 같았다. 주변은 나무가 울창한 산이라기보다는 비스듬한 골프장 같기도 했다.

나는 갑자기 고국에서 많은 시인들을 끌고와 야영을 했으면 하는 생각을 했다. 그리고 돼지도 잡아 잔치를 벌인다면 어린시절의 향수를 느낄 수가 있을 것 같았다. 이미 우리나라에는 내가 어렸을 때인 5, 60년대의 자취가 남은 곳이 없다. 만리타국인 이곳에서 그 향취를 느낄 수 있다는 것은 같은 민족이 살고 있기 때문만은 아니었다.

우리나라가 이곳과 왕래하기 시작했을 때 나는 교포 이향란 씨를 서울에서 만나 취재를 한 적이 있었다. 그래서 만든 노래가 〈연변의 봄〉

이었다. 이 노래는 맨처음 박일남이 불렀는데 나중에 연변에서 온 교포가수 구정화가 리바이벌을 했다.

봄이 오는 연변에 핑궈리 꽃 필 때면
언제나 그리운 모습들이 눈물 속에 떠오르는데
조국(고향)을 멀리 떠나 타국(타향) 땅에 사는 몸
해란강 물결 따라 내 청춘이 흐르고 (놀던 그때 그리워)
아~ 비암산엔 뻐꾸기만 슬피 우네

내 고향이 그리워서 모아산에 오르면 (먼 하늘을 바라보면)
저 멀리 보이는 평강벌이 눈물 속에 펼쳐지는데
용두레 우물가에 꿈이(꿈을) 잠든(키운) 지난날
조국(고향)을 생각하며 그 얼마나 울었나
아~ 장백산엔 메아리만 외로워

그러나 이 가사는 나중에 구정화의 요청으로 괄호 안의 것으로 바꿔야 했다. 이유는 '조국'이라는 말 때문이었다. 여기에서 조국은 대한민국을 말하는 것인데 중국에서는 그것을 싫어한다고 했다. 그들은 왜 조국이 중국이지 한국이냐는 것이었다. 중국은 소수민족들을 변방으로 내몰면서도 굳이 중국인이기를 원했던 것같다. 그렇지만 그것이 막상 중국의 수도 북경에서는 문제가 되지 않았다.

우리 민족이 가장 많은 연변에서 그것도 한국인이 앞서 '조국'이라는 말을 못하게 하는 것이었다. 이 얼마나 슬픈 아이러니인가. 그러나 그것이 조국을 떠나 사는 모든 사람의 현실인 것이었다. 재일교포들의 태도에서도 나는 그것을 느꼈었다.

그래서 〈연변의 봄〉은 연변에서 조국을 생각하던 내용을 중국의 다른 도시에서 연변을 생각하는 노래가 되고 말았다. 그러나 지금보다 더 어두운 일제 강점기에 우리 말로 시를 쓰던 윤동주는 그보다 몇배 더 뼈를 깎는 아픔으로 창작활동을 했을 것을 생각하니 마음이 착잡했다. 그런 의미에서 연변에 윤동주 같은 시인이 있었기에 많은 동포들의 민족정신은 더 고취되었는지도 모른다는 생각이 들었다.

윤동주 생가에서 나와 연길에서 많은 문인들을 만났다. 시킨 음식의 반이 남아야 대접이라는 그곳 문인들로부터 산해진미의 대접을 받고 식후에 차를 마시며 담소하는 중에 한 분이 말했다.

"우리 동포는 이곳의 불모지들을 개간했으니 여기에서 대대로 살 권리가 있습니다."

옳은 말이었다. 그러나 다른 시인의 다음 말이 비윗장을 거슬리게 했다.

"그러나 우리는 남조선 동포도 북조선 동포도 아닙니다. 이곳에 뿌리를 내린 중국의 소수민족 조선족일 뿐입니다."

그 말 속에는 잘 먹고 잘 살아온 대한민국에 대한 배타적인 의미도 들어 있었다. 나는 그의 말을 받아 이렇게 쏘아주었다.

"그런 배알 꼴린 소리는 하지 마십시오. 여러분들이 고국에 올 수 없었던 것은 상해임시정부를 인정하지 않은 연합군의 잘못이었습니다. 그 후, 중국이 공산화 되고 우리나라가 둘로 갈라져 우리는 왕래하고 싶어도 왕래할 수 없었습니다. 그건 어쩔 수 없는 역사의 비극입니다. 그러나 다행스럽게도 지금 우린 미약하나마 외교적으로 중국과 교섭하고 있고 이렇게 오고 가기 시작하지 않습니까? 얼마나 반가운

일입니까? 여기에서 사는 법이 '조선족'이라고 해야 편한지는 모르겠
지만 그렇게 배타적으로만 생각하지 마세요. 우리 민족은 다 합쳐야
합니다."

　그런 말을 하고도 마음이 착잡했다. 사실 조국을 생각하는 민족시인
윤동주의 추억 속에도 '간난이' '개똥이'라는 이름보다 '패' '경'
'옥' 같은 이국 아이들의 이름이 친숙하였을 것이라고 생각하니 어쩐
지 씁쓸했다. 그때까지도 시인 윤동주는 내 기억 속에 그렇게 강렬하
게 각인되는 것은 아니었다.

　그 몇년 후 윤동주를 지극히 사랑하던 어느 여류시인을 알게 되었
다. 그러나 그녀가 윤동주를 이야기하면 할수록 그는 나에게 있어서
서서히 질투의 대상으로 다가왔다. 그것은 다른 말로 표현해서 내가
그 여류시인한테 마음을 홀딱 빼앗기고 있다는 이야기지만, 그녀 앞
에서는 속을 드러내 보일 수가 없었다. 오히려 윤동주를 좋아하는 모
습으로 보이지 않으면 안 되었다. 그래야 그 여류가 나를 좋아할 것
같았기 때문이었다.

　　산 모퉁이를 돌아 논가 외딴 우물을 홀로 찾아가선 가만히 들여다봅니
다. 우물 속에는 달이 밝고 구름이 흐르고 하늘이 펼치고 파아란 바람이 불
고 가을이 있습니다. 그리고 한 사나이가 있습니다.

　　어쩐지 그 사나이가 미워져 돌아갑니다. 돌아가다 생각하니 그 사나이가
가엾어집니다. 도로 가 들여다보니 사나이는 그대로 있습니다. 다시 그 사
나이가 미워져 돌아갑니다. 돌아가다 생각하니 그 사나이가 그리워집니다.

　　우물 속에는 달이 밝고 구름이 흐르고 하늘이 펼치고 파아란 바람이 불
고 가을이 있고 추억처럼 사나이가 있습니다.

위의 시 〈자화상(自畵像)〉을 보자. 구절구절 문학소녀들을 미치게 하는 '자기연민'과 '애증'이 찰찰 넘쳐 있지 않는가. 소녀 때부터 그런 윤동주를 가슴에 품고 살아온 그 여류시인한테 윤동주를 지우게 할 수는 없었다. 그래서 그걸 알고 있는 나는 그녀의 기억 속으로 들어가 나도 윤동주가 좋아하는 한 사람이 되지 않으면 안 되었다.

어느 눈 오는 날이었다. 우리는 바닷가에서 함박눈을 맞으며 마주보고 있었다. 검은 외투를 입은 그녀의 머리 위에, 어깨 위에, 그 너머 바다 위에 뽀얗게 눈이 내리고 있었다. 나는 말없이 그녀의 눈을 뚫어지게 들여다보다가 와락 끌어 안았다. 그녀도 나를 끌어 안았다. 그 순간 그녀는 어쩌면 윤동주의 가슴에 안겼다고 생각했는지도 모른다고 생각했다.

그런데 이상한 일이었다. 나는 지금 그녀가 그토록 좋아하는 윤동주를 안고 있다는 생각이었다. 연적이지만 그를 미워할 수가 없는 윤동주, 그때부터 윤동주는 내 문학생활의 모든 행간 속으로 걸어들어 왔다.

윤동주의 화신이 그녀였을까(?).

뚫린 것과 끊긴 것의 차이

초등학교 저학년 때 처음으로 시력검사를 받던 날이었다. 차라리 시력표가 한글이나 숫자로 되어 있었으면 별 문제가 없었을 것이다. 그런데 그때 처음으로 본 시력표라는 것이 크고 작은 원으로 되어 있었다.

"자 여기 원이 있잖아. 이 원이 돌아가다가 뚫린 부분이 있으니 그쪽으로 손짓을 하라고."

그러나 나는 선생님의 설명은 듣는 둥 마는 둥하며 아이들과 떠들고 있었다. 그러나 얼핏 '뚫렸다' 라는 말은 확실히 들었던 것 같다.

시력검사가 시작되자 맨 앞에서부터 아이들이 불려 나갔다. 아이들은 주걱 같은 것으로 한쪽 눈을 가리고 선생님의 지시에 따라 이리저리 손짓을 했다. 그때 나는 원이 그려진 어디엔가 구멍들이 뚫려져 있을 것으로 생각했다. 그러나 내 차례가 되어 한쪽 눈을 가리고 들여다보니 이런! 황당한 일이 어디 있는가. 아무리 들여다보아도 구멍이 뚫려져 있지 않았다. 그래서 나는 사실대로 보이지 않는다고 했다. 그러자 선생님은 내가 눈이 나쁘다고 생각했는지 그 위에 있는 커다란 원을 짚었다.

"네, 거기에도 안 보여요."

그래도 구멍 뚫린 곳은 보이지 않았다. 선생님은 맨 밑 제일 큰 원을 가리켰다. 그래도 안 보인다고 하자 이번에는 아이들도 이상하다는 듯이 웅성댔다. 선생님은 시력표 옆 칠판에다 백묵을 옆으로 뉘어서 커다란 원을 그렸다. 원은 굵기가 일정하지 않았다.

"여기 원이 그려지다가 끊어진 곳이 있잖아. 그게 어느 쪽이냔 말이야?"

나는 선생님이 하도 신경질적으로 말을 하는 바람에 '끊어진' 이라는 말을 '가늘어진' 이라고 들었던 것 같다. 그래서 백묵을 옆으로 대고 원을 그리니까 자연히 가늘게 그려진 쪽을 향해 손짓을 했다.

"어~" 하고 아이들도 일제히 소리를 질렀다.

환장할 노릇이었다. 그곳이 뚫렸다고 했지만 뚫려진 곳이 없어서 없다고 했고, 가늘어진 곳으로 손짓을 하라고 해서 또 그렇게 했는데 모두 이상하다는 소리를 질러대고 있으니 말이다. 그러자 선생님은 더 이상 시력을 재지 않고 병원에 가서 정밀검사를 해야 한다고 했다.

하지만 그때 나는 선생님이 하는 말을 알아 듣지 못하고 있었다. 선생님이 뚫어졌다고 한 것이나 가늘어진 곳을 얘기한 것은 다 원이 끊겨진 것을 설명한 것이었는데 나는 그 말을 알아 듣지 못했던 것이었다.

그런데 문제는 모든 아이들은 알아 들었는데 나만 알아 듣지 못했던 것이다. 그래서 나는 갑자기 바보 아니면 시력이 아주 나쁜 아이가 되어 버렸다. 그렇다고 내가 다른 아이들보다 공부를 못하는 것이 아니었다. 음악, 미술, 체육을 빼놓고는 성적이 우수한 편이었다.

나는 초등학교 때 붓글씨를 썼다. 삼촌한테 등너머로 배운 것을 선생님이 알았기 때문에 날마다 다른 아이와 함께 방과 후에 남아서 연습을 했다. 같이 연습을 하는 이상호라는 친구보다는 잘 쓰지 못했던 것으로 기억된다. 그 친구는 나팔노인한테 족제비털로 만든 붓을 몇 개씩 사 가지고 동글동글하게 잘 썼던 것으로 기억한다. 반대로 나는 선생님의 지시에 따라 연습을 하기는 했지만 별로 취미가 없었다. 차라리 그때부터 글쓰기를 했더라면 지금보다 훨씬 두각을 나타냈을지도 모를 일이었다.

그러나 어찌된 셈인지 선생님은 그 쪽으로는 길을 열어주지 않았다. 국어시간이면 엉뚱한 이야기만 하는 아이로 낙인 찍을 뿐이었다. 그것은 나를 반항적인 아이로 만들어 버렸다. 중학교 1학년 때, 갑자기 세상을 떠나게 된 아버지의 죽음 앞에 형언할 수 없는 슬픔을 간직했지만, 사람들은 곡소리를 내지 못한다는 이유로 나를 불효자라고 했다. 나는 마음 속으로 아니라고 했다. 그러나 그것을 누가 알아주랴. 나는 그런 생각을 혼자 누군가에게 편지를 쓰듯 글을 쓰기 시작했다. 아마 그것이 내 스스로 재능을 발견하고 익혀 가게 된 동기였는지도 모른다.

하지만 내 스스로 정의롭다고 하는 일이 다수의 횡포 속에 묻혀 버린 경우가 한두 번이 아니었다. 그것은 고등학교 2학년 때였다. 나는 《정통국어》에 윤동주의 〈빨래〉라는 시가 〈하늘과 바람과 별과 시〉로 되어 있는 것을 보고 이의를 제기했다. 그러나 선생님은 아니라고 우겼다. 그것은 시 제목이 아니라 시집 제목이라 했는데도 학생들한테 그렇게 가르치지 않았다. 그래서 나는 선생님과 아이들로부터 또 한

112

박건호 에세이 · 나는 허수아비

번 왕따를 당하고 말았다.

그 후에도 그런 류의 일들은 많았다. 가수 장미화가 부른 노래 중에 〈멀리 멀리 갔더니〉가 있다. 이 노래 중에 "세월은/ 오고 가는 인생의 길목에서/ 사랑을 두고 가는/ 작별의 인사인가"라는 구절이 있다. 여기에서 '세월'과 '오고 가는 인생의 길목에서/ 사랑을 두고 가는/ 작별의 인사인가' 까지의 구절은 같은 비중이었다.

그런데 가수는 "세월이/ 오고 가는 인생의 길목에서/ 사랑을 두고 가는/ 작별의 인사인가"라고 불러 그 구분을 없애 버렸다. 그까짓 '은' 하나를 편한 발음인 '이'로 바꾸는 것이 뭐 대수냐 했을 것이었다. 하지만 그럴 때마다 나는 저 초등학교 시절 '뚫린 것과 끊긴 것의 차이'에서 오는 엄청난 혼란을 상기하게 되었다.

사실 나는 아무런 잘못이 없었다. 오히려 '끊겼다'는 의미를 '뚫렸다'라고 말한 선생님한테 문제가 있었던 것이었다. 그러나 그런 오류를 범하고도 선생님이나 그것을 받아들인 아이들은 아무렇지 않았는데 똑바른 의미로 받아들인 내가 문제였을 뿐이었다.

나는 살아오면서 이런 류의 오해와 함정 속에서 허우적거릴 때가 여러 번 있었다. 그렇지만 학교에서 쫓겨났던 에디슨이나 그 부모와 싸우면서도 끝내 장애자 헬렌켈러를 세계적 인물로 키워낸 설리번 선생을 생각할 때 나는 한편 뿌듯한 자부심을 느끼기도 한다.

그것은 병적인 한국 문단에서 남들이 모두 보편적으로 받아들이는 문제를 받아들이지 못하는 것이 현재까지 내 인생의 커다란 걸림돌이기는 하지만 말이다.

은혜와 원수

동물을 기르면 은혜를 갚고 사람을 기르면 원수를 갚는다고 한다.

이 말을 분석해 보면 인간은 인간을 배반한다는 뜻으로 풀이할 수 있다.

가룻 유다는 예수를 배반했다. 그는 예수를 고발하여 잡혀 가게 했다. 예수는 인간을 구제하러 온 하나님의 아들이지만, 인간은 그를 십자가에 못 박혀 죽게 했다.

그런 배반이 어디에 있는가.

은혜를 은혜로 갚지 않고 원수로 갚는 것이 바로 인간이다. 중국 무협 영화의 대부분은 은원(恩怨)을 주제로 하고 있다. 길러 준 부모가 원수라는 사실을 알았을 때 복수를 하게 되는 스토리가 대부분이다.

물론 거기에는 두 가족간에 맺힌 뼈아픈 원한이 있을 수 있고, 원수를 갚아 달라는 친부모의 유언장을 발견할 수도 있다. 그러나 원한만 강조할 뿐 몇 십년 동안 살아온 그들의 끈끈한 정은 가볍게 처리하고 있다. 아무리 원수라고 하지만 자기를 길러 준 세월이 모두 거짓된 정이라고는 볼 수 없는 것이 아닌가. 우리의 고전이나 전설에서는 은혜와 보답을 가장 큰 미덕으로 보는 것 같다.

원주 치악산의 까치 전설 같은 것을 보면 더욱 그런 느낌이다. 개나 소, 말, 고양이 같은 애완용 동물들은 물론 산짐승인 호랑이, 까치, 심지어 여우나 늑대까지 한 번 은혜를 입으면 잊지 않는다는 이야기는 모두 '은혜는 반드시 보답' 해야 한다는 옛사람들의 뜻으로 받아들일 수 있다.

우리는 살아가면서 누군가의 은혜를 입거나 또는 누군가에게 은혜를 베풀 수도 있다. 그러나 이 은혜라는 문제를 다시 생각해 보아야 한다. 어찌 보면 남의 은혜를 입는다는 것은 그 사람의 복이라고 할 수 있다. 그렇지만 은혜라는 것은 베푸는 자의 헌신적인 마음없이는 안 된다. 따라서 받는 자도 그 이상의 겸허한 마음을 가져야 한다. 그렇지 않을 경우 베품에 대한 억울함이나 은혜에 대한 부담감으로 자칫 둘 사이가 원수가 될 수도 있기 때문이다.

특히 신장이식을 받은 이식인들은 대부분 이런 경험이 있을 것이다.

누군가의 신장을 얻어야 살아날 수 있지만 그렇다고 아무에게나 무턱대고 도움을 받을 수는 없다.

'나중에 돈을 요구하지 않을까.'

'그럴 경우 얼마의 돈을 해주어야 할까.'

'한두 번으로 끝나면 괜찮은데 평생을 괴롭히면 어떻게 할까' 등 대개 이런 조바심으로 갈등한다. 실제적으로 신장 기증자와 이식인 사이에 그런 마찰로 불편한 관계가 되고 급기야 자살까지 하게 된 사례도 있다고 한다.

그런 불행을 막기 위해 사랑의 장기본부에서는 기증자와 이식인 사이의 원활한 교류를 위해 노력하고 있는 것으로 안다. 그러나 진정으로 기증자는 베푸는 것으로 만족해 하고 또 받은 자는 고마워하는 것이 마음에서 우러나오지 않으면 안 된다.

"기증자를 두 번만 만나세요. 처음에는 그렇지 않지만 자꾸 찾아가면 나중에는 기다리게 되는 것이 사람이니까요."

수술 받기 전에 박진탁 목사님은 이렇게 말씀하셨다. 어쩌면 그것이 현실적인 애기인지 모른다. 그러나 인간 관계가 어디 칼로 무 자르듯 정확할 수 있겠는가.

나는 기증자를 한 번만 만나겠다든지 두세 번만 만나겠다든지 하는 생각에서 벗어나, 그저 내 목숨을 달라고 해도 기꺼이 바치겠다는 심정으로 지냈다. 그렇다고 자주 찾아본 것도 아니었다. 그는 진정으로 준 것을 만족해 하고 자신의 한쪽 신장으로 다시 태어난 내가 세상을 위해 좋은 일하기를 바라는 것 같았다.

신장 이식인들의 모임에 회장을 맡으면서 나는 회원들 개개인의 표정에서 어떤 부담감 같은 것들을 발견했다. 그것은 나도 마찬가지였다. 부모나 형제들간에 장기를 제공받은 사람들도 그렇다고 하는데, 하물며 전혀 알지 못하는 남으로부터 받았을 때야 어떠하겠는가. 남의 신장으로 살아가는 것이 공연히 죄짓는 것 같고 미안한 것이다. 신장 제공자들의 모임의 활동은 활발하다. 자신의 신체 한 부분을 남에게 주고 오히려 즐거워하는 사람들을 보면 고개가 절로 숙여진다.

얼마 안 되는 몇 푼의 이익 때문에 사람을 죽이는 험한 세상에서 그런 분들의 숭고한 정신이 세상을 따뜻하게 한다. 거기에 비해 우리처럼 신장을 제공받은 이식인들은 염치없을 때가 많다.

그렇지만 겉으로 드러나는 소극적인 행동들이 감사하는 마음을 몰라서가 아니라는 것만은 이해하여 주기 바란다.

장기를 제공한 것은 자신들의 의지였다. 반면에 장기를 제공받은 이 식인들 대부분은 선택의 여지가 없었다. 받지 않았으면 어떻게 되었 겠는가. 장기를 준다는 사람이 있으면 급한 김에 벼라별 약속을 다 할 수가 있다. 수술 후 그런 약속들을 제대로 지키지 못해 전전긍긍하는 경우도 있을 것이다.

은혜를 입는 사람들의 공통적인 애기 중의 하나가 '이 은혜 평생을 잊지 않는다' 는 말이다. 그것이 옳은 태도인지 모른다. 은혜를 입었으 면 잊지 말고 보답을 하는 것이 사람으로서의 도리인지 모른다. 그러 나 신세를 졌다는 부담감과 은혜를 갚아야 한다는 강박관념으로 평생 마음을 졸이며 죄의식 속에서 산다면 차라리 잊어버리는 것보다도 못 하다고 본다.

누군가에게 은혜를 입었듯이 우리는 또 누군가에게 은혜를 베풀 것 을 생각하며 살아야 한다. 그리고 그것은 서두를 필요가 없다고 본다. 굳이 은혜를 베푼 사람만을 찾아서 보답하려고 애를 쓰지 않아도 된 다. 그것은 오히려 아무 조건도 없이 은혜를 베푼 사람에 대한 모독 이 될 수도 있다.

아주 작은 것에서부터 시작하여 모든 일에 감사하는 것을 생활화하 다 보면 누군가에게 헌신할 결정적인 기회도 찾아오게 되는 것이다. 어쩌면 그것이 베푼 사람들의 뜻인지도 모른다. 그렇지 않다면 그것 은 은혜가 아니라 애초부터 베품을 빙자한 올가미일 뿐이다.

"은혜를 입은 자들이여. 이제부터 그대가 은혜 받았기 때문이라 생 각하지 말고 베푸는 삶으로 바꾸어 가자."

은혜에 대한 망각이나 지나친 부담감은 둘 다 문제다. 우리는 은혜를 베푼 사람들의 진정한 뜻을 깨달아야 한다. 은혜에 대한 지나친 부담은 자칫 원한으로 바뀔 수도 있다. 사랑이 넘치는 삶, 언제나 세상에 대한 헌신적인 자세야말로 은혜를 입은 자들이 빚을 갚는 길이다.

또한 모든 부담감이 씻어지는 길이다. 어쩌면 누군가에게 무엇을 줄 수 있다는 것은 행복한 일인지도 모른다.

알렉산더 듀마와 함께

나는 선천적으로 술을 마시지 못하기 때문에 친구들과 어울리는 자리에서는 즐거움을 찾지 못한다. 그들이 알콜의 힘으로 다소 들뜬 액션을 취할 때마다 그저 씨익 웃으며 동의하는 척하기는 하는데 그것은 동의가 아니라 인내인 경우가 많다. 더군다나 술과는 뗄 수 없는 가요계에서 일을 하다 보니 남 모르게 받아온 스트레스는 이만저만이 아니다.

내가 갖고 있는 인간관계 거의는 비즈니스인 경우가 많다. 그러나 비즈니스란 것이 보통 사람을 긴장시키는 것이 아니다. 그런 긴장 속에서 나와 동행했던 인물을 찾기는 쉬운 일이 아니다.

『행복한 동행』 창간 준비를 할 때 편집장으로 있던 A라는 아동문학가는 내가 신장이식한 것을 알고 신장을 준 사람과 생명을 같이 하는 것도 일종의 동행이 아니겠느냐고 했다. 그래서 창간호가 나오면 실으려고 〈생명의 동행〉이라는 글을 쓰기는 했는데 막상 청탁을 받고 보니 그것 말고 나와 동행했던 사람이 있어 이제 그의 이야기를 하려고 한다.

앞에서 말한 '생명의 동행'을 만들어 준 신장기증자가 삶을 이어가기 위한 것이라면 이제 말하려고 하는 그것은 내가 세상에 뛰어들어 무엇을 할 것인가 하고 방황했을 때 힘이 되어준 정신적 동행인 것이다.

내가 알렉산더 듀마를 알게 된 것은 우연한 일이었다. 마르셀 프루스트, 생텍쥐베리, 고흐 등의 예술가의 전기를 탐독하고 있을 때 듀마가 살아온 길이야말로 내가 걸어가야 할 길이었다.

그는 너무도 가난하여 할머니가 챙겨주는 몇 끼의 식사비만 들고 파리로 갔다. 파리에서 아버지 친구들을 찾아갔으나 모두 싸늘하게 대했고, 천신만고 끝에 잡은 일자리가 어느 변호사 사무실의 서기였다. 그 일을 하면서 극작가가 되기 위한 습작을 하기란 쉬운 일이 아니었다. 더군다나 정식 문학수업을 받은 적도 없는 그의 문장은 여러 곳에 응모했으나 번번이 퇴짜였다.

그러다 어찌어찌하여 처음 원고료를 받은 그는 식당에 2년치 식사비를 선불했다. 그 기간 동안 굶지 않는다면 더욱 맹렬히 습작을 하겠다는 그의 결심이었다.

이 대목에서 나는 그가 얼마나 도전적인 사람인가 하는 것을 느끼게 되었다. 그동안 내가 만난 사람 중에는 어떤 보장이 있어야 시작하겠다는 사람들을 많이 만났다. 시를 쓰면 무엇 하겠느냐, 돈도 되지 않는데 라든가, 출판해 주겠다는 사람이 있어야 소설을 쓰겠다는 동료들을 보며 나도 그러한 타성에 젖어가고 있었는지 모른다.

아무도 알아주지 않는 문학지망생들이었지만 그때 종로 1가에서 만났던 우리 동인회 멤버들은 모두가 그랬다. 그도 그럴 것이 그들은 다 자신이 다니던 학교에서 능력을 인정받았던 친구들이었기 때문이다. 그러나 그들 중에 어느 누구도 자신이 우물안의 개구리라는 것을 깨닫지는 못했다.

그 시절 그러한 깨달음을 나한테 살짝 귀띔해 준 것이 바로 《몬테크리스트 백작》을 쓴 불란서 극작가 알렉산더 듀마였다. 앙리 듀낭이 솔페리노 전쟁을 만나 적십자를 탄생했듯이, 링컨이 스토 부인의 장편소설 《엉클 톰의 오두막집》에서 '검둥이의 설움' 을 읽고 노예해방을 결심했듯이, 나는 듀마의 전기를 읽고 내가 헤쳐 가야 할 새 항로를 개척할 수 있었다.

나는 1969년 약관 20세의 나이로 미당 서정주의 화려한 서문을 받고 《영원의 디딤돌》이란 시집을 냈다. 시집만 나오면 세상이 뒤집히고 하루 아침에 나는 촉망받는 시인이 되어 찬란한 미래를 보장받는다고 생각했다. 그러나 뒤집힌 것은 세상이 아니고 내 말만 듣고 적금을 해약하여 돈을 대준 친구의 오장육부였다.

어릴 때부터 닥치는 대로 일을 하여 근근이 모아 놓은 돈을 내 한 입에 쏘옥 집어넣었던 것이다. 그 돈을 갚지 못해 전전긍긍하던 나의 입장이나, 내 입장을 알면서 더 이상 어떻게 나를 추궁할 수 없었던 그의 입장이나 딱하기는 마찬가지였다.

나는 그러한 미결의 상태로 고향을 떠나 알렉산더 듀마가 청운의 꿈을 안고 파리로 왔듯이 무작정 서울로 왔다. 서울 흑석동 사글세방에서 내려다본 서울은 을씨년스럽기만 했다. 무엇으로 이 도시를 휘어잡을 것인가.

아침에 버스를 타고 다운타운으로 왔지만 내가 갈 곳은 어디에도 없었다. 그저 막막하기만 했다. 그러나 나는 알렉산더 듀마가 절망하지 않고 그 당시 프랑스 연극계에서 미래를 개척한 것처럼 가요계에서 대중들과 만나기 위해 새로운 이야기들을 찾아 헤맸다.

그 결과 박인희의 〈모닥불〉, 방주연의 〈기다리게 해 놓고〉를 기점으로 오아시스레코드사 손진석 사장과 가까워졌다. 손진석 사장은 일단 최저 생활비를 매달 대주었고 작품이 발표되는 대로 작품료를 따로 계산해 주었다. 그때만 해도 나는 2년 동안 먹고 살 수 있는 돈만 모아지면 어딘가에 숨어 세상이 놀랄 만한 장편소설을 써서 소설가로서의 꿈을 펼치려고 했다.

하지만 가요계의 일이 잘되어 소설가가 되겠다는 생각은 까맣게 잊어버렸다. 그러다가 1989년 병으로 쓰러지게 되자 비로소 지난 날의 결심이 떠올랐다. 모든 것을 망각하고 현실에 안주하는 나를 보고 신이 철퇴를 내린 것이라는 생각이 들었다.

그 이후 매년 입원하게 되었고 신장이식, 심장수술 등 오랜 투병으로 내 몸은 만신창이가 되었다. 만신창이가 되어 쓰러진 내 손을 붙잡아 주는 이가 있었다. 알렉산더 듀마였다. 그는 내게 아직 나의 꿈은 유효하니 문학의 길을 가라고 하는 것이었다. 그래서 나는 그의 손을 잡고 새로운 일에 또 도전하려고 한다. 얼마나 행복한 동행인가.

나의 언어들을 세상에 뿌리고 싶다

오늘이 이 세상의 마지막 날이라고 생각했던 날이 있었다. 1994년 5월 25일, 신장이식을 하러 수술실로 끌려가던 날이었다. 수술이 반드시 성공하리라는 보장은 없었기에 죽음을 각오한 순간이었다. 그 순간 나는 목이 말랐다. 누가 사과 쥬스 한 잔만 주면 더 이상 아무런 소원이 없을 것 같았다.

나는 마취실에서 기다리면서도 버지니아 사과농장에서 쥬스 한 초롱을 사서 갈증을 씻던 그때를 생각했다. 그 달콤한 과즙이 목구멍을 타고 넘어갈 때 느끼던 시원함 외에 다른 생각은 하지 않았다.

그 이후에도 나는 숱한 죽음의 고비를 넘기면서 오늘에 이르렀다. 가슴을 가르고 심장으로 통하는 두 개의 관상동맥을 교체할 때 나는 몽롱한 의식 속에서 15일을 보내면서 어린 시절의 고향을 생각했다. 삶은 고구마와 찐 옥수수를 양푼에 담아 놓고 멍석에 앉아 별을 바라보던 그 시절이 아득하게 느껴지기만 했다.

다시 한 번 고향의 논둑길을 걸어갈 수 있다면 아무런 소원이 없을 것 같았다. 어쩌면 다시는 깨어날 수 없을지도 모르는 그 극한 상황 속에서의 생각은 그랬다. 막연하게 거룩한 것을 생각하던 지난 날은 한낱 영웅심이거나 성인군자에게나 찾아보아야 할 일이었다. 막상 죽음 앞에 서면 견딜 수 없는 통증과 가슴에 떨어지는 서늘한 흙의 감촉이 느껴지면서 지푸라기라도 잡고 싶은 심정이 된다.

지난 번 나는 황골에서 두부를 먹다가 갑자기 혈압이 50으로 떨어져 병원으로 실려 갔다. 병의 증상을 확실히 파악하지 못해 의사들도 전전긍긍하던 어느 날이었다. 나는 한 바가지나 되는 핏덩이를 목으로 쏟았다. 그러자 갑자기 허리가 끊어질 듯이 아파오고 의사들은 통증을 참으라고 하며 목을 통해 죽은 피를 뽑아내고 있었다.

나는 그 상황에서 다 그만 두고 통증만 가라앉혀 달라고 소리쳤다. 그러자 여러 명의 의사들이 팔이며 발목 등을 움직일 수 없도록 붙들어 매고 응급처치를 했다. 주치의는 아내며 아들이며 모든 가족들을 오라고 하고 그들이 지켜보는 앞에서 내시경 수술을 했다. 혹시 수술을 하다가 죽을 수도 있기 때문이었다. 그러나 나는 통증만 멎게 해주었으면 했다. 설령 죽게 되는 한이 있더라도 통증만은 참을 수가 없었다.

나에게 죽음은 시시각각으로 다른 모습으로 찾아왔다. 그런 면에서 보면 우리가 교과서에서 배웠던 위인들의 죽음은 참으로 위대한 것이었다. "내일 세계에 종말이 오더라도 나는 사과나무를 심겠다"고 한 스피노자의 말은 쉬운 말이 아니었다.

헤이그에서 할복한 이준 열사나 상해의 홍구공원에서 폭탄을 던지고 스스로 죽음을 선택한 윤봉길 열사는 얼마나 거룩했던가. 어린이에게 생일 선물을 하겠다는 약속을 지키기 위해 갔다가 잡혀 대전감

옥에서 옥사한 도산 안창호 같은 인물이 우리에게 귀감이 되는 것은 바로 죽음을 초개같이 던질 수 있었던 그 살신성인의 정신 때문이 아닌가.

"죽음에 대한 공포가 없다."

도산의 이 말도 쉽게 나올 수 있는 말이 아니다. 그가 살아온 인생과 죽음을 바라볼 때 우리는 그 말의 진실을 느낄 수가 있다.

인도의 시성 타골은 이렇게 말했다.

"운명의 신이 당신의 방문을 노크할 때 당신은 그에게 무엇을 선물하시겠습니까? 나는 그릇을 드리지요. 내 목숨을 가득히 채운. 나는 그를 결코 빈손으로 돌려 보내지 않습니다."

한 번이라도 죽음을 현실로 받아들이려 했던 사람들은 이 말이 얼마나 엄청나다는 것을 알 수 있을 것이다. 나는 이렇게 살았노라고 자신을 내보일 수 있는 사람은 죽음도 진지할 수 밖에 없다. 죽음에 이르러 자신의 삶을 돌아본다는 것은 어려운 일이 아닐지도 모른다. 하지만 불안하지 않고 답답하게 자신을 돌아보는 것은 아무나 할 수 있는 것이 아니다.

나는 지금 모든 위기상황을 피해 조금은 먼 거리에서 죽음을 생각해 본다. 오늘이 내게 주어진 이 세상 마지막 날이라고 하면 나는 그 시간들을 어떻게 유익하게 이용할 수 있을까. 죽음을 한탄하며 몸부림 친다고 해서 운명의 시간이 멈추는 것은 아니다. 어차피 사람은 언젠가는 죽어야 한다면 우리는 그 죽음을 단순한 삶의 끝이라고 치부해 버리기에는 너무 허무한 것이 아니겠는가.

사람들은 죽음의 공포를 해결하기 위해 종교를 찾는다. 죽음 저 편에 더 황홀한 무엇이 있을 것이라는 믿음은 절망이 아니라 희망일 수도 있을 것이다. 그러나 그러기 위해서 기독교든 불교든 종교에 귀의하는 사람들은 절대적인 믿음에 의해서만 죽음이 희망으로 바뀔 수 있을 것이다.

그러면 그렇지 못한 사람들은 어떤 방법으로 죽음을 해결할 것인가. 나는 보다 근사한 모습으로 죽음을 생각한다. 또 다른 영생의 하나는 그리운 사람의 가슴에 추억으로 남는 일이다. 먼 훗날 내가 없을 때라도 나를 기억하는 사람들이 있다는 것은 얼마나 아름다운 일이겠는가.

그래서 나는 오늘도 시를 쓰고 있다. 내가 쓰는 한 구절의 시가 사람들의 가슴에서 그리움으로 남을 수만 있다면 죽음에 이르는 그 시각까지 시를 쓰려고 한다. 오늘이 이 세상 마지막 날이라면 나는 그 짧은 시간 속에서도 가족들부터 모든 친지들에 이르기까지 차례대로 그리운 얼굴들을 생각하고 그들을 향한 뜨거운 사랑을 시로 쓰게 될 것이다. 그것은 내가 지금까지 해 왔던 모든 일과 전혀 다른 것들이 아니다. 이미 내가 시를 쓴다는 것은 죽음을 위한 준비였으니까 그 대단원의 마무리를 지을 것이다.

누구는 자신의 눈과 모든 장기들을 다른 사람에게 주고 나머지들은 다 태워 재로 만들어 들꽃들이 무성히 자라도록 바람에 뿌려 달라고 했다. 그렇게 나의 언어는 모든 사람의 가슴에 날아가 제2, 제3의 생명이 되어 피어 났으면 좋겠다. 이 세상에 태어나서 내가 할 일은 그것뿐이기 때문이다.

탤런트 김미숙

한때 우리나라의 모든 남자들로부터 결혼하고 싶어하는 인기 순위 1위의 여자 탤런트가 김미숙이었다. 그녀의 지적인 용모와 미소에 반하지 않는 남자가 없었다. 그것은 그녀가 미인이기 때문만은 아니었다. 미인의 기준이 어떤 것인지는 모르겠으나 미인 중에서 한 명을 고르라고 하면 그 당시 사람들은 탤런트 정윤희를 꼽았다. 사람들은 그녀의 백치미를 좋아했다. 그러나 모든 남자들이 그녀에게 군침을 흘리면서도 정작 결혼할 여자로는 김미숙을 꼽았다. 그만큼 그녀의 매력은 당대 최고였다.

일본 노래 중에 〈남자는 모두 꽃이 되어라〉라는 것이 있다.

"나는/ 일곱 개의 방이 있어요./ 나는 그 일곱 개의 방마다/ 내가 원하는/ 일곱 명의 사내를 두겠어요.// 이야기하고 싶은 사내/ 여행을 함께 가고 싶은 사내/ 술잔을 함께 마시고 싶은 사내/ 잠자리를 같이 하고 싶은 사내……"

이렇게 사람은 용도에 따라 그 필요성이 달라진다. 천하일색 양귀비, 장희빈, 또 여류시인 황진이 등은 여흥을 돋구기 위한 여자로는 그 이상이 없다. 그러나 그들의 미모와 섹시함만이 아내로 적합한 것은 아닐 것이다. 오히려 남자들은 신사임당 같은 여자를 원할 수도 있을 것이다.

김미숙은 이 땅의 모든 남자들이 결혼하고 싶어했다. 그것은 이미 오래 전 얘기지만 아직도 중년의 남자들은 그녀의 축축한 분위기를 잊지 못하고 있다. 그 축축한 분위기는 연인으로서의 매력으로 생각해도 좋다. 그러나 연인으로서만 만족했다면 그녀는 그저 데이트하고 싶은 여자나 여행을 함께 가고 싶은 여자로 머물렀을지도 모른다.

사람들이 일평생 옆에 두고 싶어하는 그녀의 내조자로서의 매력은 무엇이었을까. 그것은 한 순간의 미모나 여자로서의 섹시함이 아니었다. 어쩌면 날이 갈수록 진가를 더해 가는 우아함이 그녀에게서 느껴졌을 수도 있다. 그러나 그녀는 40대가 되도록 독신녀로 살았다. 그렇다고 그녀는 독신주의자는 아니었다. 그때 나는 그녀가 독신으로 살아가는 이유 중의 하나를 바쁘기 때문이라고 생각했다. 사실 그녀는 너무도 바쁘게 생활을 하고 있었다. 아침부터 밤까지 빈틈이 없는 스케줄을 만들어 놓고 그 스케줄대로 움직이는 여자였다.

나는 그녀와 석 장의 시낭송 앨범을 만들면서 그것을 녹음하기 위해 스케줄을 잡는 데 많은 어려움을 겪었다. 그녀의 빈 날짜에 맞추려고 이미 스케줄이 정해진 가수들에게 수없이 사정 얘기를 해야 했다. 그것은 녹음 스케줄뿐이 아니었다. 전화하기도 힘들었다.

요즘처럼 핸드폰이 없던 시절에 아침 일찍, 아니면 밤 늦게 해야 하는데 그 시간을 맞추기란 쉽지가 않았다. 너무 일찍 하면 잠을 깨우는 것 같아 미안하고 너무 늦게 해도 마찬가지였다. 그녀가 경영하는 유치원으로 연락하여 전화를 해달라고 해도 연결이 잘 되지 않았다.

'과연 저 여자에게도 외로울 틈이 있을까?'

나는 그녀를 바라보며 늘 이런 생각을 한다. 빡빡하게 짜여진 그녀의 일정 속으로 파고 들어가기란 여간 힘든 것이 아니다. 그것이 매듭을 지어야 하는 일인 경우에는 모르지만 만약 사랑을 할 경우 어떤 연인이 그렇게 어려운 절차를 통해 그녀와 데이트를 할 수 있을까.

그녀가 결혼을 안 하는 또 하나의 이유는 무엇일까. 그것은 세상을 달관한 듯한 지혜로움에 있는 것 같다. 가까이 대하다 보면 여자로서의 애교는 좀 떨어지는 것을 느낄 수 있다. 정치 얘기면 정치 얘기, 사회 얘기면 사회 얘기, 교육 얘기면 교육 얘기 등 모든 분야에서 풍부한 지식을 갖고 있는 똑똑한 여자라는 것을 금세 알 수 있다. 그런 그녀에게 이가 빠진 나머지 반쪽의 동그라미는 쉽게 찾아지는 것이 아닐 것이다. 그녀는 그 바쁜 탤런트 생활 중에서도 시간을 짜내어 독학으로 아동교육의 공부를 마친 깔끔한 성격이다.

언젠가 나는 그녀에게 이렇게 말한 적이 있다.

"미숙 씨, 결혼하지 마세요."

"그게 무슨 소리예요?"

"미숙 씨가 결혼하면 얼마나 많은 남자들이 안타까워 하겠어요."

농담으로 한 얘기지만 사실이 그럴지도 모른다. 김미숙을 좋아하는 남자의 입장에서 보면 그녀가 결혼하지 않는 것이 다행일 것이다. 자신이 좋아하는 여자가 다른 남자의 품에 안겨 있다는 사실만큼 불쾌한 일은 없기 때문이다.

여하튼 이 땅의 많은 남자들은 그녀를 흠모했다. 그러나 그녀는 아무도 선택하지 않았다. 그녀가 선택하고 싶은 남성상은 어떤 모습일까. 어쩌면 그런 남성상은 그녀 마음 속에만 있는지도 모른다.

오직 한 사람을 사랑하기는
오히려 인류를 사랑하기보다 어려운 것,
그것은 얼마나 눈부시고
아름다운 것인가.

이 시의 구절은 내가 쓴 〈오직 한 사람〉의 마지막 연이다.
나는 이 시의 구절을 그녀에게 주고 싶다.
"K양, 그 가슴을 열어 보세요. 그리고 결혼이라는 것을 해 보세요. 결혼을 하고 아이를 기르는 재미, 이건 보통 재미가 아닙니다."

그런데 지금 김미숙 씨는 네살 연하와 결혼하여 두 아이를 기르고 있다. 어느 날 방송국에서 그녀를 만났을 때 누군가가 핸드폰으로 끈질지게 전화를 했다. 상대는 한 잔을 걸친 모양이었다. 둘이 대화를 나누는 것으로 보아 연인 사이라고는 생각하지 않았다.
"얘가 나보고 결혼하자고 하네요."
전화를 끊고 난 김미숙은 대수롭지 않은 듯 말했지만 그것이 결혼으로 이어질 줄은 몰랐다. 그녀가 사회를 보는 프로에 음악을 한다는 그녀의 남편이 게스트로 나오지 않았거나 핸드폰이 없었다면 어떻게 되었을까. 아마 아직도 미혼이었을 것이다.

공포의 전화벨 소리

한밤중에 전화벨이 요란하게 울리고, 겨우 잠재워 놓은 아이가 다시 깨어나 한바탕 자지러지게 울음을 터뜨린다. 우는 아이를 달래기 위해 아내는 졸리운 눈을 비비며 부스스 일어난다. 시계를 보니 새벽 두 시 반, 술에 취한 동창생 녀석의 목소리가 게걸게걸 수화기를 통해 흘러 나오고, 미처 뭐라고 한 마디 할 틈도 없이 "여기 너의 팬이 있으니 전화를 받아 보라"고 하며 어떤 여자를 바꾸어 준다.

그 여자의 목소리에도 술냄새가 솔솔 풍겨 온다. 음정과 박자를 무시한 채 누군가가 제 기분에 취해 2인조 밴드에 맞추어 〈내 곁에 있어 주〉를 노래 부르고……. 그 어수선한 분위기로 미루어 보아 칸막이 술집이 분명하다.

"이리 와서 우리 한 잔 해요."

"……."

남들이 모두 잠자는 시간에 느닷없이 걸려 온 전화 불청객으로 인해 우리 부부는 또 한 번 뜬눈으로 밤을 지새우게 된다. 어느덧 잠이 저만치 달아나고 눈이 초롱초롱해진 아기는 장난감을 들고 응접실로 건 넌방으로 엄마를 끌고 다니며 함께 놀자고 떼를 쓴다. 이리 저리로 아 기를 따라다니는 아내의 얼굴에는 피곤과 졸음이 술래잡기를 하고, 나는 슬금슬금 눈치를 본다.

'이것이 바로 유명세라는 것일까?'

히트를 하고 상을 받고 TV에 나가면서부터 나에게는 오랜만에 소 식을 전해 오는 친구들의 전화가 많았다. 학교 동창, 선배, 후배, 사회 에서 잠깐 만났던 친구, 심지어는 학교 시절에 자주 드나들었던 자장 면집 아이(지금은 어른이지만)에 이르기까지 헤아릴 수 없이 많다. 나 는 그때마다 그 숱한 이름들을 어렴풋이 더듬어야 했다.

처음에는 여간 반가운 일이 아니었다. 까마득히 잊어버렸던 얼굴들 을 생각하며 추억 속으로 돌아갈 수 있다는 것은 얼마나 반가운 일인 가. 나는 시간이 허락되는 대로 그들을 만나기 위해 이리 뛰고 저리 뛰면서 달착지근한 재회의 기쁨들을 맛보았다. 그러나 그것도 잠시뿐 이었다.

"자식! 얼굴 한 번 보기 되게 힘들더군. 출세하면 다 그런 모양이 야."

친구들 사이에 이런 비아냥거리는 말들이 오고 가는 것을 느끼면서 나는 고민 아닌 고민에 빠지게 되었다. 소식을 전해 오는 사람들은 끝 이 없었고, 그때마다 적당한 변명을 하지 않으면 도저히 일을 할 수가 없었다. 더구나 서른네 살의 나이로 지각 결혼한 나에게는 아직 신혼 이 아닌가. 그러나 신혼여행의 일정마저 하루 줄이고 급히 상경하여 나에게 당면한 모든 일들을 처리하기 시작한 결혼 생활은 여자의 마 음은 하나도 알아주지 못하는 남편으로 낙인찍혀 가고 있는 중이었다.

"오늘은 토요일이에요" 하는 아내의 말을 귓가에 흘리면서 밖으로 나오게 되면 일찍 귀가할 수 없는 사정이 꼭 생겨나고, 그럴 때마다 멍한 정신상태로 집을 생각하며 돌아다니는 나의 마음은 항상 조바심 같은 것이 생겼다. 그리고 집으로 돌아와서도 아내와 대화를 갖지 못한 채 곧장 내 방으로 건너가 늦게까지 내일 약속한 작품을 써야 했다. 그래도 아내는 태산만한 배를 이끌고 내 방으로 와서 일하는 모습을 조용히 지켜보며 가끔씩 커피도 끓여 오고 과일도 깎아 오곤 했다. 그것이 우리 부부가 함께 할 수 있는 유일한 시간들이었다.

나는 겉으로 말은 하지 않았지만 아내에게는 늘 미안해 하고 있었다. 입덧이 심해 아무 것도 먹지 못하는 것을 알면서도 남들처럼 케이크 하나 사 들고 오지 못했고, 소화가 안 되어 애를 먹으면서도 태아를 위해 약 한 봉지 먹지 못하는 아내의 배를 남편으로서 쓰다듬어 주지도 못했다. 그만큼 나에게는 마음의 여유가 없었다.

나의 이러한 고충과는 아랑곳없이 일의 분량은 나날이 늘어가기만 했고 TV에 출연할 때마다 여기저기에서 수없이 전화가 걸려 왔다. 한창 작품을 쓰고 있을 때 전화가 걸려 오면 나에게는 혼란이 일어나고, 중요한 구절에서 매듭이 풀리지 않아 끙끙대게 되는 것을 그들은 모른다. 그래서 나는 작품을 쓰기 위해 아침도 먹지 않고 일찍이 집을 빠져 나와 호텔 커피숍을 전전해야 했다.

그곳은 아기를 낳을 때까지 당분간 전화를 피할 수 있고, 만삭인 아내의 괴로운 모습을 바라보지 않고도 일할 수 있는 최고의 장소였다. 그러나 이게 웬일인가. 너무도 귀여운 모습으로 태어난 우리 아기는 뱃속에 있을 때보다도 더 많이 아내를 피곤하게 하는 것이었다. 낮에는 세상 모르게 콜콜 자고 밤이면 눈을 말똥거리며 깨어 있는 우리의 아기. 처음에는 그게 예뻐서 잠도 오지 않았고, 우리 부부는 날마다 쭉쭉 커 가는 아기의 모습을 지켜보는 재미로 살았다.

한 달이 가고, 두 달이 가고, 일 년이 가고, 이 년이 가도, 밤을 새워 작품을 쓰는 아빠를 닮아버린 우리의 아기는 새벽이 다 되어서야 비로소 잠이 드는 버릇을 좀처럼 바꿔 놓을 수 없었다.

아내의 심신은 이미 지칠 대로 지쳐 있었다. 아기가 잠든 낮 시간에 눈을 좀 붙이려고 해도 여기저기에서 걸려 오는 전화 때문에 그렇게 할 수도 없다는 것이었다. 고심 끝에 하루는 전화 코드를 빼 보았다. 그랬더니 다음날 5분 사이로 연달아 전화가 걸려와 "무슨 일이 있었느냐?"며 야단들이었다. 그리고 전화국에 고장 신고를 낸 사람도 한둘이 아니었던 모양이다.

늘 수면 부족을 느끼며 신경이 머리 끝까지 올라 있는 아내, 걸음마를 배우면서부터 글을 쓰는 아빠의 볼펜을 뺏어 가려는 아기, 이런 과도기를 살아가는 나에게 자연히 일의 진행은 느릿느릿할 수밖에 없었고, 약속을 지키지 않는 도도한 인기 작사가라는 원망을 감수하지 않으면 안 되는 한 해였다.

"에라! 모르겠다. 오늘은 실컷 잠이나 자자!"

모든 것을 다 잊어버리고 내 방으로 들어와 겨우 눈을 붙이려고 하는데 아내의 노크 소리가 들린다.

"여보, 전화 왔어요."

물침대

침대의 종류는 몇 가지일까. 접었다 펼 수 있는 야전용 침대, 바퀴 달린 환자용 침대, 나무로 만든 목침대, 쇠로 만든 쇠침대 등 그 종류야 여러 가지로 다양하겠지만 말로만 들은 '물침대'라는 것은 항시 나를 궁금하게 했다. 언제부턴가 장급 여관이 생기면서 간판에 '물침대 있음'이라는 글귀들을 써놓은 것을 보게 되면 야릇한 호기심이 일어났다.

'물침대는 어떻게 생긴 물건일까, 거기에서 자면 어떤 느낌이 들까.'

나의 이러한 궁금증이 풀어진 것은 십여 년 전 원주에서의 일이었다. 그날 자정이 넘어서야 여관을 찾은 나는 방이 없어 온 시내를 샅샅이 뒤져야 했다. 그러나 마침 토요일이라 어디를 가나 외출 나온 군인들로 초만원이었다. 나는 난감했다. 미리 방을 구해 놓지 않은 것을 후회했으나 이미 소용이 없었다.

친구들의 포커판을 들여다본 것이 잘못이었다. 대낮부터 시작한 포커는 밤이 깊어도 좀체로 끝날 기미가 보이지 않았다. 포커에 대해 전혀 문외한인 내가 그들과 시간을 보낸 것은 나중에 조촐한 술자리나 가벼운 차 한 잔이라도 기대했기 때문이었다.

그러나 그런 기대감은 판돈이 커지면서부터 깨졌다. 나는 할 수 없이 혼자서 잠자리를 찾을 수밖에 없었다. 원주는 생산적인 것은 별로 없고 1군사령부를 비롯하여 많은 군부대가 도시를 에워싸고 있다.

외지 사람들의 눈에는 사랑할 것이라곤 아무 것도 없는 그저 삭막한 도시로 보일지도 모르지만, 나는 고향이라 그곳에 갈 때마다 늘 가슴이 설레인다. 거기에서 고등학교까지 다녔으니 학창 시절의 추억도 많고, 보고 싶은 친구들도 많은 곳이기 때문이다. 그러나 자주 내려가다 보니 친구들도 아예 손님 취급도 하지 않았고 반가움보다는 실망을 하고 돌아올 때가 많았다.

"왔어?"

내가 문을 열고 들어서면 저마다 이렇게 한 마디 하고는 그것으로 끝이다. 그런 태도들이 섭섭할 때가 많지만 그것도 이내 면역이 되어 버렸다. 학교를 졸업한 이후 다양한 직업으로 갈라선 친구들을 하나로 묶는 것은 오로지 도박뿐인 모양이다. 특별한 경우를 제외하고는 친구들은 대개 S군의 부동산 사무실에서 포커를 치는 것이 고작이다. 그러나 때로 그것은 오락의 범위를 넘어설 때가 많은 것 같았다. 포커판에는 항시 돈들이 오고 가게 마련이다. 돈을 딴 친구야 좀 여유가 있겠지만 돈을 잃은 친구는 얼굴이 벌개 가지고 옆에 누가 왔는지도 모르게 푹 빠져 있었다.

포커판에서 수억 원을 날리고 망했다고 하는 친구도 있다는데 이쯤 되면 문제가 아닐 수 없다. 별로 수입이 많지도 않은 친구들이 꺼리낌

없이 수표를 척척 꺼내는 것을 보면, 나는 어쩐지 그들의 미래를 보는 것 같아 속이 쓰릴 때가 많았다.

그러나 그날 나는 그들을 걱정할 여유가 없었다. 당장 내가 잠잘 곳이 없었기 때문이다. 방을 구하지 못하면 다시 그들이 포커를 치는 S군의 부동산 사무실로 가든가 서울로 올라가야 했다.

나는 지친 몸을 이끌고 시공관 쪽으로 터덜터덜 걸어갔다. 서울에서 아침 10시에 손수 운전을 하고 내려와 설렁탕으로 점심과 저녁을 때우고 나서 포커치는 것을 구경하며 이 시간까지 앉아 있었던 것이다. 포커를 치는 당사자들이야 재미있을지 몰라도 내 입장으로는 여간 지루한 게 아니었다. 다시 그곳으로 가기보다는 차라리 서울로 가는 편이 나을지 모른다.

그러나 그 시간에 서울로 간다는 것도 어려웠다. 길을 걸으면서도 너무 피곤해서인지 저절로 눈이 감겼기 때문이다. 나는 졸음 오는 것을 억지로 참으며 다시 한 번 사방을 둘러보았다. 그때였다. 아직 간판의 불을 끄지 않은 여관의 불빛이 희미하게 보였다. 반가운 마음에 곧장 그 불빛을 따라 골목으로 들어섰다. 막다른 골목 끝에 여관이 하나 있었다.

완전히 지쳐 버린 나는 여관 앞에서 눈을 감은 채로 현관문을 두드렸다. 어디선가 이글스의 〈호텔 캘리포니아(Hotel California)〉가 들려오는 것 같았다.

어두운 사막
내 머리 위로 시원스럽게
파고드는 바람결은

따스한 온천 내음을 전해 주고

저 멀리 앞쪽에서

반짝이는 불빛을 보았어요

내 머리는 무거워지고

시야는 흐려지고 있었어요

나는 밤을 보내기 위해

멈추어야 했고

그곳 문 앞에는 여자가 서 있었어요

　　　　　-(이하 생략)-

여관에서는 대답이 없었다. 다시 한 번 "여보세요!" 하고 소리를 지르며 세차게 문을 두드렸다. 그제서야 조바실에서 사람이 부스스 일어나는 기척이 들렸다.

"누구세요?"

"방 있어요?"

조바가 문을 끌렸다. 자다가 일어났는지 사십대 중반의 여자가 잔뜩 졸리운 표정으로 연달아 하품을 해대며 나와서는 아래 위를 한 번 힐끗 훑어보았다.

"혼자예요?"

"왜요? 혼자면 곤란한 일이라도 있어요?"

"방이 물침대방 하나뿐이라서……."

"물침대에서는 혼자 자면 큰일이라도 나요?"

"그렇진 않지만…… 요금이 좀 비싸서……."

"좋아요. 그거라도 주세요."

나는 그녀가 안내하는 3층으로 올라갔다. 방은 복도 끝에 있었다. 사방으로 커다란 거울이 붙어 있어 넓어 보이기는 했지만 가운데에 놓인 침대 하나 떼놓고 그 나머지 공간은 몹시 비좁았다.

침대에 앉으니 이리저리 출렁거렸다. 매트리스 대신 커다란 물주머니를 깔아 놓았기 때문이다. 그 위에서 벌어지는 남녀의 레슬링(?)은 어떤 묘미를 주는 것일까.

그러나 피곤에 지친 나는 눈을 붙여야 하는데도 침대가 배처럼 출렁거려 도저히 잠이 오지 않았다. 할 수 없이 방바닥으로 내려와 이불을 몸에 똘똘 말았다. 그리고 비좁은 공간에서 새우처럼 옆으로 누워 눈을 붙였다.

방은 비싼 값으로 치르고 잠은 아주 불편하게 자야 했다. 물침대 옆에서.

대중가요와 인생

시를 쓰려고 했더니 "시는 뭣하러 쓰느냐?"고 한다.

소설을 쓰려고 했더니 "소설은 뭣하러 쓰느냐?"고 한다.

시를 쓰는 어떤 친구의 이야기다. 듣는 사람에 따라 뉘앙스는 조금 씩 다르겠지만 공연히 송구스러운 생각이 든다.

대중가요 작사가로 이십 년을 지낸 나에게는 이미 시를 써서는 안 된다는 낙인(?)이 찍혀 버린 모양이지만, 그런 말들은 마치 작사가가 무슨 시를 쓰고 작사가가 무슨 소설을 쓰느냐 하는 말처럼 들려서 가 끔씩 나를 우울하게 한다.

저는 무엇하러 시를 쓰는가. 시란 아무짝에도 쓸모 없는 듯한 자조 적인 투로 말하는 그였지만, 실은 그 속에 나를 향한 멸시의 눈초리가 담겨 있는 것 같아 기분이 나쁘다.

내가 시를 쓰게 되면 마치 시를 더럽히기나 하는 듯한 눈치를 주어 그 친구 앞에서는 시에 관한 이야기는 될 수 있는 한 하지 않는 편이다. 아직도 순수문학에 대한 열정이 식은 것은 아니다. 그러나 일부 문학인들의 그런 시선은 나를 기죽게 만들 때가 있다.

몇년 전 H읍에서 문학애호가들의 모임에 참석했던 일이 있었다. 그때 많은 회원들은 내가 문학에 대한 이야기를 꺼내는 것을 껄끄러워했다. 이미 내가 문학에 대한 순수성을 잃어버리고 현실과 타협을 했다는 사실을 놓고 공격을 했다. 나는 어떤 이론으로도 대처하지 못하고 그들의 도마 위에서 난도질을 당하는 고등어의 심정이었다.

차라리 청소부가 되었거나 시골에서 농사를 짓고 있었다면 그런 자리에서 공격을 당하지 않았을지도 모른다. 신문이나 잡지에서 근로자가 시를 썼다고 대문짝만하게 칭찬하는 기사들을 볼 때마다 대중가요 작사가가 된 것이 부끄러울 때가 많았다. 그러나 '현실과의 타협'이 왜 나쁜 것인지 나는 아직도 이해할 수가 없다.

인류의 궁극적인 목적이 절대다수의 완전한 행복이라면 모든 사람들이 좋아하는 노래의 가사를 만드는 일이 나빠야 할 까닭이 없는 것이다.

어떤 연예부 기자가 어느 시인으로부터 언론중재위원회에 제소를 당했다고 흥분하는 소리를 들었다. 사건의 발단은 이렇다. 그가 쓴 몇 줄의 기사 때문이었다.

어느 가수가 그 시인의 시를 노래로 만들었다. 기자는 노래를 PR해준답시고 기사를 썼는데 이를 본 그 시인은 명예훼손으로 제소를 했다. 그 시인의 말은 "어떻게 시인이 가수 나부랭이한테 팬레터를 보낼 수 있겠느냐?"는 것이었다.

과연 그런가. 시인이 가수에게 팬레터를 보내는 것이 명예훼손이라면 가수가 시인에게 보내는 팬레터는 영광이 될 수 있다는 말인가.

문학을 지망하고 습작생활을 하던 시절에 나도 연예인에 대한 편견을 갖고 있지 않았던 것은 아니다. 내가 작사가가 되어 활동을 하고부터 문학을 논하던 여러 친구들과 교류를 갖지 못한 것은 바로 그 때문이었다.

그러나 폴 사이몬이 철학박사 학위를 갖고 있고, 대중가요도 클래식만큼 음악이론의 무장 없이는 불가능하다는 사실을 알면서부터 애정을 갖지 않을 수 없었다. 한 편의 가사를 쓸 때도 시를 쓰는 것 이상의 진실이 필요하다는 것을 몸소 체험했다.

진정으로 문학을 사랑하는 사람들은 대중가요 가사도 이해할 것이다. 어설프게 문학을 하는 일부 사람들이 겉멋만 들어가지고 순수를 가장하는 것은 오히려 순수하지 못한 행위인지도 모른다.

나는 대중가요 가사를 쓰면서 인생을 알았다. 그리고 사르트르가 샹송 가사를 쓴 적이 있다는 사실을 생각하며 가끔씩 스스로를 위안하기도 한다. 문제는 내가 얼마나 진지한 태도로 가사를 썼느냐 하는 것이다. 그 점에 대해서 나는 할 말이 없다.

작은 약속

나는 어릴 때 〈오빠생각〉을 즐겨 불렀다. 〈오빠생각〉을 부르다 보면 어쩐지 마음이 울적해진다. 그리고 눈이 빠지게 동구 밖을 바라보며 오빠를 기다리는 한 소녀의 모습이 떠오른다. 그러나 비단구두를 사 오겠다던 오빠는 돌아오지 않고 안타까운 세월만 흘러간다.

지금이야 비단구두 같은 것을 기다리는 소녀들은 없다. 이는 경제적 으로 풍요로워지고 누구나 비단구두보다 더 좋은 신발들을 갖고 있기 때문이다. 어쩌면 그까짓 비단구두는 오빠가 사오지 않아도 얼마든지 살 수가 있다. 그러나 나를 슬프게 하는 것은 비단구두가 아니다. 비 단구두를 사오겠다던 그 약속 자체다. 어느덧 사람들은 비단구두를 사오겠다는 약속 같은 것은 쉽게 잊어버린다. 그것은 지키지 않아도 좋을 작은 약속이라는 느낌으로 살아가는 모양이다.

1980년 중반이었다. 나는 술을 마시지 못하지만 압구정동의 어느 카페를 단골로 정하게 되었다. 그것은 뜻이 맞는 몇 명의 예술가들이 친목을 다지기 위한 비정기적인 모임을 갖기 위해서였다.

"이 우정 평생 변치 말자."

이것이 술이 거나하게 취한 기분에서의 첫 번째 약속이었다. 어떤 친구는 옆 친구를 끌어안고 또 어떤 친구는 술잔을 부딪치며 홀 안이 떠나가도록 큰 소리를 치기도 했다.

도원결의 같은 것으로 비롯하여 우리의 만남은 시작되었다. 그들은 직업상으로도 서로가 서로를 필요로 하고 있었기 때문에 우리들의 만남은 순조로웠다. 우리들은 일이 없어 쉬는 날 그곳으로 갔다. 그곳에 가게 되면 약속을 하지 않아도 누군가를 만날 수 있었다.

그러나 그 만남에서 제일 먼저 약속을 배반(?)하고 돌아선 사람이 나였다. 어느 날 아침 문득 오른 쪽 팔다리가 마비되고 언어장애가 왔기 때문이다. 다른 친구들이 그 카페에서 만나는 날 나는 병상에 홀로 누워 참으로 답답한 날들을 흘려 보내야 했다. 그것은 퇴원을 하고서도 마찬가지였다. TV를 통해 겨울이 가는 것을 알았고 신록이 우거지고 꽃이 피는 것을 알았을 뿐이다. 오른 쪽 팔다리가 마비되어 운전을 할 수도 없었고 그렇다고 누가 들판으로 데려다주는 것도 아니었다.

"박 형, 얼마나 답답하겠소. 이번 주일에 내가 집으로 갈 테니 어디 바람이나 쐬러 갑시다."

무엇보다도 반가운 약속이었다. 거의 1년간을 방에만 틀어박혀 있다가 보니 그 답답함이야 오죽하겠는가.

나는 손꼽아 그날만을 기다렸다. 기다리는 자에게 시간은 더디 흘러가게 마련이지만 결국 그날은 오고야 말았다. 나는 새벽부터 일어나 가슴 설레이면서 기다렸다. 그러나 해는 중천에 떠올라도 친구는 오지 않았다. 전화도 없었다. 할 수 없이 그 친구의 집으로 전화를 해보았지만 벨소리만 울릴 뿐이었다.

3부

세상을 바라보며

안다고 하는 사람들의 실책

　내가 작사가로 활동했을 때 가장 힘들었던 것은 아는 사람들과 일할 때였다. 그들은 아직 완성되지도 않은 작품을 놓고 이래라 저래라 간섭할 때가 많았는데 그러한 간섭으로 인해 작가들은 작품의 방향을 엉뚱한 곳으로 몰고 가기도 했다.

　그렇게 잘 알면 네가 써보라고 하고 싶을 때가 한두 번이 아니었다. 그러나 그가 무시할 수 없는 사람인 경우 음반작업이 끝날 때까지 꾹 눌러 참아야 하는데, 그러자니 작품 이외의 문제로 받는 스트레스는 이만저만이 아니었다.

　물론 그들의 조언은 때로 작가들이 미처 생각하지 못한 아이디어를 첨가해 줄 때가 있다. 그러나 대부분 사람들은 자신들이 가지고 있는 짧은 지식으로 일의 방해꾼 노릇을 할 때가 많았다. 그것은 일을 맡겨 놓고 그 일을 수행하는 사람들을 믿지 못하는 결과였으니 일하는 당사자로서는 불신을 당하는 것같아 불쾌하기까지 했다.

　우리나라 사람들은 어디서 들은 상식적인 얘기를 가지고 아는 척하기 좋아한다. 선무당이 애 잡는다고 정작 아는 사람은 별로 말이 없는데 모르는 사람들이 더 아는 척을 한다.

옛날에 목수를 해본 사람은 새로운 목수가 어떻게 일을 하나 지켜보는데 목수를 안 해본 사람들은 곁눈질로 봐온 걸 여과없이 강요하기 마련이다. 그 대표적인 것이 관공서 공무원들인 것 같다. 남을 시켜보기만 했지 직접 해보지 않은 그들은 사사건건 간섭이다. 심지어 어떤 사람은 국수 삶는 아줌마에게 어떻게 삶아야 쫄깃쫄깃하다는 둥 신경쓰지 않아도 될 일까지 신경을 쓴다. 그렇듯 우리 사회는 전문가들이 비전문가들에 의해 간섭을 받으면서 잘못된 것이 많다.

"우리나라는 교차로만 잘 되어 있으면 교통난이 절반으로 줄어들 것인데……"라는 어느 택시 운전기사의 푸념을 들으면 왜 시도 때도 없이 도로가 막히는지 알 것만 같다. 실제로 도로를 주행하며 문제점을 파악해 온 운전기사들의 의견이 교통정책에 얼마나 반영되었을까.

도로 설계를 하는 전문가들은 제일 먼저 행정 담당자들의 간섭을 받게 된다. 그 결과 네 개나 다섯 개의 줄로 오는 차들이 한 줄의 차로를 통과하게 될 때 자연 여러 곳의 도로는 막히지 않을 수가 없다. 그럴 때마다 나는 도로 행정을 이 따위로 해 버린 어느 비전문가의 권위주의를 생각한다. 매스컴이나 시민단체들이 한두 번 지적한 것이 아닌데 곳곳의 표지판들이 개선되지 않는 것을 보면서 쇠심줄 같은 담당자의 고집을 떠올리게 된다.

그 뿐인가. 일선 교사들의 의견을 무시하고 밀어붙이기식 문교정책으로 온 국민이 몸살을 앓고 있다. 공청회를 통해 이루어져야 할 의약분업이 몇몇 행정가들의 생각으로 시행되다 보니 온 국민들의 불편과 의료비 부담을 가중시키는 부작용을 낳은 것도 마찬가지다.

이 모든 것들은 다 전문가들을 제쳐두고, 짧은 지식과 안목으로 판단하여 잘 모르면서도 자신을 과신하거나 생색만 내고자 하는 사람들이 많기 때문이 아닐까. 조금 알거나 정확히 알지 못하면서 그 분야의 전문가들에게 지시하는 사람들이 우리 사회를 병들게 하고 있다.

건강한 사회발전을 위해 모르면 말하지 않는 편이 바람직한 일이다. 모르면서 안다고 생각하는 사람들, 그들의 안다고 하는 생각들이 문제다.

자신의 생각을 내게 대필시켜 작품을 만들려고 하는 사람들이 나를 훈련시키려고 했다. 그 꼴이 보기 싫어 가요계 일은 그만 두고 문단으로 왔는데 여기에서도 시를 모르는 사람들이 말은 더 많다.

소크라테스의 "너 자신을 알라"는 명언 중의 명언인 것 같다.

청동기 시대를 찾아서

― 강화의 고인돌

우리는 강화군청에 들러 홍보영화를 본 다음 식당으로 향했다.

일행 중에는 전직의원 양성우 시인도 있었다. 그 분의 학교시절의 작품들을 『학원』잡지에서 읽은 적이 있는 나는 여간 반가운 것이 아니었다. 개혁적 성향의 사람이라 그런지 무척이나 소박하여 금방 친할 수 있었다.

우리 일행은 강화 고인돌을 보기 전에 마니산에 있는 전등사로 갔다. 전등사의 유명함이야 새삼 설명할 필요가 없겠지만 그것이 산 위에 있다는 것이 번번이 내 발에 족쇄를 채우고 만다. 그러나 이번에는 도전해 보려고 버스에서 내렸다. 어떤 시인이 올라가기 힘들면 밑에서 막걸리나 마시자고 했지만 귀에 들리지도 않았다.

겨울 산비탈은 추워서 심장이 오그라들고 얼마 못 올라가서 숨이 턱턱 막힌다. 나는 가다가 말고 돌 위에 걸터앉았다. 숨이 찬 것을 가라앉히려면 시간이 지나야 하기 때문이다. 마침 근처에 나무 베는 사람들이 있어 빈 가지로 지팡이를 만들어 달라고 했다. 지팡이에 의지하며 간신히 계단 밑으로 갔다. 한 계단, 두 계단, 천천히 올라가다가 힘들면 쉬고 하며 겨우 꼭대기에 이르렀다.

길 양쪽으로 식당 몇 개가 있었다. 선반이 있는 식당이 있어 그곳에 잠시 기댔다. 식당을 지나서 하늘로 뚫린 듯한 문을 나가자 넓은 산비탈이 있었다. 하지만 전등사를 눈 앞에 보며 올라갔던 일행들이 내려오고 있어 포기하지 않으면 안 되었다.

결국 나는 이번 고인돌 답사 여행은 실패한 것으로 생각했다. 절 옆에 고인돌이 있어 다른 사람들은 다 보았다고 생각했기 때문이다. 시간도 문제지만 더 이상 올라갈 용기가 나지 않았다. 내려오는 길에 몇몇 여류 시인들이 군밤을 사주는데 구미가 당기지 않았다. 그런데 버스에 오르자 강화 고인돌을 보러 부근리로 간다고 하는 소리에 새로이 힘이 생겼다.

사적 137호 강화 고인돌은 높이 2.6m, 길이 7.1m, 폭 5.5m이며, 덮개돌도 80톤이나 되는 커다란 북방식 고인돌이었다. 두 개의 받침돌이 넓은 덮개돌을 받들고 삼천년이나 버텨 왔다고 한다. 받침돌과 받침돌 사이에 무엇이 있었는지는 모르지만 사람 몇십 명이 올라가도 끄떡 없을 것 같은 덮개와 합쳐 커다란 책상 모양을 하고 있었다.

학창시절 교과서에서 본 듯한 강화 고인돌은 그 크기가 우리의 상상력을 훨씬 뛰어 넘었다. 일본이 작은 것으로 승부를 거는 데 비해, 그래도 썩어도 준치라고 대륙 변방에 붙어 있는 우리나라의 자존심을 고인돌이 톡톡히 세워주고 있었다.

도대체 기중기도 없었던 청동기 시대에 어떻게 이런 모형들을 만들었을까. 나는 타임머신을 타고 청동기 시대로 가 본다. 생활이 단순했던 그 시대 사람들의 평균 수명은 삼십대라고 한다. 지금은 그 나이에 아직 세상에 나가 꿈을 펼치지도 못한 젊은이가 수두룩하건만.

꿈이라고 해야 작년보다 많은 수확을 하는 것이겠고, 재수가 좋아 멧돼지 같은 짐승들을 한 마리라도 더 잡는 것이 고작이겠다. 그리고 또 있다. 석기시대보다는 문명이 조금은 더 발달했던 시대, 예쁘디 예쁜 옆집 처녀에게 구리거울이라도 만들어 주는 일이다. 그러나 처녀는 이미 다른 총각을 마음에 두고 있다.

여기서 사랑, 고민, 갈등이 생겨나기 시작한다. 어쩌면 야생의 과일이나 따먹으며 살았던 석기시대가 더 좋았다고 생각하는 사람들이 생겨나고, 희비애락(喜悲哀樂)도 생겨났을 것이다. 눈을 떠도 똑 같은 삶이라면 다시 태어나는 것은 얼마나 두려운 일이겠는가.

서른 여섯 해 동안

짓눌러 오던 삶의 무게 앞에서

돌은 차라리 가벼운 것이었다

잠들기 억울한 사람들을 위하여

남겨진 자는

산이라도 덮어야 하지 않겠느냐

눈을 뜨지 마라 몇 천 번 깨어나도

씻어지지 않을 영혼들아

죽은 자는 죽은 자로 하여 의미가 있다

돌이 가슴으로 내뿜는 향기는

바다를 건너가지만

나는 오늘 여기에 서서

삼천만년 전 인생의 허무를 느낀 자를

만난다

다른 말로 지석묘(支石墓)라고 하는 강화 고인돌은 사진에서 본 것과 차이가 있어 조금은 혼란이 왔다. 그리고 강화 고인돌의 특징은 일반 고인돌이 강이나, 해안, 산기슭에 세워지는 것과 달리 해발 250m 높이의 산 정상부에 단독으로 분포되어 있다고 한다. 이것은 고인돌이 묘지로서의 역할 뿐 아니라, 고지와 평지에 배치되어 있음으로 집단과 집단간에 연결고리를 만들었던 것 같다.

삼거리, 교산리, 오상리 등에 퍼져 있는 여러 곳의 고인돌을 다 둘러보고 싶었으나 짧은 일정 때문에 바닷가에 있는 돈대 하나를 보고 해안도로를 따라 서울로 와야 했다.

강화에서 북한과 가장 가깝다는 해안도로에서 건너편 민둥산을 바라보니 가슴이 저며 왔다. '주체조선'이라는 커다란 글씨만 없었더라도 그것은 산림녹화를 하지 않은 우리의 1960년대 산이었다. 그들은 전쟁준비와 민생문제에 시달리느라 산림녹화를 제대로 할 수 있는 시간이 없었을 것이다.

건강한 젊은이가 금방 헤엄쳐서 건널 수 있는 거리에 정녕 타국보다 먼 북한이 있다는 것은 통탄할 일이 아닐 수 없다.

나는 서울로 오는 차 안에서 스페인의 독재자 프랑코의 무덤과 우리의 고인돌을 생각해 보았다. 스페인 국민들은 독재자 프랑코의 망령이 되살아나지 말라는 뜻에서 커다란 돌로 무덤을 눌러 놓았다. 강화 고인돌은 덮개돌을 받치고 있는 두 개의 받침돌이 너무 너무 가련해 보였다. 한 명의 통치자를 위해 많은 국민들이 고생하는 건 우리 인간사와 똑 같았다.

독재자 김일성을 위해 인민들이 헐벗고 굶주리며 받침돌 구실을 해온 것이나, 지금 그의 아들 김정일한테 모든 인민들이 충성하는 것을 보면 아직 북한은 청동기 시대다. 그러니 우리 민족의 행복을 위해 어느 독재자의 무덤 위에서나 무거운 돌을 덮어 고인돌을 만들어 놓을 일이다. 그것은 자유를 사랑하는 전 인류 앞에 귀한 상징물이 될 것이다.

세계 거석문화(巨石文化)의 일환으로 우리의 고인돌이 유네스코 세계문화유산으로 지정된 것은 반가운 일이다. 우리는 그것을 통해 각자 개인들이 무엇을 상상하건 자유겠지만 모든 것을 휴머니즘의 정신으로 바라보면 얼마나 많은 교훈이 되겠는가.

이제 날씨가 따뜻하면 고인돌뿐이 아니라 강화가 지형적으로 우리 한반도에서 얼마나 중요한 것인지에 대해 살펴보고 싶다. 서울에서 한 시간의 거리, 강화에는 인류가 망각하고 있는 모든 시대가 한꺼번에 존재하고 있을 것이다.

병(病) 주는 병원

— 조선일보 1사1언

신장 이식수술을 한 나는 세브란스병원 이식외과에서 한 달에 한 번씩 정기검진을 받는다. 그런데 전혀 번거롭지 않다. 따로 수속을 밟지 않아도 아침 7시에서 9시 사이 진찰실 앞에 이름만 써놓으면 금방 주치의와 면담할 수 있다. 검사 결과가 좋지 않으면 병원에서 먼저 입원하라는 전화를 걸어온다.

H박사 같은 분은 환자 걱정에 공휴일에도 회진을 한다. 아내가 다니는 S의료원에서도 예약 날짜 하루 전에 확인 전화가 온다. 진찰실 앞에서 10분 이상 기다리게 하지도 않는다.

그러나 모든 병원이 다 그렇게 친절한 것은 아니다. 내가 다니는 병원 심장과에선 환자가 방문 앞에서 신음을 해도 정해진 진찰 시간 아니면 절대로 봐주지 않는다. 또한 예약 날짜에 다른 과에 입원해 있으면 봐주지 않는다. 그게 심장과의 규칙이라고 한다.

나는 이식외과 병실에 입원 중 심장과 외래를 보기 위해 퇴원을 했다가 다시 입원했던 적이 있다. 간단히 혈압을 재고 검사 날짜를 예약

했을 뿐이었다. 그럴 때면 없던 병도 새로 생길 것 같았다.

더 웃기는 것은 H대학병원 류마치스 내과다. 주치의의 명성 때문이라던가, 예약하고 최소 4년은 기다려야 한다고 한다. 게다가 걸핏하면 다른 의사의 대진이다. 간호사들은 왜 그렇게 불친절한지, 금방 싸우자고 덤빌 듯한 표정들이다.

한두 시간 기다리는 건 필수다. 약까지 타고 나면 거의 반나절 걸린다. 그래 놓고도 주차 관리인은 주차 요금을 악착같이 따진다. 병원에 갈 때마다 울화가 터지지만 하소연할 데 없이 혼자 가슴만 치는 게 우리 소시민들이다.

"국회의원님들, 제발 쓸데없는 싸움질은 그만두고, 의사나 간호사들의 불친절을 응징하는 법이나 만들어 주세요."

신종 서비스

— 조선일보 1사1언

정치 격변기에 휘말려 사형을 목전에 뒀던 크롬웰의 비서관 존 밀턴은 뛰어난 예술혼에 대한 배려로 목숨을 건졌다. 이후, 그는 대장편 서사시 〈실락원〉과 〈복락원〉을 완성했다.

영국이 세익스피어와 인도를 바꾸지 않겠다고 한 얘기는 유명하다. 이렇듯 위대한 예술가의 탄생은 그들을 키우는 풍토가 큰 몫을 한다.

얼마 전 여자 소설가 한 분이 세금고지서를 받아들고 흥분했다. 액수가 전성기 수준으로 터무니 없게 많은 것도 화가 났지만, 그보다 고지서에 분류된 직업이 '서비스업'이었기 때문이었다. 서비스가 나쁜 말은 아니지만 유흥업소 종업원들을 일컬어 서비스업에 종사한다고 하는 관례가 있으니 여자 소설가는 흥분하지 않을 수 없었을 것이다. 그녀는 담당자에게 항의하자 "그럴 수도 있지 왜 당신 혼자만 난리냐"며 귀찮은 듯 전화를 끊는 통에 붓을 꺾고 싶을 정도로 서글프더라고 했다.

정부 부처에 문화와 공보가 한 울타리 안에 있었던 적이 있었다. 당시 장관 자리는 언제나 공보 쪽에 적합한 인물들의 몫이었다.

그 뒤 문화와 체육이 한 데 묶였다. 그때도 체육의 방대한 예산 앞에 문화는 초라했다.

이번에 문화와 관광을 같은 배에 태우더니, 문화는 관광 시중을 들라는 뜻에서 '서비스업'으로 분류한 모양이다.

유럽이나 미국에서 태어났으면 벌써 노벨문학상을 받고도 남았을 우리의 미당(未堂) 서정주 선생이 무관심 속에서 말년을 보냈다. 심장이 말라들어가는 병으로 고생하시다가 돌아가셨다.

선생이 남기신 명시(名詩)들은 세계인의 가슴에 남을 우리의 가락들이다. 하지만 '문화'와 '서비스'를 혼동하는 사람들이 어찌 미당의 존재와 시를 이해하겠는가.

시 비 와 서 정

문화를 사랑하는 법

— 조선일보 1사1언

독일이 패망하자 독일의 국어학자들이 모여 사전을 정리했다는 말을 들은 적이 있다. 독일어가 살아 있으면 독일은 다시 부흥할 수 있다는 생각 때문일 것이다.

우리는 흔히 문화 오천년을 자랑한다. 그러나 서대문을 지나다가 독립문이 옆으로 옮겨진 것을 보면 부끄러워진다. 일제 암흑에 맞선 우리 선조들의 독립에 대한 열망이 지금은 도시 교통에 방해가 된다는 이유로 한갓 조형물로 전락하여 옆으로 밀려났으니 말이다.

일본 와세다대학 앞에 36개 정거장으로 이어지는 유일한 한 개의 전차노선이 있다. 그 전차노선이 도쿄 교통난에 막대한 지장을 주고 있지만 없애지는 않았다.

'문화의 시대가 오고 있다.'

세종로를 지나다 보면 문화관광부 청사에 이런 슬로건이 걸려 있다. 나는 그 글을 읽을 때마다 '문화의 시대는 어떤 시대일까?' 하고 생각한다. 의례적으로 말을 만들어 걸어 놓은 것이라 느껴지기 때문이다.

나는 가장 이상적인 문화정책은 무정책이라고 생각한다. 그동안 문화를 돕는다는 이유로 정부에서는 문화계에 얼마나 많은 간섭을 했던가. 특히 내가 속해 있는 대중예술분야는 그들이 생사여탈권을 쥐고 있었다고 해도 과언은 아니다. 지금도 음악저작권협회의 중요한 일은 작가들의 합의가 아니라 문화관광부가 우선한다.

내가 서울특별시장이 된다면 가장 먼저 하고 싶은 일이 청계천의 옛모습을 복원하여 맑은 물이 흐르게 하는 것이었다. 그런데 서울시에 의해 청계천이 복원되었다. 그것은 도심 속에 중요한 문화공간이 될 것이다.

문화를 사랑하는 것은 결코 쉬운 일이 아니다. 모든 것을 있는 그대로 놓고 그 위에서 새로운 아이디어를 창출해야 한다. 그러기 위해서는 전문가를 존중해야 할 것이다.

버튼만 누른다고 문이 열리나

— 조선일보 1사1언

박건호 에세이 · 나는 하수아비

오래 전 비가 몹시 오는 날이었다.

터널 요금을 내려고 내린 유리창이 올라가지 않았다. 옷은 물론 시트마저 흠뻑 젖었다. 집에 돌아와 아내에게 얘기하는 걸 듣던 막내가 "아빠, 그거 내가 고쳐 줄게" 했다. 아이 생각에는 버튼만 누르면 간단한 걸 왜 그러나 싶은 모양이었다.

문화에 대한 우리의 인식도 어쩌면 그런 수준이다. 사람들은 노래는 소리만 잘하면 되고, 문학은 원고지와 연필만 있으면 되지 않느냐고 간단하게 생각하고 만다. '문화 가치' 를 창조하는 데 드는 '투자' 에는 아주 무관심하다.

그러다 보니 '문화는 공짜로 향유하는 것' 이란 생각에 젖어 있다. 여유 있는 사람도 공연 입장권을 돈 주고 구입하지 않고, 초대권을 구하려 안달이다.

일본에선 인기인 사인을 받을 때도 적은 돈이나 선물로 사례를 한다. '문화 = 상품' 이란 인식이 뿌리내린 때문이다. 우리 문화가 그렇게 길들여진 일본 문화 상품의 공세를 막아낼 수 있을까.

"왜 우리가 좋아하는 노래는 안 나옵니까?"

나는 이런 질문을 받을 때마다 이렇게 반문한다

"올해 CD를 몇 장이나 사셨습니까?"

문화 상품은 결코 독지가들이 만드는 게 아니다. 그들도 '장사꾼' 이다. 이윤이 남아야 물건을 만든다. 장삿속을 나무랄 일도 아니다. '문화 장사꾼' 이 돈을 벌어 더 좋은 상품을 개발할 때, 비로소 문화전쟁에서 이길 수 있기 때문이다.

횡설수설하는 말

오래 전 S라는 음반사가 생겼다. 그 음반사가 탄생한 지 1년만에 히트곡이 나왔다. 사장은 물론 그 회사 문예부 직원들은 천하를 얻은 기분인 모양이었다. 히트곡이야 다른 회사에서도 나왔지만 그런 것들은 다 운이 좋아 나온 것이고 자기네 회사에서 나온 것이야말로 탁월한 기획력과 머리를 통해 나온 것이라고 생각들을 했다.

나는 그 회사 소속이 아니고 문예부에 몇몇 친구들이 있어 놀러가는 입장이었는데 그들의 그런 모습들이 철 모르는 아이들 같았다. 하지만 사장은 만날 때마다 히트곡 내는 법과 대중들의 심리를 설파했다. 나는 그가 사주는 소주 한 잔이라도 곱게 받아 먹을 요량으로 그저 고개를 끄떡이기만 했다. 사장은 계속해서 자기네 회사에서는 히트곡 아닌 것은 제작하지 않겠다고 했다. 본래 음반의 생명이 히트곡에 의존하고 있고 그렇게만 된다면 오죽 좋겠는가.

〈동백 아가씨〉의 빅히트로 J음반사는 국내 최고의 음반사로 발돋움했고, 이름없는 작은 음반사가 서태지 노래의 히트로 급부상했다. 그러니 계속 연달아 히트가 나올 수 있다면 한국 최고의 음반사가 되는 것은 시간 문제다. 하지만 그들의 염원과는 달리 첫 히트 이후 그 음반사는 계속 실패를 했고 회사는 줄어들고 줄어들다가 나중에는 없어지고 말았다.

그것은 비단 회사만의 문제는 아니다. 가수 중에도 그렇고 작가 중에도 그렇다. 자신이 부른 노래나 자신이 만든 작품만이 진짜 히트라고 생각하는 연예인들이 많다. 그래서 히트가 났을 때는 눈에 보이는 것이 없다. 그런 사람들을 연예계에서는 '고꼬루'라고 한다. 자신만 알고 남은 안전에도 없다는 일본 말에서 온 듯 싶다.

나는 그동안 백여 곡 이상 히트를 했다. 그러나 어떤 노래를 만들어야 히트한다고 설파하는 사람들은 꼭 한두 곡 히트가 난 작가들이다. 더군다나 요즘의 젊은 작가들은 선배들의 수십 곡의 히트보다는 자신들이 만든 하나의 히트가 더 중요하다고 생각한다. 그래서 선배들을 가요계에서 타도해야 할 대상으로 놓고 늘 공격적이다.

이것은 가요계뿐이 아니다. 사회 각계 각층에는 기성인들의 생각은 무조건 낡은 것이라고 생각하는 젊은이들이 태반이다. 정부가 수립되고 수십 년의 독재가 계속된 것이 우리의 근세사다. 그동안 민주화를 위해 투쟁한 많은 인사들의 도움으로 우리는 민주화의 길에 들어섰다. 그러나 민주화의 길에 들어섰다고 해서 과거의 모든 일들을 제로로 돌릴 수는 없다. 우선 민주화 이전에 살았던 모든 사람들이 그대로 있고, 싫건 좋건 그들을 다 품고 가야 하는 것이 우리의 현실이다.

한꺼번에 세상을 통째로 바꿔야 한다고 외치는 사람들을 보면서 그들이 진정 애국자인가 하는 생각을 할 때가 많다. 왜냐하면 깃발을 들고 외치는 국민들은 있지만 식당에서 밥을 갖다주는 종업원이나 근로

163

현장에서 마주치는 것은 교포 아니면 외국인들이기 때문이다. 이대로 나가다가 보면 우리 국민들은 손과 발이 없고 입만 남는 것이 아닐까 하는 생각을 해본다.

지금 많은 국민들은 우리나라를 비꼰다. 그러면 비꼬는 대상은 누구고 비꼬임을 당하는 사람은 누구인가. 누워서 침을 뱉으면 그 침은 자기의 얼굴에 떨어진다. 우리 손으로 대통령도 뽑고 국회의원도 뽑는다. 그렇다면 그들이 소신껏 일할 수 있게 우리가 얼마나 많은 인내를 가지고 바라보고 있는가.

우리는 우리가 비난하는 그 대상이 자기임을 자각해야 한다. 생각으로는 천하를 얻을 것 같은데 뜻대로 되지 않는 것이 현실이다. 그 현실을 이해하는 데서 애국의 길이 열린다.

하나를 생각하는 사람은 하나를 생각하기 때문에 두 번째로 따라오는 애로를 모른다. 그런 의미에서 우리는 어떤 요구를 하기보다는 지켜보는 인내가 더 필요하다.

박건호 에세이 · 나는 하수인가

자아혁신(自我革新)

미국에서의 일이다.

술에 취한 내무반장이 잠자는 해병들을 깨워 바닷물에 들어가게 했다. 그 결과 3명의 해병이 죽었다. 인권을 존중하는 미국에서 이것은 사회문제로 발전했고 급기야 국회에서까지 거론되었다. 해병대 사령관이 끌려 나왔고 국회의원들은 그를 성토하기 시작했다. 그러자 해병대 사령관은 이렇게 말했다.

"여러분들은 3명의 미국인이 죽는 것을 원합니까? 3백만명의 미국인이 죽는 것을 원합니까?"

그 후 해병대 훈련 중에는 3명이 죽는 것이 원칙이 돼 버렸다. 그만큼 해병대 훈련은 혹독하다. 그렇지 않으면 전쟁 중에 앞장 서서 싸우는 전사들을 만들어 낼 수 없기 때문이다.

그러나 지금 이런 말은 통하지 않는 시대가 되었다. 사병들이 중대장을 골려 먹는 것이 현대적 군대이고 사람들은 걸핏하면 피킷을 들고 거리로 나간다. 조금이라도 손해 보는 일은 하지 않고 귀찮은 일에는 덤벼들지 않는다. 지하철 안에서 한 사람이 칼침을 맞는데 그것을 바라보는 군중들은 자기 일 아니라고 무심해 한다.

그러나 촛불 집회에는 수많은 사람들이 모인다. 정의를 위해 투쟁하기 위해서다. 그들이 정의를 사수하기 위해 외치는 것을 나무라고 싶은 생각은 없다. 외침은 행동을 전제로 하지 않으면 안 된다는 말을 하고 싶을 뿐이다. 아무런 희생정신 없이 공허하게 외치는 것은 그저 군중심리일 뿐이다.

성숙된 사회는 성숙된 사람들의 모임에서 시작된다. 그날을 위해 자신을 혁신해야 사회도 우리가 원하는 대로 개혁이 된다.

그것을 민족의 지도자 도산 안창호 선생님은 자아혁신이라고 했다.

무서운 세상

한참 바쁜데 전화 벨이 울린다.

일을 중단하고 달려가서 받으면 부동산 정보를 알려주기 위해 전화를 했단다. 지금 바쁘다고 말해도 계속 물고 늘어진다.

삼십분 간격으로 핸드폰에 문자 메시지가 들어온다.

"너무하시네요! 난 한 번에 넘어가요!"

이런 류의 메시지는 지워도 지워도 계속 들어온다.

핸드폰뿐이 아니다.

홈페이지 각 메뉴마다 취업 정보가 가득해 그걸 지우느라고 시간을 다 보낸다.

차를 운전하고 달리다 보면 교통순경 비슷한 복장을 한 사람들이 차를 세운다. 그들은 교통순경이 아니라 네비게이션을 파는 회사의 영업사원들이다. 말로는 선전기간에 회사에서 공짜로 달아준다고 하지만 다 달아 놓고 신용 카드를 요구한다.

한 달에 2만원씩 2년이나 3년이다. 얼떨결에 안전운전을 위한 안내기를 달고 그 자리를 떠나면 괜히 약이 오른다. 약만 오르면 그것도 괜찮다. 집에 가면 왜 그런 것을 샀느냐며 부부싸움이 시작된다.

안내문엔 신제품이 나오면 즉시 교체해 주겠다고 했다. 그런데 교통정보만 알려주지 길 안내를 하지 않는 네비게이션이라 편리한 것으로 교체하려 해도 아직 매달 2만원씩 들어가는 돈도 끝나지 않아 그냥 달고 다닌다.

한 번은 네비게이션이 고장나 거기 적혀 있는 대로 서비스 받으려고 성남으로 갔더니 회사는 망해 이사를 갔단다. 망한 회사라도 물어물어 찾아갔더니 방 한 칸에 직원 한 명뿐이었다.

세월이 갈수록 세상은 요지경 속인가. 조용히 살아가는 사람들의 성질을 자꾸 건드린다. 이런 것들을 법으로 규제할 수는 없을까.

참 무서운 세상이다.

인간적인 것과 기계적인 것

— 음악적 입장에서

　다른 분야도 그렇겠지만 컴퓨터가 등장하면서부터 기존의 가요계 종사자들은 심한 충격을 받았다. 거침없이 밀고 들어오는 신세대들의 추격 때문이었다. 그들은 기존에 있던 모든 것들을 인정하지 않았다. 이제까지 존재했던 모든 질서를 자신들이 이어가야 할 것이라고는 여기지 않았다. 자신들은 마치 하늘에서 뚝 떨어진 다른 존재들로 생각하는 것 같았다. 그렇지만 그들의 파워를 실감하지 못한 일부 기성세대들은 애들의 장난 같은 음악이라며 대수롭잖은 눈으로 바라보았다. 그리고 기계(컴퓨터)의 힘을 빌린 그들의 음악은 인간적이지 못해 곧 사라질 것이라고 가볍게 생각했다.

　하지만 그들의 간절한 기대와는 달리 한 번 바뀌기 시작한 기존의 음악형태는 붕괴되기 시작했다. 심지어 오랫동안 고전음악으로서의 자리를 지켜온 바하, 모차르트의 선율들도 설 자리를 잃었다. 이것은 1, 2차 세계대전보다도 더 큰 충격이었다. 음악을 가르치는 자가 배우는 자에게 밀려나는 결과를 초래했으니 말이다.

신세대들은 기성세대들을 좀체로 믿지 않는다. 기성세대가 가르치는 것은 거짓이 아니면 뭘 모르고 있다고 생각한다. 다만 자신들의 아집 때문에 기득권을 지키려고 하는 것이 기성세대라고 생각한다. 사실 그것은 그동안 이 사회를 지켜왔던 기성세대들의 잘못이기도 하다. 그들은 정치적으로 사회적으로도 또는 문화적으로도 강압적 권위주의를 누려 왔던 것이 사실이다. 새로운 것을 추구하려는 신세대들 앞에 기성세대들은 항시 원칙론을 주장했다. 그들은 신세대들이 만든 악전을 들여다보고 코드가 맞지 않는다고 하며 무시해 왔다.

하지만 이제 신세대들은 그런 말들을 트집으로 본다. 멜로디로 만들어진 것은 어떤 것이라도 코드를 진행할 수 있다고 보는 것이 신세대들의 생각이고, 기성세대들은 자신들만의 도그마 속에서 새로운 것을 추구하는 그들의 음악을 음악이 아니라고 부정해 왔다.

하지만 모든 것은 달라졌다. 전에 되지 않던 것들이 지금은 되는 것으로 바뀐 것이다. 그것은 음악뿐 아니라 모든 분야가 안고 있는 21세기의 새로운 약속이 되었다. 그러면서 신세대와 기성세대의 격차는 더욱 넓어지게 되었다.

"아름다운 것이 음악이다"에서 "아름답지 않은 것도 음악이다"로 바뀌는 것은 바로 문화적 혁명이다. 이것은 다른 분야도 마찬가지다. 미술도 그렇고 문학도 그렇다. 더 나아가서 덕망과 존경을 갖추어야 정치 지도자가 될 수 있었던 전 세대와는 달리 지금은 그 기준이 흔들리고 있다. 종교도 마찬가지다. 종교가 윤리나 도덕만 앞세우던 시대는 이제 지나가 버린 것이다.

물론 이러한 변화가 하루 아침에 온 것은 아니다. 컴퓨터의 등장 직후 많은 찬반론이 있었다. 그것이 생활 속에 파고들기까지 사실 보이지 않는 전쟁이 있었다. 신세대들 간에도 컴퓨터 음악은 한때 퇴조하는 듯했다. 역시 음악은 인간적이어야 한다는 생각들도 만만치 않았다.

하지만 인간적이라는 것은 일부 애호가들의 귀에나 따뜻한 것이고 혼자 해도 된다는 편리함을 뛰어넘지는 못했다. 세계적 추세는 그만두고라도 우리나라의 경우, 매너리즘에 빠진 기존 연주인들의 태도는 간섭받기 싫어하는 젊은이들에게 이 편리한 컴퓨터 음악을 버릴 수 없게 한 당연한 일이었다. 컴퓨터 음악 이전에는 오전, 오후, 밤을 갈라 3시간 반씩 녹음을 했다. 3시간 반에서 5분이 지나도 연주인이나 녹음실에서는 칼같이 음악을 끝냈다. 그것이 조정실에서 모니터를 하는 사람의 입장에는 야속할 때가 많았다. 안 좋은 곳이 있으면 다시 연주를 시키고 싶었지만, 그 사이 일부 연주인들은 악기를 싸들고 다음 녹음 장소로 가버리고 말아 녹음이 완성되지 못한 곡을 빼든지 다음에 한 프로를 더 잡아야 했다.

이 경우 시간상으로도 손해가 많지만 사실 경제적 손실도 크다. 그런 손실을 알면서도 내가 아니라면 개의하지 않는다는 식의 음악인의 자세가 얼마나 인간적일까 하고 생각도 해보았다.

"경주돌이면 다 옥돌이냐?"라는 말이 있듯 시대의 추세와 함께 기성인의 비인간적인 자세는 때로 컴퓨터보다도 차가운지도 모른다. 그래서 필자 생각으로는 '컴퓨터 음악이니까 기계적이다' '어쿠스틱 음악이니까 인간적이다' 등의 이분법에는 반대한다. 어떤 방식으로 하든 음악을 대하는 마음가짐이 중요하다고 본다. 따라서 젊음과 늙음을 자연적인 나이에만 국한시키는 것도 반대한다.

이제 인간적인 것의 정의도 시대에 따라 달라져야 한다고 본다.

나를 열받게 하는 것들

충고를 잘하는 친구는 나를 열받게 한다.

어떤 사건에 대하여 가장 객관적인 척하며 "이렇게 해라, 저렇게 해라"하는 친구가 있다. 어찌 보면 그런 사람이 성인군자 같지만 그것은 그가 하는 말들이 그를 결정하는 것이 아니라 그의 행동과 연륜이 그를 평하게 된다. 가령 내가 누구와 싸우면 "참아라, 참는 것이 미덕이다"하는 투로 말하기를 좋아하는 친구가 있다. 하지만 그런 친구 중에는 자신의 일이면 아주 작은 일에도 흥분하기 마련이다. 그런 친구의 이기심 때문에 나는 항시 멍이 들었고 그렇게 이별을 하며 지금껏 살아왔다.

알지도 못하는 상대를 두둔하는 친구는 나를 열받게 한다.

친하다고 생각하기 때문에 속에 있는 것을 털어 놓지만 그는 그것을 위로하기보다는 부아를 돋구게 한다. 그도 뭔가 사정이 있겠지, 네가 잘못했겠지, 말 끝마다 이런 토를 달고 나오는 친구는 친구가 아니다. 상대의 화난 심정은 아랑곳 없이 불난 집에 부채질만 한다. 그것은 친구가 아니라 발톱에 난 무좀 같은 존재다.

언제나 기회적인 친구는 나를 열받게 한다.

어떤 일이 닥쳤을 때는 나타나지 않는 친구가 있다. 뻔히 알면서 출장을 갔다든지, 바캉스를 갔다든지 하며 나타나지 않다가 일이 수습되면 나타나는 친구가 있다. 누구와 분쟁을 일으켰을 때 어느 편을 들면 자신에게 손해임을 느끼면 흔히 그런 태도들을 취한다. 하지만 그는 양쪽에 다 인심을 잃고 있다는 사실은 모른다.

회비에 대해 꼬치꼬치 따지는 친구는 나를 열받게 한다.

여러 사람들이 모이게 되면 회비를 걷게 된다. 그런데 그 회비를 단순하게 계산할 수 없는 것이 사정상 돈을 못가져 온 친구도 있고, 받지 않아야 할 친구도 있고, 예상 밖의 일에 지출을 해야 하거나 적립할 필요가 있을 때가 있다. 그게 국가 경영의 일이나 전문 금융의 일이 아닌 다음에야 인간사의 모습이다.

하지만 집행부가 하는 일을 일일이 감시하며 속으로 계산하여 뒤에서 빈정대는 친구가 있다. 그렇다고 그가 투명한 친구는 아니다. 자기도 회비를 내지 않았거나 회계를 맡은 적이 있는 친구가 더 그런다. 어쩌면 자신이 흐리게 일을 한 적이 있어 그런 것인지도 모른다.

우유부단한 친구는 더욱 더 나를 열받게 한다.

성경에도 차갑거나 뜨거워야지 미지근하지 말라는 말이 있다. 뜨거운 친구는 옆에 있게 하고 차가운 친구는 그냥 내칠 수가 있다. 둘 다 확실한 태도를 취하기 때문이다. 하지만 이것도 아니고 저것도 아닌 미지근한 친구는 항시 기회를 엿보기 때문에 이득은 되지 않고 때가 되면 사람을 망하게 한다. 그런 친구는 항시 경계를 해야 한다.

인생이란 우연으로 무엇을 얻는 것이 아니다. 나무에서 떨어지는 감이 입으로 들어올 수도 있지만 그렇다고 아무런 근거도 없이 모래밭에 누운 친구한테 떨어지지는 않는다. 감나무 밑에 누워 있어야 떨어지는 것이다.

누구를 돕는다고 하는 말도 따지고 보면 대단한 오만이다. 재소자들에게 어떤 제품을 만들 수 있게 도운 사람이 있다고 하자. 일을 줬다고 해서 그들에게 교화까지 강조하는 것은 자칫 위선일 수 있기 때문이다. 재소자들이 작은 볼펜을 만들었다면 그것을 쓰는 사람들에게 필요한 일을 한 것뿐이다. 볼펜을 만들게 한 의미를 지나치게 확대하는 것은 듣는 이에게 부담을 준다. 착하게 살라는 것이 나쁜 것은 아니지만 착해지라는 것을 남에게 강조하고 자신은 이익을 챙긴다면 위선이 아니겠는가.

세상에는 자선사업을 핑계로 사업을 펼치는 친구가 있다. 그런데 그들의 그럴싸한 설명 뒤에는 항시 가수를 무료로 출연시키게 해달라던지 사례를 낮춰달라는 다른 목적이 있다. 그래서 그들이 원하는 것을 뻔히 알면서도 외면할 때가 많다.

이 세상에 어느 누구도 거져 얻으려 해서는 안 된다. 내가 남에게 하나를 주면 남도 나에게 하나를 주고, 남이 내게 하나를 주면 나도 남에게 하나를 주어야 한다는 계약적인 마음이 세상을 아름답게 한다. 그것은 도덕이나 윤리가 아니다. 이제는 사람들 마음에서 위선을 떨쳐 버려야 하는 합리적인 시대의 새로운 약속인 것이다.

이미지 관리

현대사회에서는 타인에게 어떤 이미지로 보여지게 하느냐가 중요하다. 그래서 이미지 관리라는 말이 생겨난 것으로 안다. 하지만 속은 텅텅 비어 있고 겉으로만 어떤 이미지를 나타내는 것을 나는 싫어한다.

특히 예술인들 중에는 머리를 기른다든지, 백호로 밀어버린다든지, 또는 보통사람이 할 수 없는 돌출된 행동으로 이미지를 나타내려고 한다. 이는 결국 자신을 노출시키려는 표현의 하나라고 본다. 그러나 그것은 한 순간 어떤 충격을 줄 수는 있겠지만 긴 시간을 두고 상대하다 보면 오히려 역효과를 나타내는 경우가 허다하다.

나는 어제 사이트 위에서 스타라고 자부하는 한 여인과 전화를 했다. 그녀는 사람 만나는 것이 부끄러워 모임 같은 데는 나가지 않는다고 했다. 그렇지만 그녀의 홈페이지를 쭈욱 살펴본 결과 이 여인이 자신을 나타내기 위해 얼마나 노력하고 있는지를 알 수가 있었다.

우선 그녀의 시집은 서점가에서 베스트셀러가 되고 있다든지 어디에 무슨 장편소설을 연재하고 있다든지 하는 자신의 정보는 물론이고 날마다 발행하는 사이버신문을 알리기 위하여 유료화로 회원들을 모집하고 있었다. 그런 면에서 볼 때 그녀가 가끔씩 내 사이트에 나타나는 것은 자신의 사세 확장의 일환일 뿐 문학을 위한 다른 어떤 교류의 동료애 같은 것은 없었다. 그래서 나는 내친 김에 오프라인 모임에는 나타나지 않고 사이버 공간을 누비고 다니는 회원들의 방을 점검해 보았다.

그리고 놀랄 만한 사실 하나를 발견했다. 그들은 자신의 사이트를 확장하기 위한 노력의 일환으로 우리 사이트를 찾았지 어떤 문학적인 동료애는 애초부터 없었다는 것을 느꼈다. 그러니 '사이버 위의 만남의 광장' 이니 교류를 통한 '문화적 충격' 같은 나의 주장은 순진한 애송이의 부르짖음 쯤으로 생각했을 것이다.

나이가 40대 중반이면서도 20대 초의 사진을 명함으로 내놓는 것을 볼 때 그들이 생각하는 것은 진실이 아니라 자신의 이미지 관리였다는 생각이 들었다. 그러자 갑자기 무서운 생각이 들었다. 어느덧 문단은 원로나 중진들의 권위주의에 맞서 사이버세대들의 '문학적 다단계' 의 시대가 도래하지 않았나 하는 느낌이다.

하지만 문학이 삶의 이야기라면 원로나 중진들의 공허한 권위주의도 사이버세대들의 '문학적 다단계망' 도 우리의 희망은 아니라는 것이다. 따라서 문학인들은 약삭빠른 지식인이 되려고 하기보다 우둔한 휴머니스트가 되었으면 하는 바람이다.

언젠가 그들이 지배하는 문화시대는 반드시 올 것이기에 시인들이 그래 주기를 바랄 뿐이다.

이 세상의 모든 소피스트들아

내가 존경하는 어느 여류 작가한테서 이런 메일이 왔다.

"유대인들이 가장 감싸야 할 예수님도 돌아가실 때까지 야유하며 핍박했습니다. 그러나 예수님은 한 마디의 변명조차 하지 않고 죄없이 십자가에 못박히셨습니다. 하지만 그분의 고통을 우리는 알고 있습니다."

그동안 사람들과 부딪쳐 온 우여곡절을 이야기하고 그들을 비판하자 그녀는 절대 인격에 가져다 놓고 내 말을 조목조목 비판했다.

예수, 석가, 공자 같은 성인들이 있어 사람들에게 귀감이 된다. 하지만 그렇게 해야만 한다는 것은 부담스러울 때가 많다. 그것이 옳은 말이기는 해도 실행하기는 힘들기 때문이다. 그런 교과서적인 말을 듣다 보면 감화를 받기보다는 오히려 울화가 먼저 치밀어 오른다. 그렇게 말하는 자신은 그렇게 살고 있는가. 그래서 그런 말을 하는 그녀가 아주 성스러운 여자던가, 아니면 그 반대로 위선자던가.

그녀와 대화를 나누다가 가끔씩 말을 제지 당하니까 미팅에서 쌓인

스트레스를 참다 못해 메일을 보냈다. 그러자 그녀는 간단하게 예수의 인격을 본받으라는 듯한 회답이 왔던 것이다. 그리고 그 편지의 제목은 '진실은 반드시 밝혀진다'는 내용이었다.

사람들이 접근할 때는 누구나 나를 도와준다고 한다. 그러나 그것은 구실이고 다른 것을 이용하려 할 때 내가 미리 그들을 멀리하는 경우가 있다. 더 오래 인간관계를 유지하다가는 커다란 상처를 입을 것 같기 때문이다. 그런 경우 상대편에서는 내게 갖은 험담을 하게 된다. 나를 도와주려고 했는데 이용만 당하고 차였다는 것이다.

이럴 때는 할 말이 없어진다. 누가 누구를 이용했던가. 도움을 받다가 도움을 안 받겠다고 하는 것도 잘못이라는 얘긴데 그렇다면 나를 도와준다고 했던 것은 순수한 것이 아니라 어떤 대가를 바랐다는 말이 된다.

하도 울화가 치밀어 그런 사실들을 털어놓으면 남의 사정은 아랑곳하지 않고 가장 인격자인 양하며 내게 충고를 하는 사람들이 많다. 간단히 말해서 참고 포용하라는 것이다. 그러면 상대도 거기에 감화를 받아 일이 해결될 것이라고 한다. 특히 학교 선생이거나 신앙인의 경우가 그럴 때가 많은데 그들의 공통점은 한결같이 개념적이고 추상적이라는 데 있다. 지금 어떤 사람이 굶고 있는데 그에게 밥 한 숟가락 먹여주지 않고 속으로 배고프지 않다고 생각하며 기도하라는 것과 마찬가지다.

그래서 나는 입으로 하는 것은 믿지 않는다. 속으로는 다른 것을 생각하면서 입으로는 번지르르하게 말의 성찬을 펼치는 경우가 많다. 그런데 그런 그들의 말을 믿고 흔들리는 사람들이 많아 피곤할 때가 많다. 그것이 개인적인 일로 내가 피해를 입을 경우에는 알아서 처신

하면 되는데 공적인 일로 다른 사람까지 피해를 입을 경우에는 문제가 달라진다. 그것을 알리고 피해를 덜 입게 해야 하는데 그것이 쉬운 일이 아니다. 어떤 사건이 벌어지기 전에는 사람들 대부분은 믿지 않는 경우가 많기 때문이다. 더구나 그렇게 일어날 것 같은 사건을 미연에 방지하면 일어났을 때의 피해를 누가 짐작하겠는가.

진실은 반드시 밝혀진다.
예수는 십자가에 못박혔지만 부활했다.
그러니 너도 그런 인격을 갖고 살아가면 된다.

이런 진리가 가장 현명한 삶의 방법인가. 말해 보라, 입으로만 떠벌리며 내게 선생이 되려고 하는 이 세상의 모든 소피스트들아.

직언유감(直言有感)

흔히 직언이 가장 용기 있는 말이고 그것이 친구의 도리라고 생각한다. 그렇다고 세상 어디에서 직언으로 정의를 사수할 수 있었던가. 그리고 그 직언이 절대적 바른 말이라는 기준은 또 어디에 있는가. 직언 때문에 피를 흘려온 역사 속에 민주화를 차지했다 해도 결국 그것을 쟁취한 세력들마저 편애를 하기는 마찬가지였다.

지금 문화예술위원회의 수혜자 대부분이 자신들과 가까운 작가들로 포진되어 있음을 보아도 알 수 있다. 그러나 여기서 내가 하고 싶은 말은 그런 거창한 것이 아니라 지극히 개인적인 인간관계 속에 직언을 이야기하고자 한다.

직언의 또 다른 표현은 말하는 자의 편에서는 바른 말이라고 할 것이다. 그러나 사람들은 "나는 바른 말을 잘 하기 때문에 남들이 싫어한다"고 한다. 그러니까 남의 눈치를 보지 않고 곧장 이야기하는 것, 그것이 바른 말이라는 얘기다. 과연 그럴까. 성격상 말을 우회적으로 하는 사람이 있고 무 자르듯 모가 나게 하는 사람들이 있다. 하지만 후자인 경우 고마워하는 사람보다는 감정을 상하게 하는 경우가 많다. 사람은 감정의 동물이라 대놓고 자기를 훈계하는 말을 좋아하지 않기 때문에 우리는 말하기 전에 상대가 내 말을 어떻게 받아들일까를 생각해야 한다.

우리는 친구가 어떤 이야기를 할 때 그 본질을 파악하지도 않고 "그건 네가 잘못했으니까 그렇지" 라든가 "그 사람은 그런 사람 아니야" 하는 말로 상대의 감정을 부추기는 경우를 보게 된다. 또 "그 사람은 너를 끔찍이 생각하더라"하며 상대의 하소연을 묵살하는 경우가 있다. 그러나 그런 말을 하는 사람은 애초 상대의 마음을 이해하려 하지 않고 자기의 상상 속에서 다른 이야기를 하여 또 다른 말싸움의 불씨를 만들게 된다.

나는 어느 순간 인간은 정의의 편이 아니라는 생각을 하게 되었다. 불 보듯이 간단한 일도 똑바로 이해하려 하지 않는다. 우선 상대는 그 일이 나에게 어떤 이익과 어떤 손해를 주느냐를 가지고 재빠르게 계산하여 중간자의 편에 서려고 한다. 대부분이 그렇다. 그러니 간사하고 간사한 것이 인간이라는 생각에서 내가 스트레스를 받는 경우가 많았다. 법적이나 논리적으로 해석하는 것이 아니라 극히 주관적인 자신의 생각으로 일의 전말을 흐려 놓기 때문이다.

특히 내 일을 돕는 사람을 음해하는 사람을 변호하는 경우다. "그 사람이 너를 배신했다면 지금 네 옆에 있는 사람도 너를 배신할 수 있을 것이 아니냐"는 억지 가정이다. 아직 발생하지도 않은 상황과 발생하고 있는 상황을 비교한다. 그럴 때 나는 어쨌든 현재는 배신하지 않았으니, 배신할 것을 가정하고 생각할 수는 없는 것이 아니냐고 반문한다. 그러면 그는 거기에 또 다른 논리로 물고 늘어져 모든 것을 포용하지 못하는 내 인격을 엉망진창으로 만들어 놓기 일쑤다. 그런 친구들은 "나는 네 친구니까 너를 생각해서 솔직한 심정을 말하는 거야"라고 한다. 이 얼마나 환장할 노릇인가.

가볍게 근황을 이야기하듯 했는데 상대는 너무 심각하다. 심지어 그럴 거라면 나는 꼭 해답을 들으려고 한 것이 아니라고 하는데도 술이 거나하게 취하면 그럴 거면 왜 얘기했냐고 따지는 친구가 있다. 그러나 이것은 우정이 아니다. 평소 내게 갖고 있던 감정을 우회적으로 표현한 것에 불과하다. 다른 사람의 일을 가지고 직언을 하는 척하며 자기의 감정을 우회적으로 표현한다.

그래서 나는 하나의 기준점을 생각하게 되었다. 진심으로 상대를 걱정하는 직언과 직언을 핑계로 상대를 비난하는 것을 분별하는 것은 말 내용에 있는 것이 아니라, 그 어감에 있는 것이다.

진짜 직언은 차분하게 얘기하는 것이고 그렇지 않은 경우에는 흥분을 하게 된다. 조금의 망설임도 없이, 상대가 얼마나 아파할까 하는 배려도 없이 내뱉는 것은 직언이 아니다. 직언을 핑계로 쏘아대는 일종의 말의 화살이다. 그러니 직언이란 보통 친한 사람의 경우가 아니라면 삼가해야 할 일이다.

박건호 에세이 · 나는 왜 슬프냐

쟁취와 투쟁

조국은 쟁취한 사람의 것도 투쟁하는 사람의 것도 아니다. 그런데 우리네 역사는 그 두 사람만을 기록하려고 한다. 그저 평범한 시민으로 정직한 삶을 누리려고 하는데 쟁취한 자는 쟁취한 자의 입장에서, 투쟁하는 자는 투쟁하는 자의 입장에서 그들을 선동하려고 한다.

지난번 KBS방송에서 방영한 5.18 광주항쟁의 특집방송을 보면서 더욱 그런 생각이 들었다. 그 방송에서 적어도 나는 악역으로 등장했던 것 같다. 집에서 저녁을 먹고 우두커니 앉아 있는데 태백 어느 초등학교에 근무하는 친구한테서 전화가 왔다. 지금 방송에 네가 나오고 있다는 것이었다. 얼른 TV를 틀었더니 내 이야기는 지나갔는지 5.18 당시의 끔찍한 현장들이 아나운서의 나레이션과 곁들여 나오고 있었다. 순간, 나는 얼마 전 광주 KBS에서 사무실로 인터뷰를 왔던 기억이 났다. 그때 아나운서는 내가 만든 노래 〈아! 대한민국〉에 대하여 이것저것을 물었다.

그래서 나는 이 노래를 만들게 된 배경과 나의 생각과 학창시절 흥사단에 입단하여 활동했던 이력과 조국관 등을 소상히 말했다. 그 말은 이 노래가 히트될 당시 일본의 대표적 교양잡지 『문예춘추』에서 인터뷰를 왔을 때와 똑같은 말이었다.

"노래는 관에서 부탁했지만 가사는 나의 생각입니다. 그 속에는 내가 바라는 조국의 미래상이 있습니다. 어느 나라의 국가나 애국가가 자기의 나라를 과대포장하지 않은 것이 있습니까? 나는 정부를 위해서 노래를 만든 것이 아니라 국가를 위해서 만들었습니다. 학생들이나 시민단체 등에서 집단행동을 하는 것도 다 조국을 위해서 하는 것이 아닙니까?"

그러나 지금은 세상이 달라서 〈아! 대한민국〉을 열창했던 사람들은 그들의 가슴 뛰던 일들을 기억하지 않는다. 소련 상공에서 우리의 민간 여객기 KAL기가 피격 당했다던지, 전국민이 눈물바다가 되었던 이산가족찾기 생방송보다는 그저 암울했다는 그것만을 머리 속에 각인하고 있다.

5.18 광주민주화 운동의 특집방송의 흐름을 보아 내가 인터뷰한 시간이 얼마가 되었든지 무엇을 얘기했든지 그 실체보다는 노래를 만든 당사자 입으로 '관에서 부탁해서 만들었다'는 부분만 편집되었을 것이고, 모든 것은 신군부가 억지 애국을 강요한 시나리오의 일환으로 〈아! 대한민국〉을 만들었다는 것을 시청자들에게 박아주려고 했다는 생각이 들었다. 하지만 그것은 또 하나의 역사 왜곡이 아니고 무엇이겠는가.

아주 오래 전에 나는 제3국에서 북에서 온 사람과 이야기한 적이 있었다. 그때 우리의 질문은 베일에 가려진 북한의 실상이었다. 하지만 북한의 실상이라는 것은 우리가 오랫동안 배워온 인식을 무너뜨리지는 못했다는 생각을 했다. 그때 우리의 질문에 견디지 못한 그는 이렇게 항변했다.

"거기도 사람 사는 곳입니다."

아무리 독재이고 아무리 암울했던 시대라고 해도 그 속에는 나름대로의 희로애락이 있었다. 우리는 그것을 인정하지 않으려고 할 뿐이다. 아시안 게임 때, 올림픽 때, 온 국민이 흥분하며 불렀던 〈아! 대한민국〉이 하루 아침에 독극물처럼 취급받는다면 어느 누가 역사를 지탱하여 나가겠는가.

그 시절에 느꼈던 감격과 함성이 담겨 있는 노래가 문제라면 그때 받았던 수많은 메달도 문제라는 논리에 봉착하게 된다.

나는 그때 제도권에서 베푸는 프리미엄을 받으려고 안달하던 많은 동료들을 알고 있다. 그러나 세상이 바뀌어 다른 세력이 기득권을 갖게 되자 그때를 회상하며 자신들이 갖고 있는 정의감이 스타가 되는 길을 스스로 포기했다는 토론을 지켜본 일이 있었다. 사람이 어떻게 저럴 수가 있을까 하면서도 그것이 현실이라고 생각했다.

한때 〈아! 대한민국〉을 제2의 애국가로 하자는 사람들이 있었다. 그렇다고 하여 나는 그때 그들의 말이 거짓이라는 생각은 하지 않는다. 다만 시류에 따라 변해 가는 것이 인간의 약한 마음이라고 이해하려고 한다.

그런데 문제는 역사를 이루어가는 기구한 현실들이 아무리 슬프고 가슴 아픈 것이라고 해도 꼭 버려야 할 유산은 아니라는 것이다. 당시 쟁취한 편에도 서지 못하고 투쟁하는 편에도 서지 못하는 소시민의 삶들도 소중하다는 얘기다. 집단을 이루는 구성원일 경우 그 구성원의 흐름대로 쟁취도 하고 투쟁도 하는 것이지만 이것도 저것도 아닌 오직 삶을 영위하는 다수가 없다면 그것은 의미가 없다.

북한에서 김정일이 신상옥과 군중들 앞에 섰을 때의 일화가 있다. 그때 군중들은 열광적인 박수를 치며 김정일을 환호했다. 김정일은 신상옥을 돌아보며 낮은 소리로 말했다.

"형님, 저것들을 믿지 마십시오. 언젠가 내가 단두대에 섰을 때 김정일을 죽이라고 외치는 사람들도 바로 저 사람들일 것입니다."

그렇듯 역사라는 것은 우리를 영웅으로 만들고 죄인으로 만들기도 하지만 어느 편의 것이 절대라는 논리는 성립되지 않는다. 5 · 18 광주항쟁 당시 우리의 미래를 위해 함께 고민하던 친구가 세월이 흘러 특집방송에서 한 사람은 이편에서 한 사람은 저편에서 역사를 증거하게 될 때 나는 역사는 숱한 아이러니 속에서 뒤범벅이 되어 흘러 간다는 생각을 했다.

4부

가요계 비망록 I

명예냐? 족쇄냐?

박건호 에세이 · 나는 왜 수필

1972년 나는 시의 길을 포기하고 대중가요 가사를 쓰기 시작했다. 그러나 시에서 대중가요 가사로 전환한 것은 타락이라 했고, 어쩐지 부끄럽다는 생각에서 남 앞에 떳떳하게 나서기 싫어하는 성격으로 바뀌어 갔다. 문화적 사치근성 때문이었을까. 시인이 되지 못하고 작사가가 된 심정은 그렇게 참담할 뿐이었다.

첫 발표 작품은 〈모닥불〉이었으나 배성이 부른 〈향수〉가 먼저 알려졌다. 〈향수〉는 작사도 작곡가의 이름으로 발표되었다. 나는 거기에 대해 아무런 항의도 하지 않았다. 가사 한 편 가지고 왈가왈부하기가 싫었다. 방주연이 부른 〈기다리게 해놓고〉가 히트하면서부터 본격적인 작사가 생활로 들어섰다. 오아시스레코드사 사장님은 가사가 마음에 든다고 작품료를 주셨다. 처음 만져보는 작품료 수입이었다.

내가 문학의 꿈을 펼치기에는 두 가지의 애로가 있었다. 첫 번째는 그때까지 문학적 재능을 인정받지 못했다는 사실이었다. 1969년 미당 서정주 시인의 서문으로 시집 《영원의 디딤돌》을 출간했으나 문단에서는 그것으로 나를 인정해 주지 않았다. 미당이 골라주신 작품으로 신춘문예에 응모했지만 예선에도 들지 못했다. 몇 군데 문예지에 작품을 보냈건만 소식이 없었다.

청진동에 있던 '창작과 비평' 사에 작품을 들고 갔더니 당시 주간으로 있던 신동문 시인이 "시와 무관한 생활을 2년쯤 해 보는 게 어떻겠느냐"는 애매모호한 말을 했다. 나는 그 말을 "너는 문학에 재능이 없으니 포기하라"는 말로 알아들었다. 그래서 시를 써야 할까 말아야 할까 고민을 하기 시작했다. 지금 와서 생각하니 현실 참여문학 성향의 창비와 종래의 서정시 성향의 나와는 애초 맞지 않았다.

내가 순수문학의 꿈을 펼치지 못한 결정적인 또 하나의 애로는 가난이었다. 내가 문학에 미쳐 다니는 동안 흑석동 셋방에서는 남동생과 막내 여동생이 굶고 있었다. 온 식구가 돈을 벌기 위해 뿔뿔이 흩어졌던 시절이었다. 안집에서는 돈 한 푼 빌려주지 않았고, 집 앞 가게에서는 라면 한 봉지도 외상으로 주지 않았다. 눈물이 핑 돌았다. 시를 쓴다는 사실이 위선인 것 같았다.

나는 첫시집 《영원의 디딤돌》의 남은 것을 마당에 쌓아 놓고 불을 질렀다. 아무도 인정해 주지 않는 문학, 돈도 되지 않는 문학은 그만두기로 했다. 소득도 없이 보낸 습작기들이 억울하다는 생각도 들었다. 나는 그렇게 문학과의 싸움에서 휴전을 선언하고 돈이 될 수 있는 대중가요 가사를 쓰기 시작했다.

1975년이었다. 〈내 곁에 있어주〉가 MBC에서 그 해 최고의 인기곡으로 선정되었다. 그러나 그것이 얼마나 영광스러운 것인지 몰랐다. 노래의 히트가 작사, 작곡가에게 어떤 영향을 미치는지도 몰랐다. 어리석게도 앨범의 판매가 히트와 연관이 있다는 것도 몰랐다. 그러나 그런 어리석음으로 인해 계산하지 않고 많은 작품을 쓸 수 있었으니 어쩌면 그것이 행운이었는지도 모른다.

나는 음반사로부터 보너스를 받지 못했다. 취입할 때 받은 작품료가 전부인 줄 알았다. 회사에서는 몇 개의 히트곡이 있었으나 한 번도 거기에 따른 별도의 상여금을 주지 않았다. 돈을 준 뒤에는 문예부 직원이 쓰든 안 쓰든 몇 개의 작품 목록에 사인을 요구했지만 데뷔를 도와준 회사였기에 그것에 대한 불만을 토로하지도 않았다.

그러나 〈내 곁에 있어주〉를 발표한 음반사에서는 보너스를 받지 않았지만 다른 음반사로부터 시상식에 입고 나갈 양복값을 받았다. 시상식이 끝나면 새로 옮겨갈 J음반사였다. 나는 양복을 사입고 시상식에 참석하려고 했는데 이를 안 고등학교 동창생 S군이 빌린 돈을 갚으라고 성화였다. 시상식 때 입을 양복 살 돈 밖에 없으니 며칠만 봐달라고 사정을 했지만 그냥 빨리 갚으라고 막무가내였다. 화난 김에 빌린 돈을 갚아버리고 원주로 갔다. 다방에서 시상식 중계를 지켜보는 내 심정은 착잡하기 이를데 없었다. 하지만 대중가요 작사가로서 얼굴이 팔리지 않은 것이 오히려 잘되었다는 생각도 들었다.

그 아픔이 가신 지도 벌써 삼십 여년, 이제는 3천여 편 가사를 발표한 중견 작사가가 되었다. 사회적으로 가요에 대한 인식도 달라졌고 나 자신이 작사가가 된 것도 후회하지 않았다.

1983년 〈잊혀진 계절〉이 빅히트를 했고, 뒤이어 〈아! 대한민국〉으로 온 나라가 떠들썩했다. 상복이 터졌고 매스컴에 가장 많이 등장하는 가요 작사가가 되었다.

"너 유명해졌다고 친구를 몰라보면 안 돼!"

원주 중앙동 숯불갈비집에서 고등학교 동창 J군의 질책은 아직도 가슴을 따갑게 한다. 고생할 때는 인간 취급도 안 하던 친구들이 나를 성토하기 시작했다.

욕을 먹지 않으려고 집으로 전화하는 사람들을 일단 한 번씩 만나 보았다. 그러자 주문받은 작품을 안 써 주었다고 가수, 작곡가, 음반사들이 난리였다. 사람들을 만나느라고 가사를 쓸 시간이 없었다. 한순간에 신용 없는 작사가로 전락하는 것 같았다.

다시 정신을 차리고 가사를 쓰기 위해 만나는 사람들을 제한했다.

"너 동창회에 안 나온다고 친구들이 욕하더라."

나는 고향 중고등학교 동창회에서 제일 욕을 많이 먹는 사람이 되었다. 친척들도 나를 이해하려 하지 않았다. 모처럼 일요일을 택해 가사를 쓰려고 하면 친척들이 예고도 없이 들이닥쳤다. 상대해 주지 못하고 내 방으로 들어가면 그것이 불만이었다.

"만나겠다는 사람 다 만나고 살았으면 나는 《토지》를 쓰지 못했을 겁니다."

얼마 전 소설가 박경리 선생님은 이렇게 말했다.

1983년부터 1985년까지 집중적으로 매스컴을 탔고 그 때부터 올림픽 때까지가 내 작사가 생활의 전성기였다. 줄잡아 5년 정도, 그러나 사람들은 내가 건강과 가난으로 허덕이던 긴 세월을 이해하지 못했다. 돈과 명예욕으로 불타 오르는 한 인간으로 규정지었을 뿐이다.

하지만 나는 명예나 돈을 위해 살지 않았다. 먹고 살기 위한 직업으로 대중가요 작사가를 선택했고 그것이 생각만큼 화려한 직업도 아니었다. 얼마 전에 원주에 있는 모든 사람들에게 내 외로웠던 메시지를 들려주고 싶어 출간 기념회 및 가수들을 불러 콘서트도 열었다.

"IMF에 꼭 콘서트를 열어야 하느냐?"

콘서트는 무료였고, 나와 이것을 주최한 동문회에서는 시민을 위한 봉사차원에서 불철주야 고생을 했는데 지방신문 D일보에서는 못마땅하게 생각한 모양이었다. 사실을 얘기했지만 묘한 뉘앙스의 기사로 멋지게 한 방 먹었다.

원주에서 발행하는 Y신문에서는 한 술 더 떴다고 난리들이었다. 중학교 동창생이 경영하는 신문이라 기사를 확인하지도 않았다. 물심양면으로 도와준 중고등학교 동문회 여러 선후배들에게 면목이 없었다. 덕을 갖추지 못한 것 같아 부끄러울 따름이었다.

'작사가 박건호'라는 이름을 넣고 콘서트를 한 것이 화근이었다. '작사가 박건호'라는 이름 때문에 치루어야 할 것들이 너무도 많았다. 내 이름 위에 명예라는 너울을 씌워주고 감당할 수 없는 짐들을 실어 나르라는 것이었다.

출판 콘서트의 막이 내렸을 때 나는 허탈한 마음으로 밤새도록 치악산 속을 헤맸다. 그것은 명예를 위한 것도 발목에 채워진 족쇄도 아니었다. 내가 원주에서 어떻게 명예를 찾으려고 할 것이며 원주가 어떻게 나의 발목에 족쇄를 채울 것인가.

작사가를 지망하는 U양에게

U양.

노랫말을 읽어보고 즉시 회답을 드리지 못해 죄송합니다. 한껏 꿈에 부풀어 있는 귀양에게 실망을 줄 수도 없고 뭔가 도움이 되는 좋은 말을 생각하다가 차일피일 미루게 되었습니다.

귀양의 노랫말들은 모두 아름다웠습니다. 그러나 그 노랫말 속에는 멜로디를 붙여 하나의 노래로 만들기에는 곤란한 몇 가지 문제점들이 숨어 있었습니다. 불필요한 형용사나 수식어의 남용은 오히려 내용을 이해하는 데 불편함을 줍니다. 생략이 설명보다 더 깊은 의미를 가져올 때가 있습니다.

필자가 쓴 노랫말 〈빙글빙글〉(김명곤 작곡, 나미 노래)이란 작품 중에 '우리 만남은 빙글빙글 돌고'라는 구절이 있습니다. 그 구절은 처음에 '우리 만남은 결론도 없이 빙글빙글 돌고'라고 했는데 멜로디와 맞추느라고 '결론도 없이'를 삭제했습니다. 삭제를 해놓고 보니 뜻이 더 넓어졌고 생략의 묘미를 새삼 깨닫게 했습니다. 비싼 악세사리를 치렁치렁 달고 있다고 해서 멋쟁이가 되는 것이 아니듯 말입니다.

노랫말은 미사여구를 총동원하여 겉으로의 아름다움을 표현하기보다는 가슴 뭉클한 진실을 이야기해야 합니다. 진실이야말로 노랫말을 만드는 데 기본이 된다고 할 수 있습니다. 진실 없이는 남을 감동시킬 수가 없습니다. 많은 작사가 지망생들이 이 점을 깨닫지 못하고 가식이더라도 매력있는 구절을 써 놓으면 좋은 노랫말이 된다고 생각하는 경우가 많습니다.

거짓이 남을 감동시킬 수는 없습니다. 다른 모든 창작의 글들이 그렇듯이 특히 노랫말은 진실에서 출발해야 합니다. 그러려면 어떤 것이 진실이고 어떤 것이 거짓인지부터 알아야 할 것입니다. 처음에 글을 쓰는 사람들은 사실과 진실을 혼동할 때가 있습니다. 사실과 진실은 근사치에 있는 것 같지만 전혀 다를 수가 있다는 것을 명심해야 합니다.

'산' 이라는 제목을 정해 놓고 글을 쓰라고 하면 대부분의 사람들은 산새들이 지저귀고 계곡물 소리가 어떻고 하는 것을 연상합니다. 물론 산에 가면 새소리를 들을 수 있고 계곡물 소리를 들을 수 있지만 이런 표현은 상황에 따라 거짓일 수가 있습니다. 남들의 보편적 생각이나 개념이 창작이 될 수는 없기 때문입니다. 마음이 답답할 때 산을 바라보고 그것을 벽으로 느낀다면 작품 속에서는 벽이 될 수도 있습니다. 사물을 바라보는 느낌을 그대로 표현했을 때 사람들은 감동하는 것입니다.

노랫말은 멜로디를 붙였을 때 나타나는 효과를 생각해야 합니다. 노랫말은 귀를 통해 전달되는 것이므로 청각적 효과가 있어야 하기 때문입니다. 눈으로 읽으면 훌륭한 작품이 귀로 들을 때는 시시할 수도 있습니다. 눈으로 읽으면 시시한 작품이 귀로 들을 때 훌륭할 수도 있습니다. 이러한 기능을 모르는 사람들이 문학적으로 훌륭한 자신의 작품을 작곡가들이 선택하지 않는다고 투덜대기도 합니다.

영산홍 꽃잎에는
산이 어리고

산자락에 낮잠 든
슬픈 소실댁

소실댁 툇마루에
놓인 놋요강

산 너머 바다는
보름 사리 때

소금밭이 쓰려서
우는 갈매기

미당 서정주 선생님의 〈영산홍〉은 문학적으로 높게 평가받는 작품인 것은 분명합니다. 그러나 이것이 멜로디를 붙여 노래가 되었을 때 우리는 한 번쯤 '놋요강'이라는 단어를 생각해 보아야 합니다. 가수가 입으로 놋요강이라고 했을 때 시각적으로 느끼는 상징성보다는 별로 아름답지 못한 모습을 상상할 것입니다.

노랫말을 쓸 때는 단어 선택을 중요하게 생각하고 그 말의 시각적 효과를 감안해야 합니다. '사랑해'라는 말은 노랫말 중에 가장 흔히 등장하는 말입니다. 그러나 멜로디에 따라 느낌은 각각 다르고 효과도 다릅니다. 멜로디를 생각하고 노랫말을 쓰기에 유념해야 합니다.

U양.

한참 생각해 보고 이해를 한다든지 하는 것은 피해야 할 것입니다.

옛날에 어떤 산마을에 글을 읽는 선비가 살았습니다. 많은 사람들의 존경을 받았습니다. 그런데 어느 날 그의 어머니를 호랑이가 물어 갔습니다. 선비는 슬퍼하며 마을 사람들에게 이렇게 소리쳤습니다.

"원산대근산대(遠山帶近山帶)야, 집총자(執銃者)는 집총(執銃)하고 무총자는(無銃者)는 집봉(執棒)하여……"라고 소리쳤습니다. 그러나 마을 사람들은 그 말을 알아 듣지 못했습니다. 선비가 너무 지나치게 글공부를 하다가 미쳤다고 생각할 뿐이었습니다. 그저 어머니를 호랑이가 물어 갔으니 구해 달라고 해야 총을 가진 사람들은 총을 들고 총이 없는 사람들은 몽둥이를 들고 달려 나왔을 것입니다.

노랫말도 마찬가집니다. 누구나 쉽게 알아 들을 수 있는 일상적인 말로 해야 공감하기 쉽습니다. 많은 사람들이 듣기 좋아하고 부르기 좋아하는 노래를 만들고 싶은 것이 모두의 소망일 것입니다. 아무도 관심을 갖지 않는 노래는 무의미합니다.

어느 원로 시인이 필자에게 "요즘 노래는 도통 무슨 말인지 알아 듣지 못하겠어"라고 하는 말을 들었습니다. 신세대들 간에 유행하는 랩송을 두고 한 말이었습니다. 그러나 랩송의 이해는 그 시대 사회의 분위기를 이해해야 합니다.

술을 마시거나 식사를 할 때 흔히 "오늘은 내가 쏠게"하고 말합니다. 쏜다는 것은 사겠다는 의미입니다. 국어 사전을 뒤져보면 쏜다는 것은 분명 산다는 의미가 아닙니다. 사겠다는 것에 공격적인 의미가 가미되어 쏜다라는 은어로 말하는 것이니 이는 그 세대의 마음입니다.

일요일이 되면 대학로는 차량 통행을 못하게 하고 사람들이 걸어다닙니다. 차량만 다니던 곳에 사람이 다닐 수 있을 때 우리는 해방감을 느낍니다. 그런 의미에서 필자는 대학로만이 아니라 종로나 세종로도 가끔씩 그렇게 했으면 어떨까 하고 생각해 봅니다. 얼마나 많은 사람들이 잠시나마 해방감을 느낄 수 있겠습니까.

우리의 언어도 마찬가집니다. 본래의 사전적 의미에서 해방감을 느끼게 하는 것이 노랫말의 기능 중에 하나라고 생각합니다.

U양.

우리가 노래를 듣고 부르면서 스트레스를 풀어야 한다면 그 노래는 분명 사람들의 기분에 맞아야 할 것입니다. 질서를 지켜야 하고 남의 눈치를 보아야 하는 것이 일상적 삶이라면 그 모든 것에서 이탈할 수 있는 것이 노래를 포함한 예술 속에서의 삶입니다. 그렇다고 해서 예술 속에서의 삶이 무질서한 것은 아닙니다. 거듭 이야기하지만 그 속에는 진실이 담겨 있어야 합니다.

작사가를 지망하는 U양.

두서없이 말하는 필자의 생각들이 U양에게 작은 보탬이 되었으면 합니다. 다시 펜을 들고 한 편의 노랫말을 만들어 보내 주십시오. 아마 좋은 작품이 나올 것입니다.

〈슬픈 인연〉은 이렇게 만들어졌다

박건호 에세이 · 나는 허수아비

　1984년 쯤이다. 가수 나미의 매니저 이영달 씨가 멜로디 하나를 들고 왔다. 가사를 붙여 달라는 것이었다. 그가 건네준 카세트에는 이미 반주음악이 담겨 있었고 악보도 깨끗이 베껴져 있었다.

　"이 노래는 일본 K레코드사와 2개 국어로 동시에 발매될 계획이니까 신경 좀 써주세요."

　그러나 언제나 그렇듯이 빈 악보를 받아든 내 심정은 막막하기만 했다. 멋진 가사를 만든다는 것은 쉬운 일이 아니었다. 카세트에 담긴 반주 음악을 들어보면 근사한 내용이 떠오를 것 같은데 오선지 위에 연필을 갖다 대면 생각이 날아가 버린다. 더구나 작곡가들은 가사 쓰는 사람들의 입장은 생각하지 않고 우리 말의 흐름을 무시할 경우가 많은데 그런 멜로디에 자연스러운 구절을 붙이기란 여간 힘든 게 아니다.

　가령 다음과 같은 구절을 보자.

아, 다시 올 거야 너는 외로움을 견딜 수 없어

아, 나의 곁으로 다시 돌아올 거야

　　　　　　— 〈슬픈 인연〉 중간, 브릿지 부분

　첫 마디 '아' 부분이 네 박자고 네 마디 후에 음이 또 네 박자다. 이 네 박자가 각기 한 음으로 독립적 단어로 떨어지는 것이 노래의 흐름상 자연스러운데 우리나라 말 중에 한 자로 떨어지는 단어가 몇 개인가. 바로 이 구절에서 나는 내가 쓰려고 하는 단어와 멜로디의 싸움을 치열하게 전개시켜야만 했다.

　우선 한 자로 떨어지는 단어를 생각해 보았다. 고작 '나' '너' '저' '그'…… 등이 떠올랐다. 그러나 그런 종류의 말을 붙여 보았자 문장 흐름이 연결되지 않았다. 억지로 문장 흐름을 만들어 놓았다고 해도 멜로디에서 주는 음의 효과를 제대로 발휘할 수가 없었다. 생각같아서는 작곡가가 멜로디를 조금만 바꾸어 주었으면 좋겠는데 그곳이 멜로디의 클라이막스라고 하니 할 말이 없었다.

　내가 고민을 더 하지 않으면 안 되었다. 그래서 생각한 것이 감탄사였다. 감탄사는 잘만 사용하면 문장 흐름과 독립적인 의미를 가지고 있어 더욱 깊은 감흥을 느끼게 할 수 있는 것이다.

　다시 올 거야 너는 외로움을 견딜 수 없어

　나의 곁으로 다시 올 거야

　이 밋밋한 문장 앞에 '아'를 붙이게 된 것은 훨씬 많은 고통을 느끼면서 생각에 생각을 거듭한 결과였다. 그까짓것 생각하느라고 시간을 소모했느냐고 하면 할 말이 없다.

사실 나는 이 가사를 쓰기 위해 시도 여러편 읽어보고 영화도 여러 편 보았다. 그러나 좀체 실마리가 잡히지 않았다.

그러던 어느 날이었다. 청계천 4가에 있는 B극장에서 〈파리의 야화 (夜話)〉를 보았다. 마피아 두목이 미인계를 쓰기 위해 한 여자를 고용한다. 그러나 일을 하는 동안 그는 그 여인에게 사랑에 빠져드는 자신을 발견한다. 그래서 여인에게 고백하지만 거절 당한다. 그 영화의 마지막 장면, 임무를 수행하고 떠나려는 여인과 그 여인에게 사랑에 빠진 마피아 두목의 이별이 인상적이었다.

그는 이렇게 말한다.

"너는 꼭 돌아올 것이다. 아직 우리 사랑이 끝난 것이 아니니까."

세월의 길고 짧은 차이가 있을 뿐 사랑하는 것이 진실인 것을 알면 여인은 돌아온다는 것이 영화 속 마피아 두목의 생각이자 곧 나의 생각이었다. 그래서 이렇게 정리했다.

사랑이 진실인 줄 안다면 여인은 돌아온다
그러나 내가 두려워하는 것은
흘러간 그 세월 속에서
만날 수 없는 사이가 될 수도 있다는 것 아닌가

나는 이미 한 편의 가사가 다 된 것 같은 생각이 들었다. 가사의 주제가 결정되니 거기에 살을 붙이기란 식은 죽 먹기 같았다. 그래서 그들의 이별 장면을 그려보았다. 충분히 한 편의 짧은 드라마가 되었다.

나는 앞에서 인용했던 클라이막스 부분을 생각하고 스토리를 전개

시켰다.

> 멀어져 가는 저 뒷 모습을 바라보면서
> 난 아직도 이 순간을 이별이라 하지 않겠네
> 달콤했었지 그 수많았던 추억 속에서
> 흠뻑 젖은 두 마음을 우린 어떻게 잊을까
> 아, 다시 올 거야 너는 외로움을 견딜 수 없어
> 아, 나의 곁으로 다시 돌아올 거야
> 그러나 그 시절에 너를 또 만나서 사랑할 수 있을까

여기까지는 강물 풀리듯 술술 풀려 나갔다. 그러나 다음 구절 '흐르는 그 세월에 나는 또 얼마나 많은 눈물을 흘리려나'는 곧 바로 연결된 것이 아니었다. 멜로디를 확 찢어버리고 싶을 만큼 고통스러움이 다가왔다.

> 우리는 서로 만날 수 없는 사이가 될 텐데……
> 우리는 그 사랑을 다시 또 그렇게 불태울 수가 있으려나

그러나 어떤 구절을 갖다놓아도 멜로디의 절실함을 돋보이게 할 수 없었다. 환장할 지경이었다. 애꿎은 멜로디 탓만 했다. 불필요한 예비음들은 왜 붙었느냐는 것이었다. 그것은 이 멜로디뿐이 아니었다. 그 시절 내가 들어온 멜로디들은 거의가 싱코페이숀(엇박자)이 들어 있는 악보여서 그 놈의 예비음들이 문장을 만드는 데 여간 불필요한 것이 아니었다.

과거에는 음 하나에 두 개의 발음이 붙거나, 두 음에 한 개의 발음이 붙거나 상관없었다. 그러나 멜로디보다는 리듬이 중요시되고부터는 꼭 필요한 발음과 악센트가 요구되었다.

난 그대 눈을 보면서 꿈을 알았죠
그 눈빛 속에 흐르는 나를 보았죠

— 김희갑 작곡 〈물보라〉에서

어젯 밤엔 난 네가 미워졌어
어젯 밤에 난 네가 싫어졌어
빙글빙글 돌아가는 불빛들을 바라보면
나 혼자 가슴 아팠어

— 이호준 작곡 〈어젯밤 이야기〉에서

앞의 노래 〈물보라〉에서 '난 그대'를 '나는 그대'라고 한다든지 '그 눈빛 속에'를 '그대 눈빛 속에'라고 하면 절대로 안 된다. '난'이라고 한다든지 '그'라고 하는 것은 이 멜로디에 탄력을 주어 가사 내용 이상의 매력을 주고 있는 것이다.

뒤의 노래 〈어젯밤 이야기〉는 더욱 그렇다. 발음상으로 잘 들리지 않는 음, '난'이 새로운 감각을 불러일으키는 데 중요한 구실을 하는 것이다. '어젯밤엔' '난 네가'의 개념이 아니라 '어젯 밤엔 난' '네가' 개념으로 끊길 듯 이어지는 리듬의 매력을 주고 있는 것이다. 지금은 이러한 것이 많이 완화되어 요즈음에는 일단 가사 잣수 맞추는 건 편리해졌다고 할 수 있을 것이다. 그러나 요즘 시대 스타일의 가사 쓰기에는 또 다른 어려움이 있으니 그것은 다른 기회에 이야기하고자 한다.

　이야기가 다른 곳으로 흘러간 것 같지만 내가 활동하던 그 시절의 시와 노래를 이해하려는 분들을 위하여 몇 자 적어 보았다. 잣수와 악센트 때문에 오는 고통, 그것은 결코 불필요한 고통이 아니었다.

　〈슬픈 인연〉의 마지막 구절을 연결하기 위하여 몇 날 밤을 고생한 나는 아주 오랫만에 우연히 어떤 친구를 만났다. 그 친구의 얼굴을 보는 순간 그의 지나온 이야기를 알 수 있었다. 한 마디 이야기를 하지 않아도 찌그러지고 변해 버린 인상에서 그가 걸어온 20여년의 세월을 보는 듯했다.

　'그래. 이야기하지 않을 것은 이야기 하지 않는 거야.'

　나는 이렇게 생각하고 다음 구절을 연결했다.

그러나 그 시절에 너를 또 만나서 사랑할 수 있을까

(우리는 그 사랑을 다시 또 그렇게 불태울 수가 없어서)

흐르는 그 세월에 나는 또 얼마나 많은 눈물을 흘리려나

　괄호 친 부분을 생략하고 연결했을 때 나미, 아니 그 이후에 015B, 조관우 등이 불러 수많은 사람들을 울린 〈슬픈 인연〉이 탄생한 것이다. 노래 가사는 결코 멜로디를 떼어 놓고 생각할 수 없다. 멜로디가 하지 못하는 부분은 가사가 보강해 주고, 가사가 하지 못하는 부분은 멜로디가 보강해 주면서 하나의 노래가 탄생한다. 그런 뜻에서 잘 알지도 못하면서 노래 가사를 백안시하는 시인들이 섭섭할 때가 많다.

　노래 가사는 결코 진화하지 못한 시가 아니다.

〈모닥불〉은 아직도 타오르는가

　나에게 있어서 〈모닥불〉은 현재진행형이다. 그날 만리포에서 타오르기 시작한 불꽃은 세월이 갈수록 활활 타오르고 있다. 그러나 내 순수문학과 대중가요 사이에 분수령이 되는 모닥불 – 그 전후의 삶은 비참하기만 했다.

　아직 대학에 진학하지 못한 채 무위도식하던 나는 시인이 되기 위해 문단의 이곳저곳을 기웃거리고 있었다. 시집을 먼저 냈던 관계로 동인 중에는 목소리를 높일 수 있었던 나였지만, 그해 겨울 같은 동인인 박석수가 대한일보 신춘문예로 등단하는 바람에 나의 절망감은 더욱 커져가고 있었다. 아마 겉으로는 환영하면서도 동인 누구나 그런 감정이었을 줄 안다. 하지만 이내 그를 축하해 주지 않으면 안 되었다. 시상식에 같이 가자며 그가 찾아왔던 것이었다.

　우리는 안양으로 내려가 코가 삐뚤어지도록 술을 마셨다. 그 자리에는 김대규 시인, 김옥기 화백 등이 있었다. 김대규 시인은 박석수가 형이라고 하면서 문학적 스승으로 생각하는 선배였다. 그는 젊은 나이에 이미 문명을 떨치는 문단의 귀재였다.

하지만 그들과 섞이면서 나의 소외감은 더해졌다. 돈도 없고, 빽도 없는 촌뜨기 문학도는 여관방에서 모든 사람들이 코를 고는 사이에 어떤 추억 하나를 끄집어냈다. 그것은 고등학교 시절 만리포에서 가졌던 흥사단 하기수련회의 여운이었다.

수련회 마지막 날 모래밭에 장작더미를 쌓아놓고 한 초롱이나 되는 휘발유를 뿌린 다음 불을 질렀다. 순식간에 타오르는 모닥불은 만리포의 모든 어둠을 다 태워 버리는 것 같았다. 둘레에 모여 있던 대학생, 고등학생 백여명은 와— 하고 함성을 질러댔다. 그때의 흥분을 어찌 말로 다하랴!

모닥불 피워 놓고
마주 앉아서
우리들의 이야기는
끝이 없어라

그러나 이 한 마디의 구절 속에 내 반생의 그림자가 숨어 있을 줄 누가 알았던가. 나는 이 작품을 노래로 만들고 싶은 생각이 들었다. 그러나 대중가요 작곡가들은 그 가사를 아무도 거들떠보지 않았다. 대중가요는 고무신짝들이 좋아해야 하는데 어디에도 그런 요소가 담겨 있지 않다는 것이었다. 그렇다고 가곡으로 만들 생각도 못했다.

여기도 인연이 닿지 않는구나, 이렇게 생각하고 작곡가 김영광 선생 사무실에서 내려오는데 차 한 잔 하자고 누가 등 뒤에서 불렀다. 그는 음반을 석장이나 낸 바 있는 가수 S군이었다. 그는 작곡으로 전환하여 활동을 하고 싶은데 같이 하자고 했다. 그래서 우리는 동대문 근처에 '시와 음악의 집' 이라는 간판을 내걸고 〈모닥불〉은 물론 여러 곡의 노래를 만들었다. 처음 우리가 원했던 가수는 양희은이었다. 하지만 양희은은 첫 음반을 내준 회사와 의리문제로 취입을 하기 어려웠다. 그 이후 30년이 다 되도록 가요계에 있었는데 그와 교분이 없었던 것도 운명인 것 같다.

할 수 없이 차선책으로 은희를 생각했다. 당시 은희는 〈사랑해〉를 히트시킨 듀엣 '라나에 로스포' 에서 나와 솔로음반을 냈는데 그 안에서 〈꽃반지 끼고〉가 빅히트를 했다. 나는 그녀의 집으로 전화를 걸었다. 그녀는 사무실로 찾아오겠다고 하면서 한 달이 되도록 나타나지 않았다.

우리는 다시 새 가수를 물색하기 시작했다. 그 과정에서 '뚜아에 모아' 출신 박인희를 생각했다. 박인희는 쾌히 승낙하지는 않았지만 어쨌든 음반을 내기로 계약했다. 그런데 어느 날 박인희가 〈모닥불〉에 새로 곡을 붙여 보냈다. 내가 말도 안 된다고 하자 제작자 겸 작곡가 S군은 그냥 놔두자고 했다. 그래서 녹음은 박인희가 쓴 멜로디로 했다. 그 과정에서 두 줄이 빠졌다. 빼놓고 보니 그것도 괜찮은 것 같았다.

〈모닥불〉은 발표한 지 1년만에 알려지기 시작했다. 그러나 그것은 이미 판권이 다른 사람 손에 넘어간 뒤였다. 처음 판이 나왔을 때 어느 선배 작사가는 애들 장난 같은 작품이라고 했다. 그러나 그것이 내 대표작이 되고 평생 죽어라 작품을 썼지만 이십대 초에 쓴 그 작품을 능가하지는 못하는 것 같다.

최근에는 〈모닥불(http://modagbul.net/)〉로 사이트도 만들고, 출

판사도 만들고, 장차 종합예술지도 만들 계획이다.

참고로 두 줄이 삭제되지 않은 〈모닥불〉의 원본을 여기 싣는다.

모닥불 피워 놓고

마주 앉아서

우리들의 이야기는 끝이 없어라

아무리 이야기를

주고 받아도

마음은 영원히 고독하단다

인생은 연기 속에

재를 남기고

말없이 사라지는 모닥불 같은 것

타다가 꺼지는

그 순간까지

우리들의 이야기는 끝이 없어라

뽕짝과 전통가요

전통(傳統)이라는 말을 사전에서 찾아보았더니 '전하여 내려오는 오랜 계통, 또는 역사'라고 되어 있다. 그런데 우리는 일제시대부터 불려지기 시작한 트로트류의 가요를 이른바 전통가요라고 말하는 것을 매스컴을 통해 자주 대하게 된다.

나는 지면이나 TV 등을 통해 이 전통가요라는 이름을 대하면 왠지 모르게 거부감을 느낀다. 내 자신이 그런 노래를 싫어해서가 아니라 신라시대, 고려시대 혹은 조선시대에 어떤 형태의 가요가 있었다면 그것은 무엇으로 불려져야 하느냐 하는 데 대한 작은 노파심에서다.

실제로 신라시대에는 향가라는 것이 전하여 내려오고, 고려시대에는 〈청산별곡〉과 같은 고려가요가 있다. 이것을 통틀어 전통가요라고 하면, 요즘 우리가 말하고 있는 트로트류의 노래와 어떻게 구분이 되어야 하는지 나로서는 심히 걱정이 된다.

언젠가는 올바른 가요사를 후손들에게 물려줘야 하는 것이 우리의 사명이라면, 옳은 것은 옳다고 하고 그른 것은 그르다고 할 수 있는 용기가 있어야 할 것이다.

몇 년 전, 모 방송국 쇼 프로에서 우리 가요에 이름을 붙이자는 특집 방송을 마련한 일이 있었다. 가요사업에 종사하는 여러 선후배가 한 자리에 모여 '애가'라는 새로운 이름을 얻어냈다. '사랑 애(愛)'와 '슬 플 애(哀)'를 함께 써서 '애가(愛·哀歌)'로 하자는 가수 J군의 제의가 채택된 것이다. 그러나 그것은 정해진 각본이었다. 그의 노래 하나를 히트시키기 위해 마련된 프로그램이라고 해도 과언이 아니었다.

모든 토론이 끝나고 마지막으로 사회자가 "이제 우리 가요의 이름 '애가'가 탄생했으니 그 애가를 한 번 들어 봅시다" 하며 J군의 신곡 을 소개했던 것이다.

그런데 그 '애가'라는 이름은 '엔카(變歌)'라는 일본말과 발음이 비 슷하고 한 글자에 두 가지씩의 한문을 형편에 따라 번갈아 쓰는 것이 그들과 흡사했다. 가령 꽃을 표현할 때 '花'와 '華'를 병행하여 쓴다.

일본말에는 그러한 예가 많이 있는 모양이다. 그렇다고 그것이 나쁘 다는 의미의 이야기는 아니다. 필요하다면 우리도 형편에 맞게 얼마 든지 새로운 말을 만들어 낼 수가 있다. 다만 외국의 것이라면 무조건 따라가는 사대주의적인 생각은 버려야 할 것이다.

그날의 특집방송이 대중들에게 공감을 불러 일으키지는 못했다. 그 저 아이템 좋은 하나의 프로그램 구실밖에 되지 않았다. 모든 것은 물 흐르듯이 자연스러워야지, 순리에 역행하여 강압적이거나 일순간에 만든 사회적인 룰은 존재할 수가 없을 것이다.

'뽕짝'이라는 말이 적합하지 못하다는 것을 나는 벌써부터 들어왔 다. 리듬이 뽕짝뽕짝한다고 하여 '뽕짝'이라고 했다는데 이제 와서 그 것이 귀에 거슬린다는 것이다.

나는 뽕짝이라는 말이 왜 나쁜지 연구해 보지 않았지만 거기에는 문화 일선에 서서 자존심을 지키지 못했던 지난날의 슬픈 기억들이 숨어 있기 때문에 그런 것이 아닌가 생각한다. 그러나 대중 속에 깊이 침투하여 울고 웃어 온 것이 우리의 대중가요가 아닌가. 설령 그 속에 씻어낼 수 없는 아픈 기억들이 있다고 해도 그것을 부끄러워 할 필요는 없는 것이다.

나도 몇 편의 뽕짝가요 가사를 쓴 일이 있다. 〈그 사람 데려다 주오〉, 〈잃어버린 30년〉, 〈그대가 나를〉 등이다. 〈잃어버린 30년〉은 KBS의 이산가족찾기 생방송을 보고 하룻만에 만든 가사였다. 초고속 진행으로 나온 그 작품은 한국적인 정서를 가장 잘 나타냈다고 하지만 나는 그것을 전통가요라는 이름으로 부르고 싶지 않다. 5천 년의 역사를 가진 우리나라에서 백 년도 안 되는 세월 속에서 탄생한 노래를 전통가요라 할 수 없다고 생각하기 때문이다.

전통가요라고 하면 뭔가 무겁고 어색한 느낌이 드는 것이다. 전통가요라고 한 것은 어느 방송 프로에서였다. 우리 가요의 이름을 그렇게 하자고 한 설명은 없었지만 아마 그 방송국에서 잠정적으로 그렇게 하기로 합의를 본 모양이었다.

그날 이후 그 방송국 여러 프로에서 줄곧 트로트류의 가요를 전통가요라고 강조하면서 시청자들에게 주입하고 있었다. 그것은 고마운 일이다. 그러나 방송국에서 대중가요에 이름까지 붙여주며 신경을 써주는 것은 그만큼 우리 가요를 사랑한다는 말이지만 그 사랑의 방법으로 꼭 그렇게 이름을 만들어야 하는 것인지는 의문이 생긴다.

"이제는 가요를 좀더 격상시켜야 합니다. 그래서 우리는 이름을 바꿔주려고 합니다. 뽕짝가요라고 하면 좀 뭣하지 않아요?"

모 방송국 국장이 한 말이다. 그 방송국에서는 시청자를 대상으로 가요의 이름을 공모했다. 그 심사를 위해 몇 명의 가요인들이 모인 자리에서였다. 나는 무슨 영문인지 모르고 나갔다가 그것이 가요의 이름을 정하는 자리라고 하여 심히 송구스러웠다. 어쩌면 그것은 역사에 남을 수도 있다. 그러나 '잘하면 충신이요. 못하면 역적이다' 라는 말이 있듯이 우리 가요사에 악역(?)을 맡는 것은 아닌가 하여 두렵기까지 했다.

"글쎄요, 가요에 이름을 새로 만들어 준다고 하여 가요가 격상되는지는 모르겠지만, 그런 것들은 다 자연발생적으로 탄생해야 하는 것이 아닙니까? 그보다는 방송국의 관계자들이나 사회의 지도자 분들이 우리 가요인들을 대접해 주는 것이 급선무라고 봅니다."

나는 그 자리에서 이렇게 말했다. 같이 동석했던 작사가 양인자 씨도 내 말에 공감하는 모양이었다. 그렇다. 대접이란 이름을 바꾸는 데 있는 것이 아니다. 진실로 존경하는 마음이 가슴에 있느냐가 문제다.

어느 남자 가수가 여자 PD와 결혼을 했다. 그때 동료 PD 중에는 가수하고 결혼한다고 하여 참석하지 않은 사람이 더러 있었다고 한다. 그것이 사실이라면 그 권위의식은 방송국 종사자들 마음에서부터 깨어져야 한다. 일류대학을 나와 공개 채용으로 입사한 사람들 중에는 그 우월감으로 학력이 낮은 가수들을 우습게 보는 경향이 있다. 그런 사람들이 방송국에 있는 한 가요는 발전할 수 없을 것이다. 이름이나 바꾸는 행위 같은 것으로 가요를 도마 위에 올려 놓고 난도질하는 것은 오히려 우리 가요인들을 더욱 슬프게 만든다.

나는 이렇게 생각한다. 뽕짝이라는 어원이 어디에 있건 그것은 우리가 오랫동안 불러 온 이름이다. 어떻게 들으면 뽕짝이라는 이름은 애교스럽지 않은가.

진실로 전통을 숭상한다면 사람들의 입과 입으로 전하여 오는 **뽕짝**이라는 이름은 남겨 두어야 하지 않을까.

간난이, 갑순이, 갑돌이, 삼순이, 칠성이 등은 우리의 한국적인 이름이다. 이런 이름을 가진 사람들은 촌스럽다고 부끄러워 하는데 그 속에는 풀냄새가 나고 흙냄새가 난다. 나물 캐러 뒷동산에 오르는 처녀들의 모습이나 꼴을 베러 가는 시골 총각들의 모습이 연상된다. 삼룡이라는 이름이 촌스럽다고 '벙어리 삼룡이' 가 아니라 '벙어리 철식이' 나 '벙어리 인호' 라고 하면 어울리겠는가.

뽕짝이라는 어감은 우리에게 친근하다. 유랑극단이 생각나고 가난한 속에서도 하나의 맥을 이어온 선배 여러분들의 모습이 떠오른다. 반대로 전통가요라고 하면 어떤 면에서는 딱딱한 느낌을 준다.

요즘 각 고장마다 옛이름 찾기 운동이 한창인 것으로 안다. 우리도 전통가요라 하지 말고 전통을 위해 그냥 **뽕짝**이라고 하는 것이 어떨까. 이름을 바꾸는 것만이 우리 가요를 대접하는 것은 아니다. 보다 근본적인 것은 모든 사람들이 뽕짝가요에 대한 인식을 바꿔야 하는 것이다.

나의 일, 나의 스트레스

나는 일과 노는 것의 구분이 없었다.

노는 것이 일하는 것이었고 일하는 것이 곧 노는 것의 연장이었다.

일이라고 해야 고작 대중가요 가사를 짓는 것이 전부였고 이따금 가수들이 취입하는 녹음 스튜디오에 가는 정도였다.

그것은 일이 아니라 일종의 오락이었다. 더구나 노래를 발표하자마자 속속 히트를 하던 1980년대 초반, 적어도 남의 눈에 비친 나의 생활은 바로 신선놀음이었다.

그들은 마치 카지노에서 횡재라도 한 듯한 시선으로 나를 보았다. 그리고 그러한 시선들은 항시 나를 우울하게 했고 가요계에 머물렀던 지난 이십여 년 동안 일종의 스트레스로 다가왔다.

겉으로 보이는 것만큼 화려하지 않았던 그 시절, 나는 매스컴에 나타나 허상들 때문에 몹시 피곤해야 했고 그 여파로 인해 어떤 고민들이 있으면 그것을 가슴에 품고 끙탕을 해야 하는 내성적인 성격으로 굳어져 버렸다.

애꾸 보고 눈이 잘 생겼다고 하면 칭찬이 아니라 욕이다.

마찬가지로 문학에 대한 열정을 잠재우고 뜻하지 않게 가요계에 들어와 외도를 해야 했던 나에게 작사가란 결코 자랑스러운 이름이 아니었다.

나는 작사가로 있는 동안 시인에 대한 콤플렉스를 느꼈다. 그것은 사회의 통념 때문이었고 그러한 통념들은 늘 나를 괴롭혀 오는 하나의 요소가 되었다. 그때 나를 가장 잘 이해해 줘야 하는 친구들조차 마치 복권이라도 당첨된 것처럼 바라보는 것은 견딜 수 없는 치욕이었다. 그러나 그것은 모두 내가 선택했던 일이라 아무에게도 원망할 수 없는 노릇이었다.

나는 출퇴근하는 직장에 다닌 일이 없었다. 그러기에 다른 친구들보다 비교적 자유스러웠고 그 자유스러움은 그들의 입장에서 보면 부러움의 대상이었을지도 모른다. 또 회사라고 하는 것은 사장의 눈치를 보게 마련인데, 나의 경우 내가 사장의 눈치를 보는 게 아니라 사장이 내 눈치를 보았다. 대우를 섭섭하게 해주면 다른 회사로 가 버리기 때문이었다.

다만 나를 슬프게 하는 것은 무엇보다도 직업을 직업으로 인정받지 못하는 것이었다. 나는 스물네 시간이 자유로운 작사가였지만 한 번도 그 시간들을 편안하게 보내지 못했다. 머리가 고무도장이 아닌 이상 마음먹는다고 종이에 찍어대듯 가사가 쉽게 만들어지는 것은 아니었다. 그러니 주문 받은 가사가 써지지 않으면 써질 때까지 머리가 무거웠고, 그러한 현상은 작사가로 활동하던 지난 세월 연속적으로 꼬리에 꼬리를 물었다.

나는 정말 열심히 가사를 썼다. 어떤 때는 하룻밤에 열 편도 썼고 스무 편도 썼다. 공식적으로 조사해 보지는 않았지만 삼천 편은 되리라고 본다. 그렇게 가사를 쓰면서 나는 쓰지 않으면 살 수 없다는 위기감, 또 잘 만들어지지 않으면 다음의 일이 풀리지 않는다는 압박감 같은 것들로 피가 마르는 것 같았다. 그도 그럴 것이 작품 하나 잘못 선택하면 제작자의 경제적 손실은 물론 가수의 입장에서는 인기관리에 치명타를 입을 수 있으니, 창작자(작사, 작곡가)들의 책임은 막중한 것이었다.

그러나 힘이 빠지는 것은 히트를 하면 가수가 노래를 잘 불렀거나 회사나 매니저가 PR을 잘해서였고, 히트를 하지 않으면 작품(작사, 작곡)이 안 좋아서였다는 핀잔이었다. 그러니 오락이라고 하는 것도 그것은 대중들의 입장이었고 창작자의 경우에 그것은 노동이었다.

특히 드라마 주제가는 방영 며칠도 안 남겨 놓고 청탁이 들어온다. 사정이야 여러 가지 있었겠지만 극작가가 가사를 만들려고 했다가 갑자기 바빠져서 그렇게 된 것이 대부분이었다.

그것은 결코 유쾌한 청탁은 아니었다. 자신들은 드라마를 기획할 때부터 쓰려고 했다가 일주일 심지어는 3, 4일 남겨 놓고 부탁을 하게 되니 그것 때문에 다른 일들에 차질이 생겨 버리는 경우가 허다했다. 그렇다고 방송국에서 부탁하는 일을 쉽게 거절할 수 없는 것이 우리 가요 작가들의 입장이었다.

백일장에 참가하는 기분으로 밤을 새워서라도 시간에 맞춰야 했고 그렇게 만든 것이 좋은 반응들을 얻게 되자 어느덧 나는 즉흥작사가라는 소문이 나게 되었다. 그리고 그러한 소문은 드라마 주제가뿐 아니라 일반 가요도 취입 날짜에 임박하여 청탁이 들어올 때가 많게 되었다.

어쨌든 이왕 작사가로 나섰으니 어떤 청탁이건 충실하게 하자고 마음먹었는데 나를 곤혹스럽게 하는 것은 친구들의 불만이었다. 그들은 직장 생활이 끝나는 저녁 6시 이후에 만나자고들 하는데 그때 가사를 쓸 일이 있으면 나갈 수가 없기 때문이었다.

"오늘 만난 친구들이 네 욕을 많이 했어."

밤 12시 무렵, 술이 거나하게 취한 친구의 느닷없는 전화 목소리는 그렇잖아도 가사가 잘 풀리지 않아 끙끙대는 나의 감정 위에 와르르 시멘트를 붓는다. 그러면 내 마음은 더욱 딱딱하게 굳어 버리고 의미 없는 단어 나열로 밤을 새우기가 일쑤였다.

"죄송합니다. 가사를 쓰긴 썼는데…… 마음에 들지 않아서……. 저어……, 오늘 녹음비는 제가 물어줄게요."

뿌옇게 뜬 얼굴로 녹음실에 전화를 걸어 위기를 넘긴 것이 얼마나 많았던가. 가사를 못 쓴 것이 죄가 아니면서도 죄인처럼 미안해 하던 지난 세월이었다. 아마 다른 작사, 작곡가들도 이 점에는 공감할 것이다.

그러나 그런 것들은 모두 아름다운 일이었다. 1989년 이후 두 번의 뇌졸중, 신장 이식수술과 같은 사건으로 작사가 생활을 하지 못하고 한가로운 날을 보내고 있는 요즈음 그것은 그리운 추억으로 느껴진다.

역시 아무리 고통스러워도 뒤돌아 생각하니 일하는 것은 즐거움이었다. 전 숭실대학교 철학과 안병욱 교수는 "사람은 여덟 시간 일을 할 수는 있어도 여덟 시간 춤을 출 수는 없다"고 했다. 어찌 여덟 시간뿐이랴. 진정으로 일에 몰두하면 그 몇 배의 시간도 보낼 수가 있다. 그러나 보통 사람의 경우 춤이란 한 시간 이상 출 수가 없는 것이다.

내가 싫어하는 것은 직업에 대한 모독이었다. 대중가요 작사가로 지내다 보니 가요계 밖의 사람들이 무심코 내뱉는 말이 가슴에 비수처럼 꽂힐 때가 많았다. 그들은 대부분 가요계 사람들을 동물원의 원숭이 보듯 하는 것 같았다. 가요계에 대해 흥미로운 질문들을 해 오고 내가 모르는 사실들을 이야기할 때면 불쾌하기 짝이 없을 때가 많았다. 탤런트 C양의 몸값이 얼마라는데 사실이냐, 하는 따위의 몰상식한 질문들을 하는 것을 보면 내가 그들과 호흡하며 살고 있다는 사실을 망각하는 모양이었다.

"야, 여자 가수 한 명 소개해 줄 수 없냐?"

술자리에서 만난 가요계 밖의 친구가 하는 이런 말들은 순간 피를 거꾸로 솟게 했다.

"야, 이 새끼야! 내가 뭐 포주냐?"

생각 같아서는 그렇게 말하는 놈의 멱살이라도 잡고 싶었지만 그래도 꾹 참았다. 잘못이 있다면 그들이 아니라 그렇게 보여지게 했던 일부 연예인들의 잘못을 함께 지고 가야겠다는 생각에서였다. 그러나 많은 가수들이 아침부터 밤까지 프로덕션, 방송사, 신문사, 공연장 등으로 뛰어다니느라 데이트 한 번 할 짬이 없다는 사실을 안다면 그들에게 경의를 표해야 할 것이다.

어떤 일이건 일이란 신성한 것이다.

15년 전 버스 안내양이 독학으로 검정고시에 합격하여 대학에 들어갔다. 그것을 각 신문마다 대서특필했는데 그때 다른 버스 안내양의 항변은 많은 생각을 하게 한다.

"버스 안내양이 대학에 들어갔다는 신문 보도를 보고 우리 친구들은 막 울었어요. 대학에 들어가는 것이 장한 일이라면 대통령이 점퍼를 하사하면서까지 노동은 신성하다고 했던 말은 우리를 부려먹기 위한 거짓인가요? 버스 안내양을 하면서 공부를 한다는 것은 매우 힘들어요. 그것은 버스 안내양의 일에 충실하지 못했다는 말인데 시민들을 위해 추운 겨울에 바닥에 물걸레질을 하고 유리를 닦고 하는 일들은 뒤로 미뤄 둔 채 공부만 하라는 건가요?"

이제 우리는 직업에 관한 선입관, 일에 대한 선입관에서 벗어나야 한다. 의사, 변호사가 위대한 것이 아니다. 무슨 일을 하든지 그것을 성직으로 생각하고 정성을 다하면 시시한 대통령이 되는 것보다 흙과 더불어 똥지게를 지는 것이 보다 훌륭한 일일 수 있을 것이다.

허림과 〈인어 이야기〉

1973년이었다.

명동 입구에 분위기 좋은 스탠드 바가 하나 있었다. 작곡가 김기웅 선생을 만나 이야기하던 중에 즉석에서 〈인어 이야기〉라는 가사 한 편을 썼다. 노래 한 곡이 작사, 작곡을 합쳐도 채 30분이 안 걸려 완성되었다.

우리 둘은 흥분했다. 그러나 마땅히 그 노래를 부를 가수가 없었다. 이미 박인희는 녹음이 다 끝나 앨범이 나오기만 기다리는 중이었고 다른 가수들은 노래의 이미지와 별로 어울리지 않는다고 생각했기 때문이다.

그런데 며칠 후였다. 어느 사진사 사진기자와 이야기하던 중에 그의 수첩에서 허림이라는 이름을 발견했다. 나는 옛날의 편지 속에서 잊혀진 이름을 발견한 듯 반가웠다. 바로 그가 〈인어 이야기〉를 부를 가수라는 생각이 들었기 때문이다.

내가 허림이라는 이름을 알게 된 것은 작곡가 변혁 씨 때문이다. 그의 집에서 그녀의 노래 〈별 이야기〉를 들은 적이 있었다. 그녀는 한국의 '존 바에스'라고 일컬을 만한 목소리를 가지고 있었다. 일찍이 미8군에서 가수 활동을 하며 동남아 등지에도 많이 나가 공연을 했는데 우리 가요계에는 그다지 알려지지 않은 인물이었다. 그녀의 노래가 히트하지 않은 것은 시대적으로 좀 빨랐기 때문이라는 생각이 들었다.

나는 그녀가 산다는 보광동 종점까지 갔다. 집 앞 다방으로 나온 그녀는 수줍어하는 소녀의 인상이었다. 서른이 된 가정주부라고는 믿어지지 않았다. 그러나 이미 그녀는 한 남자의 아내였고 한 아이의 엄마였다.

"노래를 하시지 않겠어요?"

나의 이 뚱딴지 같은 질문에 그녀는 뭐라고 대답도 못하고 그저 어리둥절해 했다. 시골에서 갓 올라온 촌놈 같은 모습의 나를 믿을 수 없다는 표정이었다. 그러나 문제의 걸림돌은 그 다음에 있었다.

음반사에서 앨범을 내주는 조건으로 40만원의 공탁금을 요구하는 것이었다. 당시 신인가수들은 제작비 일부를 부담하거나 괜찮다고 인정받는 유망주라도 PR은 자신의 돈으로 해야 했던 시절이었다. 이 조건을 보증하기 위해 회사에 얼마간의 공탁금을 거는 것이 관례였다. 나는 그녀에게는 그런 돈이 없다고 설명을 했다. 그러자 회사 측에서는 음반을 내줄 수 없다고 했다. 할 수 없이 나는 다른 회사를 알아보고 다녔다.(아마 이런 사실을 그녀 자신은 알지 못했을 것이다.)

그런데 한 달 후였다. 오아시스레코드사로부터 만나자는 연락이 왔다. 사장님이 한 번 보자는 것이었다. 사장님은 나를 보자 그까짓 신인가수한테 빠져서 회사에 나오지 않으면 어떻게 하느냐고 했다. 그리고 그 가수와 어떤 관계냐고 물었다. 나는 그 말을 듣고 똑똑히 대답했다.

"그녀는 노래를 아주 잘합니다. 그리고 히트할 자신이 있습니다."

사장님은 빙그레 웃었다.

"정 그러면 한 번 잘 만들어 봐."

나는 그 자리에서 몇 번이고 고맙다는 인사를 하고 문예부장에게 녹음 스케줄을 부탁했다.

노을 빛이 물드는 바닷가에서
금빛 머리 쓰다듬는 어떤 소녀가
울먹이는 가슴을 물에 던지며
인어가 되었다네 꿈이 변하여
인어가 되었다는 슬픈 이야기

〈인어 이야기〉는 전설적인 스토리의 노랫말이다. 고등학교 시절, 〈로렐라이〉(하이네 시)를 좋아하던 나는 그런 분위기의 이야기를 시로 쓰고 싶다는 생각을 하고 있었다. 그것이 어느 날 문득 〈인어 이야기〉로 탄생한 것이다.

허림 양은 마치 가엾은 제 동생 같은 느낌이 듭니다. 제 동생은 다리가 아파 언제나 휠체어에 앉아 있습니다. 괜찮으시다면 허림 양이 제 동생이 되어 주셨으면 고맙겠습니다.

어떤 대학생이 허림한테 이런 팬 레터를 보내왔다. 그녀의 앳된 목소리를 듣고 나이가 어리다고 생각했던 모양이다. 그러나 어리게 느껴지는 그녀의 목소리가 하늘이 준 커다란 선물이었다면 그녀의 인생은 너무나 가혹한 형벌이었다.

서울예전의 유덕형 학장은 그녀가 수기를 쓴다면 그보다 기구한 이야기의 소설은 없을 것이라고 했다. 내가 함께 일하면서 겪은 일만 해도 그렇다. 〈인어 이야기〉의 반주 음악을 녹음하고 얼마 안 있어 그녀는 마포 아파트로 이사를 했다. 노래 연습하는 것을 보기 위해 나는 그녀의 마포 아파트를 자주 찾았다.

그때마다 보게 되는 그녀의 아들 재석이의 모습은 너무도 눈물겨웠다. 아직 세살 밖에 안 된 재석이는 언제부턴가 노인처럼 숨을 가빠했다. 아기 때 예방주사를 잘못 맞아서 그렇다고 했다. 수술을 받으려면 몇년 더 자라야 하는데 그때까지가 문제였다.

말도 못하는 아이가 접어 놓은 이불에 비스듬히 누워 노래 연습하는 엄마를 방실방실 웃으며 바라보던 모습은 귀엽다기보다 차라리 안쓰러웠다. 옆에서 바라보는 내 심정이 그러한데 그녀의 심정은 오죽했을까. 엎친 데 덮친 격으로 그녀한테 또 하나의 불행이 닥친 것은 친정 어머니의 객사였다.

〈인어 이야기〉가 음반으로 나오던 날이었다. 집을 나간 지 보름 후에 객사한 어머니의 시체를 구청에서 가매장했다는 연락이 왔다. 어느 여대생이 발견하고 신고한 것이었다. 처음부터 그들의 결혼을 반대했던 어머니는 보광동에 혼자 살았다. 그녀나 그녀의 남편은 언제나 그것을 가슴 아파했다. 어머니가 반대한 결혼과 기형의 아들을 둔 그녀는 무슨 업보를 갖고 태어났는지 정말 기구한 운명의 가수였다.

어쨌거나 그녀는 음반이 나왔으니 활동하지 않을 수 없었다. 그녀나

나는 아는 사람도 없이 방송국과 신문사 등을 찾아다니며 도와달라고
했다. 천성적으로 착한 허림을 모든 연예 관계자들은 호의적으로 대
해 주었다.

특히 방송국에서는 그녀 아버지의 제자들이 더러 있어서 많은 도움
이 되었다. 허림은 우리나라 최초로 뮤지컬을 만들었던 연출가 허남
실 선생의 외동딸이다. 살아계실 때는 극작가 유치진 선생과 절친했
다고 한다.

〈인어 이야기〉는 크게 히트하지는 않았지만 그래도 많은 사람들이
좋아했다. 그러나 재석이의 죽음은 또 하나의 슬픔을 안겨주었다. 남
편과도 이혼을 했다. 아이가 죽은 날 와이셔츠에 루즈를 묻혀 가지고
들어왔다고 흥분하던 허림 씨의 모습이 지금도 눈에 선하다. 연예인
교회가 생기고 그곳에 열심히 다니며 윤복희 씨 등과 함께 복음가수
로 활동하다 지금은 미국으로 건너갔다는 말을 들었다.

허림은 슬픈 여인이었다. 어쩌면 그것은 〈인어 이야기〉라는 노래 때
문이 아니었을까.

박인희와 〈모닥불〉

내가 박인희를 만난 것은 방송국이 통폐합되기 전인 1972년 광화문 동아방송 현관에서였다. 방송을 끝내고 나오는 그녀를 붙잡고 이야기 좀 했으면 좋겠다고 했다. 그래서 찾아간 곳이 길 건너 조선일보 옆에 있는 어느 이층 다방이었다.

나는 그녀에게 첫시집 《영원의 디딤돌》과 그동안 친구와 함께 만든 악보들을 내놓았다. 취입을 해달라는 것이었다. 처음 보는 청년에게 취입 요청을 받은 박인희는 당황하는 것 같기도 하고 한편 흥미로워 하기도 했다. 그러나 그날 우리가 무엇을 하겠다고 결론을 내린 것은 아니었다. 악보를 검토해 보고 연락을 주겠다고 했다.

당시 박인희는 '뚜아에 모아' 여성 맴버로 있다가 듀엣이 해체되자 방송국에서 '3시의 다이얼'이란 프로에 DJ를 보고 있다. 그러니 '뚜아에 모아' 여성 맴버로 있을 때 간간이 흘러나오는 그녀의 목소리가 곱다는 것은 알고 있었지만 아직 솔로로서의 가능성을 확신한 것은 아니었다.

우리가 동대문 근처 어느 빌딩에 '한국포엠송연구소'라는 거창한 이름의 사무실을 개설하고 맨처음 시작하려는 일은 〈무영탑〉이라는 연작가요를 만드는 것이었다. 당시 이런 시도는 아무도 하지 않았다. 아니 그런 시도는커녕 송창식, 윤형주, 양희은 등이 뽕짝 일변도인 가요계에 가끔 통기타 가수로 끼어들던 시대였으니 우리가 생각했던 가요와 엄청나게 거리가 멀었던 것이다.

우리는 맨처음 명동 오비스 캐빈에서 양희은을 만났다. 양희은의 〈아침이슬〉이 다방가에서 크게 히트하고 있을 때였다. 무대에서 노래를 부르고 내려온 청바지 차림의 양희은은 우리가 건네준 악보를 들여다보더니 자신을 키워준 레코드사와 얘기가 되면 취입을 하겠다고 했다. 그러나 그것이 쉽게 성사되지 않는다는 것은 나중에 알았다. 나보다 먼저 가요계 생활을 했던 작곡가 손진아는 그를 발탁한 킹레코드사에서 절대 승낙을 안 할 것이라고 했다.

그래서 양희은은 포기하고 은희에게 전화를 걸었다. 그녀는 '라나에 로스포' 여성 멤버로 〈사랑해〉를 불러 공전의 히트를 하고 솔로로 전향하여 〈꽃반지 끼고〉를 불렀는데 당시 인기상승 중이었다. 그러나 며칠 후에 사무실로 오겠다고 하던 그녀는 한 달이 되어도 나타나지 않았다.

생각 끝에 노래를 안 하고 DJ 일만 하던 '뚜아에 모아' 멤버 박인희를 만났는데 그와의 만남이 나로서는 운명적이었다. 첫번 만나고 얼마 후에 우리는 다시 만나 음반을 만들기로 했고, 그녀는 그때 준 노래 중에 〈모닥불〉을 흥미로워 했다. 〈모닥불〉 때문에 우리가 애초 생각했던 연가곡 형식의 노래는 다음으로 미루고 그 중에서 〈아사녀〉만 음반에 넣고 그냥 노래 모음집으로 했다. 〈모닥불〉은 손진아가 곡을 붙였었는데 박인희도 한 번 만들어 보았다고 멜로디를 보내 왔다. 나는 그 곡을 들어보지도 않고 우리가 만든 곡으로 해야 한다고 했는데 손진아는 박인희 곡으로 하자고 했다.

그때 연세대학교에 다니는 바이얼린을 하는 친구가 있었다. 그에게 우리가 음반을 만드는 데 반주음악을 도와줄 수 없느냐고 했더니 자신있다고 했다. 해서 이화여대, 연세대 기악과에 다니는 학생들을 동원했는데 막상 녹음실에 들어가니 생각대로 되지 않는 모양이었다. 숙명여대에 다니던 피아노치는 친구는 연주가 안 되자 막 울음을 터뜨렸다. 그래서 나는 우습게 보았던 대중가요가 만만치 않다는 것을 처음 알았다.

우리는 다시 작곡가 이현섭에게 편곡을 부탁했다. 그리고 청계천 4가 우미여관에서 작업을 하게 했는데 새벽에 느닷없이 기독교 방송에 다녀온다고 하더니 며칠 동안 소식이 없었다. 녹음 날짜는 다가오는데 입술이 바짝바짝 말랐다.

"현섭이 형 연락이 아직 안 돼?"

손진아는 날마다 그가 갈 만한 곳을 찾아 서울시내를 헤매고 다녔다. 그렇게 하다 녹음 바로 전날 밤 청계천 4가 우미여관으로 데려와 편곡을 하게 했다. 가까스로 편곡을 하여 녹음실에 갔는데 이번에는 연주인들이 악보가 제대로 맞지 않는다고 난리들이었다.

나는 속이 상하여 여관으로 돌아왔다. 그러자 저녁 무렵 손진아와 연세대에 다니는 내 친구 고순민이 술에 취해 들어 왔다. 손진아는 계속 고순민에게 네가 클래식을 했는데도 연주 하나 제대로 못한다고 타박을 했다. 고순민은 고개를 숙인 채 아무 말도 못했다. 큰소리를 쳐놓고 음악에 실패를 했으니 본인으로서는 자존심이 몹시 상하는 모양이었다.

그러나 그렇게 힘든 과정을 거쳐 만든 음반을 선배 작사가 월견초는 '애들 장난감 같은 판'이라고 했다. 돈을 대준 손진아 아버지는 그 말을 듣고 우리들을 불러 꾸중을 했다.

PR도 하지 못하고 그렇게 제껴진 〈모닥불〉은 제작비의 10분의 1도 못되는 가격으로 신세기레코드사에 팔아 넘겼다. 신세기레코드사는 그 판을 살리자는 것이 아니라 그냥 구색으로 갖추려고 했다. 그러나 1년 후 〈모닥불〉이 서서히 방송을 타기 시작했다. 광주 MBC 소수옥 PD는 방송국에 판이 없어 직접 사다가 틀었다고 했다.

그때 우리들은 사무실을 철수하고 나는 오아시스레코드사로 나갔다. 오아시스에서 박인희 2집 〈봄이 오는 길〉을 냈다. 그 안에는 저 유명한 박인환의 시 〈목마와 숙녀〉 시낭송이 들어 있었다. 그리하여 우리들이 추진했던 '한국포엠송연구실'은 문을 닫았지만 박인희와 나는 뗄레야 뗄 수 없는 콤비가 되었다. 박인희는 작곡이 누구의 것이든 상관하지 않고 박건호 가사면 무조건 불렀다.

내가 지구레코드사로 옮기자 박인희도 회사를 옮겼다. 우리는 지구에서 〈끝이 없는 길〉을 히트시켰다. 내 가사는 박인희라는 한 여가수를 시적 이미지로 포장시켰다. 그리고 그것이 나의 이미지로 정착되기도 했다.

기다림에 지쳐 끄적거린 낙서 〈기다리게 해 놓고〉

〈기다리게 해 놓고〉를 부른 가수 방주연은 거침없이 내뿜는 창법에서 느껴지듯이 아주 활달한 성격의 소유자다. 내가 가사를 쓰기 시작하면서 제일 먼저 알게 된 가수가 바로 그녀였다.

그녀를 처음 알게 된 것은 김영광 작곡실에서였다. 당시 방주연은 그의 작곡 〈그대 변치 않는다면〉을 히트시키며 인기가도를 달리고 있었다. 그녀는 가수이기 이전에 〈꽃과 나비〉라든가 〈슬픈 연가〉 등의 노랫말을 쓴 작사가이기도 하여 대화가 통했다.

하루는 그녀와 커피 약속을 한 일이 있다. 그러나 약속한 다방에서 한 시간을 기다려도 그녀는 나타나지 않았다. 올 수 없는 사정이 있다면 전화라도 했을 텐데 이상한 일이었다. 나는 기다리기 무료하여 낙서를 끄적거리기 시작했다. 그것이 〈기다리게 해 놓고〉였다. 후에 안 일이지만 그녀는 약속 장소를 착각하고 다른 장소에서 기다리고 있었다.

어느날 작곡가 장욱조가 멜로디 한 편을 들고 왔는데 마침 주머니에 그 낙서가 들어 있어 그 곡에 붙여 보았더니 맞춘 듯이 잘 들어 맞았다.

〈기다리게 해 놓고〉가 발표된 후 나는 오아시스레코드사에 들러 레코드나 한 장 달라고 했다. 그때 손진석 사장은 "당신과 이 레코드가 무슨 관계가 있느냐?"고 물었다. 그래서 그 가사를 내가 썼다고 하자 갑자기 사장은 반색을 하며 사장실로 나를 불러들였다. 사장은 작품료라 하며 봉투 하나를 건네주었다. 얼마인지는 잊어버렸지만 다른 작품료에 비해 많은 액수였다고 기억한다. 그것이 내가 처음으로 받아본 작사료였다.

어느 날 방주연과 나는 다른 회사로 옮기는 것이 어떻겠느냐는 이야기를 주고 받았다. 옮기려는 회사는 자체 녹음실을 갖추고 있어 제한받지 않고 작품을 만들 수 있다고 생각했기 때문이다. 당시 대부분의 레코드사들은 장충동 스튜디오나 마장동 스튜디오를 빌려 썼는데 작가들이나 가수들이 녹음 기사들의 눈치를 살피며 할 말도 제대로 못하던 시절이었다. 그래서 우리는 다른 회사로 함께 탈출할 것을 모의(?)한 것이다.

그러나 이 모의는 곧 회사 측에 들통이 났고 급기야는 사장의 오른팔이라 할 수 있는 작곡가 O선생이 나에게 회사에서 주먹을 휘둘렀다. 말려주는 사람 하나 없는 가운데 나는 피투성이가 되고 말았다. 사장은 피투성이가 된 나를 화장실에 가서 씻게 하고 섭섭하다는 말과 함께 봉투에다 돈을 넣어주며 달래기도 했다.

나는 처음으로 작가와 가수 사이에서 가담할 수 있는 것과 가담할 수 없는 것이 무엇인지를 깨닫게 된 것이다.

가수 정미조의 약혼자로 오인받은 사연

김포에 있는 가수 정미조의 본가(本家)를 찾아간 일이 있었다.

아마 그녀의 아버님 생신날이었던 것으로 기억한다.

1976년 그 당시, 정미조의 아파트에는 많은 음악인들이 드나들고 있었고, 나도 그들 중에 한 사람이었다. 지금은 음반제작사 '애플 뮤직' 사장인 이명순 씨가 그녀의 매니저였는데, 그때는 '훼밀리'라는 이름으로 가수 선우혜경, 탤런트 정윤희, 그룹 사계절 등을 거느리고 있었다.

나는 〈모닥불〉이나 〈내 곁에 있어주〉 등이 히트를 했지만 작사가로 활동을 하겠다는 결심을 굳히지 못하고 있던 때였다. 그도 그럴 것이 당시만 해도 가사를 써서 밥을 먹는다는 것은 매우 어려웠던 시절이었기 때문이다.

음반 회사로부터 보너스나 인세는 생각도 못했고 몇 푼 안 되는 작사료는 용돈으로도 부족했다. 그나마 제대로 계산해 주는 것도 아니었다. 그것은 작곡가의 경우도 마찬가지였다. 대부분의 작곡가들은 야간무대에서 연주를 하거나 신인가수 레슨을 하며 살았다. 가요계에 들어와 2, 3년 동안 활동하면서 그러한 현실을 알게 된 나는 장래 문제로 많은 고민을 했다. 다른 직업을 갖고 있으면서 취미로 가사를 쓰지 않으면 안 된다고 생각했기 때문이다.

그럴 때 만난 사람이 바로 정미조와 그의 매니저 이명순 씨였다. 지금 생각하면 그들과의 만남이 나의 운명을 바꿔 놓았는지도 모른다. 나를 비롯하여 몇 명의 음악인들은 정미조의 아파트에서 살다시피 했다.

그녀가 야간업소에서 일을 하는 것은 우리들을 먹여 살리기 위한 것이었다고 해도 과언이 아니었다. 그 시절, 우리가 정미조의 본가를 찾아간 것은 바로 그런 배경 때문이었다. 나 뿐만이 아니라 작곡가 계동균을 비롯하여 많은 사람들이 동행했다.

정미조네 본가는 김포에서 양조장을 하는 부잣집이었다.

그가 평소에 돈에 대한 욕심이 없는 것도 풍족한 환경에서 자랐기 때문이라고 여겨진다. 나는 거기에서 정미조 오빠와 인사를 했다. 그녀의 오빠가 몇 명이 되는지 또 몇 번째 오빠인지는 알 수 없으나 술이 거나하게 취한 그는 다짜고짜 나를 데리고 나갔다.

많은 사람 중에서 유독 나만 불러내는 것을 의아해 하며 따라갔더니 어느 대폿집에서 친구들을 하나 하나 인사시켰다. 그리고 매제 될 사람이라고 소개를 하는 것이었다. 졸지에 나는 정미조의 약혼자가 되어버린 셈이다. 나는 당황하면서도 어정쩡한 상태로 그들이 내미는 잔을 그냥 받을 수밖에 없었다. 저녁 때 아파트로 돌아오는 차 안에서 그 얘기를 했더니 모두들 배꼽을 잡으며 깔깔대고 웃었다.

그 말을 들은 정미조는 "아니라고 하지요"하며 어처구니가 없다는 표정이었다.

　나는 갑자기 무안해서 얼굴이 붉어졌다. 사실 그녀를 사모했던 사람은 작곡가 S씨였다. 술자리에서 여러 번 그의 고백을 들은 적도 있다. 그러나 불란서에 유학을 갔다가 화가와 교수로 변신하여 돌아온 그녀는 단 한 번이라도 S씨의 마음을 알고나 있었는지 지금도 궁금하다.

중년에도 변함없는 탐라 소녀 은희

1977년이었다.

나는 가수 은희(恩熙)의 독집 앨범을 만들기 위해 작곡가 이현섭 형과 〈새끼 손가락〉 등 10여 편의 작품을 준비하고 있었다. 그런데 녹음 날짜 하루 전에 일이 틀어지고 말았다. 그녀가 미국으로 훌쩍 떠나 버렸기 때문이다.

황당하기 짝이 없는 일이었다. 스튜디오 예약을 취소하고 각 파트의 연주자들에게 양해를 구하자니 녹음 날짜 하루 전이라 여간 민망한 일이 아니었다. 그 이후 은희는 4년여 세월을 돌아오지 않았다. 그녀는 사랑하는 사람을 만나려고 앞뒤 생각을 하지 않고 뉴욕으로 날아갔던 것이다.

그런 은희가 몇 년 전에 두 아이를 데리고 돌아왔다. 아이의 교육을 위해서라고 했다. 적어도 열살 이전에는 한국에서 교육을 받아야 진정한 한국인이 될 수 있다는 것이 그녀의 생각이었다.

처음에 그녀는 고향인 제주도에다 둥지를 틀었다. 그리고 몇 년 후

서울 압구정동에 5층짜리 빌딩을 인수하여 '스톤 아일랜드'라는 종합
미용타운을 만들었다. 물론 제주도에 있는 집과 사업체는 그대로 두
고 말이다.

이제 그녀는 한국에서 여류사업가로 변신, 많은 돈을 번 것 같다. 그
러나 어떻게 된 건지 만나면 오히려 나에게서 사업가적인 발언이 많
이 나오고 그녀에게서 예술가적인 발언이 많이 나온다. 침을 튀겨 가
며 격렬한 말싸움도 자주 한다. 어쩌면 그런 말싸움들이 우리 사이를
더욱 가깝게 했는지도 모른다.

"우리 친구가 아파서 어떻게 하나?"

뇌졸중으로 몇 년간 쉬고 있을 때 은희가 자주 전화를 했다. 벌써 중
년이 된 목소리지만 언제나 소녀처럼 앳된 느낌을 주는 그녀였다.

이번 여름 휴가는 가족들과 함께 제주도로 갔다.

여행사에서 비행기표를 사고 호텔을 예약한 다음 '스톤 아일랜드'
로 전화를 했더니 마침 은희가 있었다. 그러나 일 때문에 서울에 있어
야 한다고 했다.

제주도에 도착한 다음날 아침이었다. 그녀한테서 뜻밖에 호텔로 전
화가 왔다. 바로 뒤따라 온 모양이다. 모처럼 내가 제주도에 간다고
하니 스케줄을 취소하고 왔던 것이다.

호텔로 찾아온 은희는 다짜고짜 짐을 싸들고 자기 집으로 가자고 한
다. 그러나 아이들도 있고, 또 신세를 지기 싫다는 아내의 생각도 있
어 정중하게 사양을 했다.

"전화도 하지 말아!"

4일 동안 우리 식구끼리 해수욕도 하고 관광도 하다가 서울로 오기
직전에야 전화를 했더니 그녀는 그때까지 뾰로통해 있었다.

"설문대 할망 얘기도 할려구 했는데……."

그 말은 옛날 제주도에 살았다는 거녀(巨女)의 전설이다. 그녀는 그 전설을 시와 음악으로 만들고 싶다고 자주 얘기해 오던 터다. 그것은 그녀가 누구보다도 제주도를 사랑하기 때문일 것이다.

이국처럼 느껴지는 그 옛날의 탐라국(耽羅國) 제주도를 사랑하는 탐라 소녀 은희―. 나는 아직도 그녀를 소녀라고 부르고 싶다.

장은아 타임(Time)

1970년대 후반과 1980년대 초반 사이다.

나는 가사를 쓰면서 음반 기획도 겸했으니 자연히 가수들과 접촉이 많을 수밖에 없었다. 그러나 조직적으로 일을 한 것이 아니었기에 프로덕션이라고 말할 수도 없지만 그 당시 내 주변에는 작곡가 오동식을 비롯하여 여러 명의 가수들이 있었다. 말하자면 별로 실속이 없는 그들의 대부(?) 역할을 했던 것이다.

그때 함께 일을 했던 가수 장은아에게서 가장 먼저 떠오르는 것은 '시간'이라는 단어다. 아마 그녀가 시간을 지킨 것은 불과 손가락으로 꼽을 수 있을 정도였다고 기억한다. 대부분 이삼십 분에서 서너 시간까지 늦었으니까 말이다. 그저 작사가와 가수의 사이라면 별 문제가 아닐 수도 있다. 그녀를 신인가수로 픽업하여 데뷔시키고 모든 스케줄을 관리하던 나는 시간을 지키지 않는 그녀의 버릇으로 인해 골탕을 먹었던 적이 한두 번이 아니었다.

그것이 두 사람만의 약속일 때는 그래도 괜찮은 편이다. 누구를 만나러 가야 하는 경우이거나 방송 스케줄인 경우에는 언제나 가슴이 조마조마했다. 그럴 때마다 싫은 소리도 귀가 닳도록 했지만 미안해하는 것은 잠시였을 뿐 '소 귀에 경 읽기'였다. 시간을 지키지 않는 그녀의 버릇은 좀처럼 고쳐지지 않았다.

그 당시 장은아는 장충동에 살았고 결혼을 하지 않았던 나는 전화도 없이 경기도 성남에 살았다. 지금처럼 공중 전화기로 시외통화를 마음대로 할 수 있는 시대가 아니었다. 아침에 남의 집 전화를 빌릴 수도 없어 그녀를 만날 일이 생길 때면 일찍 서울로 나왔다. 그녀의 집 앞 근처 다방에서 전화를 하고 기다리기 위해서였다.

그것은 대부분 만나기 1시간 전쯤이었다. 그녀가 준비하고 나올 동안 그 정도의 시간은 다방에서 기다리겠다고 각오를 했던 것이다. 그래서 그녀를 기다리는 시간에 가사를 쓰는 것이 나의 버릇이 되었고, 그때 쓴 것들 중에서 히트한 것도 여러 편 있다. 〈이 거리를 생각하세요〉도 그때 쓴 것이다.

그녀는 약속한 시간에 정확히 나타나지 않았다. 반드시 몇 분이 늦으면 늦었지 1분이라도 빨리 나오거나 정각에 나오는 일은 없었다. 아예 30분을 더 감안해 시간을 약속하면 거기에서 또 얼마간을 더 늦게 나오기 일쑤였다. 남자가수 같았으면 아마 몇 번은 주먹이 올라갔을 것이다.

MBC TV가 송추에서 야외녹화를 하는 날이었다. 아침 일찍 만나기로 약속한 일이 있다. 그녀의 전과로 미루어 정각에 나오지는 않을 것이라 생각한 나와 담당 PD 신승호 씨는 미리 한 명의 가수를 더 섭외했다. 만약 그녀가 1분이라도 늦게 나오면 기다리지 않고 다른 가수들만 데리고 녹화장소로 떠나기로 마음 먹었던 것이다.

장인숙 타임(Time)

역시 장은아는 정각에 나타나지 않았다. 5분쯤 후에 중계차에 타고 가수들과 스텝진은 미련없이 떠나버렸다. 가는 도중에 승호 형과 나는 당황하는 그녀의 모습을 상상하며 통쾌하게 웃었다. 그쯤 되면 그녀의 버릇을 고칠 수가 있다고 생각했다. 그러나 2시간 후인가 녹화를 하고 있던 송추 유원지로 그녀가 나타났다.

"겨우 30분밖에 안 늦었는데……."

그녀는 멋쩍게 웃음을 짓고 있었다.

그 이후에도 고치기 힘든 장은아 타임이었다.

아직도 꿈의 길을 걸어가는 전영

〈어디쯤 가고 있을까〉로 알려진 가수 전영은 노래를 사랑한다는 그 한 가지 이유만 빼놓고는 모든 면에서 가요계의 생리와는 어울리지 않았다. 그 당시 대부분의 통기타 가수들이 취미로 노래한다고 하면서도 이해타산면에서는 다른 가수들보다 한 수 위에 있었던 사실에 비춰 볼 때 전영은 그들보다 훨씬 순수했던 것으로 기억한다.

내가 전영을 알게 된 것은 1978년이었다. 그녀의 친구 김미희 음반을 준비하고 있을 무렵이었다. 굵은 검은테 안경을 쓰고 나타난 그녀의 첫 인상은 문학이나 철학을 전공하는 여대생 분위기였다. 그녀는 타고난 붙임성으로 인해 내 사무실의 모든 가수들과도 친하게 지냈다. 남을 대할 때는 모든 면에서 한 발 양보할 줄 아는 그녀의 성격이지만 자신의 자존심만은 철저히 지켜 나가는 당찬 면도 있었고, 상대의 기분을 얼른 파악하고 임기응변으로 대처하는 유연성도 있었다.

영화감독 이규형은 이렇게 기억한다. 어느 날 전영과 식사를 하다가 본의 아니게 트림을 했는데 그녀가 갑자기 정색을 하고 서양에서는 그것이 실례라는 말을 하더라는 것이다. 이규형은 순간적으로 얼굴이 빨개지며 무안해 했다. 이를 눈치 챈 전영은 얼른 "그런데 그 사람들은 코를 푸는 것은 괜찮아 하던데"라며 재치 있게 어색해진 분위기를 돌리더라는 것이다.

몇 년 전 그녀가 일본 와세다대학에 입학하여 서울을 떠나기 전날의 일이었다. 집으로 전화를 걸어 하직 인사를 하면서 어떤 신인가수 한 명을 부탁했다. 그녀의 설명인즉 그는 너무 사람이 좋고 남한테 부탁도 잘하지 못하는 사람이라는 것이다. 그래서 나는 알았다고 하며 열심히 공부나 잘 하고 돌아오라고 했는데 다음 말이 걸작이었다.

"그 신인가수를 대할 때마다 마치 선생님의 젊은 시절을 보는 것 같아요" 하는 한 마디였다.

이 얼마나 영악하게 계산적인가. 그러나 그녀의 성격을 알고 나면 그녀가 얼마나 상대방의 기분을 잘 배려하려 하는지 알 수가 있다. 같은 또래의 친구들보다는 몇 살 더 먹은 듯한 어른스러움이 느껴지곤 했다.

전영은 꿈이 많은 소녀였다. 그녀의 나이 스물세살 때 나는 〈여자나이 스물 셋이면〉이라는 가사를 써준 일이 있다. 히트를 하지는 못했지만 그녀나 나나 이 작품을 소중하게 생각하고 있다. 어쩌면 그녀는 지금도 이 가사처럼 영원한 소녀가 되어 꿈의 길을 걸어가고 있는지도 모른다.

일본 와세다대학에서 교육심리학을 전공했던 그녀는 더 많은 공부를 하려고 다시 미국으로 건너갔다. 아마 얼마 후에는 가수 출신의 박사 한 명이 등장하려는 모양이다.

그녀의 꿈은 언제나 아름답다.

'미리내'에서 건져 온 가수 장재남

1970년대 후반기 부산 서면은 통기타 업소들로 유명했다.

'맥천' '미리내' '별들의 고향' 등은 대부분의 통기타 가수들의 추억이 서려 있는 곳이다. 대마초 사건으로 방송활동이 정지되어 있던 김정호, 이종용 등을 비롯하여 그때는 무명이던 박은옥, 이택림 같은 가수들이 다 서면에서 활동하고 있었다.

"선생님, 부산에 한 번 내려 오세요. 광안리 바닷바람이 시원해요."

그 무렵 나는 그곳에 있던 장은아로부터 한 통의 장거리 전화를 받았다. 그녀는 데뷔곡 〈고귀한 선물〉을 취입해 놓고 음반이 나올 동안 잠시 그곳 '미리내'라는 곳에서 일을 하고 있었다.

마침 일에 짜증이 나 있던 여름철이라 그녀의 전화 한 통은 나를 바닷가로 유혹하기 시작했다. 나는 뒷일은 생각하지도 않고 그날 밤 무조건 서울역에서 부산행 막차를 탔다. 열차에 올라 앉으니 벌써 코끝으로 바다 내음이 물씬 풍겨 오는 것 같았다.

"오빠예요."

부산에서 만난 그녀는 오빠 장재남을 소개했다.

"처음 뵙겠습니다. 장재남입니다. 동생으로부터 말씀은 많이 들었습니다. 앞으로 잘 부탁드립니다."

나는 그와 악수를 하면서 첫 인상이 송창식을 많이 닮았다고 생각했다. 내가 왜 그런 생각을 했는지 모르지만 그런 나의 생각은 그가 통기타 업소 '미리내'의 무대에서 노래할 때도 마찬가지였다.

"노래가 좋습니다. 뭐라고 할까, 섬세한 면보다는 힘이 있는 노래가 좋을 것 같군요."

"저도 음반을 낼 수 있을까요?"

"물론입니다. 그건 제가 책임지지요. 시간을 내서 한 번 서울에 올라 오십시오."

그렇게 하여 나는 장재남의 음반을 준비하게 되었다.

나는 〈빈 의자〉와 〈사람을 찾습니다〉란 노랫말을 들고 작곡가 최종혁 씨를 찾아갔다. 〈빈 의자〉는 지독한 감기에 걸렸던 어느 날 성균관대학교 앞 다방에서 만든 것이고, 〈사람을 찾습니다〉는 가요계 초창기에 만든 것이다. 그러나 나는 〈사람을 찾습니다〉는 몇 군데를 고쳐 이미지를 바꿔 버렸다.

이미지를 바꾸기 전의 가사는 다음과 같다.

사람을 찾습니다 어디 있나요
나는 아직 한 사람도 못 봤습니다.
사람을 찾습니다 보여 주세요
어디엔가 한 사람쯤 있을 겁니다.
양심은 바람 앞에 촛불이 되어

쉽게도 꺼지는 건 아니겠지요

사람을 찾습니다 어디 있나요

나는 아직 한 사람도 못 봤습니다.

이것을 바꾸게 된 것은 문화공보부 산하 단체인 '공륜(공연윤리위
원회)'의 심의문제 때문이었다. 심의란 작품을 발표하기 전에 작품을
발표해도 좋은지 미리 판정을 받는 것이다. 대개 '시의에 맞지 않음'
'내용 빈약' '저속' 등의 이유로 불합격 판정을 받는 경우가 많았다.

〈사람을 찾습니다〉는 '비현실적'인 이유로 한 번 반려가 된 작품이
었다. '나는 아직 한 사람도 못 봤습니다' 같은 구절이 비현실적이라
는 것이었다.

사람을 찾습니다 어디 있나요

나는 오직 한 사람이 필요합니다.

사람을 찾습니다 보여 주세요

어디엔가 내 사람이 있을 겁니다

행복한 미래를 그려 보면서

내 마음의 그릇을 채우기 위해

사람을 찾습니다 어디 있나요

나는 오직 한 사람이 필요합니다.

이렇게 고칠 수밖에 없었던 것이 당시의 상황이었다. 어떤 메시지를
주려고 하면 반드시 공륜으로부터 브레이크가 걸려 결국 내 가사는
대부분 '연가(戀歌)'로밖에 표현할 수 없었다. 그것에 대해 불복하고

저항했던 작가들도 있었다. 그러나 그런 작가들은 슬금슬금 가요계를 떠나버리고 말았다.

지금은 남아서 일을 했던 작가들이 마치 죄인 같은 느낌을 받게 되었지만 나는 내 가요계 생활을 후회하지는 않는다. 이상적인 것만을 추구하다 보면 일평생 아무런 일도 못할 것이 아니겠는가.

여하튼 내 가사를 받아든 최종혁 씨는 부를 가수가 누구냐고 물었다. 나는 그저 송창식이라고 말해 버렸다. 장재남을 처음 보았을 때의 이미지를 생각하고 그랬던 것이다. 당시 〈토함산〉이라는 노래를 히트하고 있던 송창식의 이미지는 독특한 것이었다. 뭐라고 할까, 그는 해학적인 듯하면서 작품의 '맛' 보다는 '멋' 을 추구하는 노래를 부르던 가수였다. 그를 생각하고 만든 곡 〈빈 의자〉와 〈사람을 찾습니다〉는 며칠 만에 만들어졌다. 누구보다도 곡을 빨리 만드는 최종혁 씨였다.

"글쎄요? 이런 노래가 저하고 맞을까요?"

고개를 갸우뚱거리는 장재남을 끌고 나는 무조건 녹음실로 갔다. 취입을 해 놓고 보니 예상 외로 잘 맞는 것 같았다.

그리고 그것은 결코 송창식의 이미지는 아니었다. 〈빈 의자〉나 〈사람을 찾습니다〉는 둘 다 홈런이었다. 어림잡고 작품을 만들어 주다 보니 개성 있는 가수 한 명이 탄생된 셈이다.

5부

가요계 비망록 Ⅱ

CM 녹음중인 정수라 발탁

1983년의 어느 날이었다. 서울 스튜디오에 볼 일이 있어 갔다가 CM을 녹음하고 있는 두 명의 아가씨를 만났다. 그 중의 한 아가씨가 이제 겨우 스무살이 된 정수라였다. 나는 명함을 건네주고 내 도움이 필요하면 언제라도 전화를 달라고 했다.

비록 CM이었지만 그녀의 노래는 이때까지 들어본 다른 여가수의 노래와는 달랐다. 대부분의 다른 가수들이 감정만을 중시한 나머지 박자가 조금씩 뒤로 밀리는 것이 불만이었는데 그녀의 노래는 그렇지가 않았다.

얼마 후에 정수라는 매니저인 박성철이라는 사람을 데리고 나타났다. 중국 무협영화에 나오는 식당주인 같은 모습의 그를 삼촌이라고 소개했다. 그는 대뜸 나에게 정수라 독집앨범 기획을 부탁했다. 그의 부탁이 아니더라도 나는 기획을 해 보고 싶다고 했을지 모를 일이다.

우리는 작업을 위해 타워 호텔에 방을 잡았다. 그 자리에는 작곡가 방기남과 가수 장재현도 있었고 마침 데이트를 하고 있던 지금의 아내가 커피숍으로 찾아와 있었다.

박성철은 우리 일행을 레스토랑으로 안내하고 식사를 주문했다. 아내와 나는 가재요리를 시켰는데 그는 얼핏 속으로 식사값이 상당히 많이 나올 것으로 지레 짐작했던 모양이다. 그는 갑자기 맥주 몇 병을 시키더니 우리에게 천천히 마시라고 하며 잠깐 어딘가 다녀오겠다고 했다. 나중에 안 일이지만 그는 을지로 5가로 친구들을 찾아다니며 모자랄 것 같은 식사 값을 구하러 다녔던 것이다.

그날 밤에 만든 것이 〈바람이었나〉였다. 후에 그것을 재킷 타이틀로 하여 오아시스레코드사에서 독집 디스크를 만들기 위해 녹음을 했다. 그런데 며칠 안 있어 나는 사회정화위원회로부터 건전가요를 만들어 달라는 의뢰를 받았다. 그 당시 정부 시책중에 하나인 '주인의식'이나 '질서'를 주제로 삼아달라는 주문이었다.

처음 만든 가사가 〈주인이 되자〉라는 것이었는데 발표될 즈음에는 제목을 〈우리의 땅〉이라고 했다. 작곡은 방기남이 했는데 별로 마음에 내키는 가사는 아니었다. 그래서 나는 다시 언젠가 김재일이 놓고 간 멜로디에 〈아! 대한민국〉이라는 가사를 붙였다. 부탁이기는 했지만 평소 내가 생각하던 이상향을 노랫말로 옮겨 본 것이다.

이 노래를 정수라 디스크 B면 타이틀로 삽입할 때만 해도 박성철은 탐탁해 하지 않았다. 물론 정수라도 마찬가지였다. 이 노래가 역사적인 대히트를 하리라곤 아무도 짐작하지 못했던 일이다.

그 이후 정수라와 나는 정말로 환상의 콤비를 이루었다. 〈풀잎 이슬〉〈도시의 거리〉〈환희〉〈아버지의 의자〉등 많은 노래를 만들었다. 그러나 지금 나에게 남겨진 것은 몇 편의 작품들과 그것을 만들었을 때의 추억들 뿐이다.

대중가요의 산실 따라

최혜영의 첫 앨범 〈그것은 인생〉

1983년이었다.

나는 지구레코드사 임정수 사장으로부터 신인가수 한 명을 소개 받았다. 그녀가 최혜영이었다. 그녀는 그때 모 대학교 연극영화과 3학년이었다.

최혜영은 내가 만난 어느 가수보다도 명랑했다. 같은 또래인 정수라와 비교하면 성격이 아주 대조적이었다. 어릴 때부터 CM을 불러 생활비를 보태던 정수라의 표정은 뭔가 어두운 반면, 비교적 평탄하게 자란 최혜영의 표정은 구김살 하나 없었다. 그녀의 동그란 눈망울은 풀잎 위에 또르르 맺혀 있는 이슬 방울처럼 밝았다.

그녀는 테잎 하나를 건네주었다. 그 속에는 〈울지 말아요, 아르헨티나여〉(Don't Cry For Me Argentina)를 원어로 부른 그녀의 목소리가 담겨 있었다. 에코 때문에 그랬는지, 원어로 불러서 그랬는지 그때는 괜찮은 것처럼 들렸다. 그러나 그녀를 집으로 데려와서 기타 반주로 다른 노래를 들어보니 문제가 많았다. 우선 기본 발성이 안 되어 있었다. 취입을 할 때까지 연습을 많이 해야 할 것 같았다. 나는 가수 장재현에게 그녀의 레슨을 부탁했다. 그래서 그녀는 그 이튿날부터 하루에 한 번씩 우리 집에 와서 레슨을 받았다.

그렇게 어느 정도 연습을 하던 어느 날이었다. 나는 〈아! 대한민국〉의 작곡가 김재일이 맡긴 멜로디 중에서 〈소장수〉라는 노래를 골랐다.

그것을 최혜영에게 연습시켜 보았더니 아주 잘 맞았다. 거기에 〈그것은 인생〉이라는 제목으로 가사를 새로 붙였다. 〈그것은 인생〉의 아이디어는 O음반사 사장의 말 중에서 훔친 것이다.

"사람 사는 게 별 거야. 갓난아기 때는 젖만 물려주면 그만이고, 조금 더 크면 밥을 먹던 숟가락도 팽개치고 노는 데 정신이 팔려 있지."

그날 O음반사 사장은 어떤 스님과 이런 대화를 하고 있었다. 옆에서 잠자코 듣기만 하던 나는 후에 그 이야기를 가사로 만들었던 것이다. 그런데 재미있는 것은 그 가사를 발표한 곳이 그 회사의 경쟁회사인 J음반사라는 점이다. O음반사 사장은 아이디어 하나를 J음반사에 넘겨준 셈이었다.

최혜영의 녹음은 애를 먹었다. 연습을 많이 했는데도 막상 스튜디오 마이크 앞에 서면 노래가 잘 안 되는 모양이었다. 며칠 동안 녹음을 했다. 그러나 단 한 곡도 완성된 것이 없었다. 나는 공연히 음반기획에 손을 댔다는 생각까지 들었다. 애초 열두 곡을 계획했지만 우여곡절 끝에 아홉 곡이 완성되자 그대로 편집을 해버렸다. 더 이상 질질 끌다가는 지칠 것 같았다. 그리고 사장으로부터 음반을 성의없이 만들었다고 꾸중 들을까 봐 당분간 회사에도 가지 못했다.

그러던 어느 날이었다. 무교동 서린 호텔 앞에서 우연히 사장과 마주쳤다. 사장은 나를 보자마자 "어이, 박건호!" 하며 아랫 주머니에서 지갑을 꺼냈다.

"최혜영 판이 팔리고 있어. 우선 보너스로 50만원을 줄 테니 나중에 회사로 들어와."

그것은 예기치 않은 일이었다. 욕이나 먹을 줄 알았던 그녀의 음반이 보너스를 가져온 것이다.

그것이 인생인 모양이다.

이동기 씨, 귀가 이상해진 것 같습니다

이동기는 가수를 하기 전에 권투를 했다고 한다. 권투를 했기 때문인지 그는 아주 단순한 성격을 갖고 있어 우리들에게 많은 웃음을 제공하곤 했다. 모 레코드사에서 음반을 내놓고 PR을 해 주지 않았다. 그는 사장에게 PR을 해 주든가 PR비를 주든가 둘 중에 하나를 요구할 수밖에 없었다. 그러나 사장은 PR비로 얼마를 준다고 하면서 차일피일 미루기만 했다.

몇 번을 회사에 찾아가도 마찬가지라 어느 날 그는 돈을 해 달라고 조르며 사장을 따라 화장실 앞에까지 갔다. 보통 사람 같으면 그 정도에서 물러나 잠시 기다리는 것이 상식인데 그는 화장실 문을 잡고 빨리 돈을 내놓으라고 막무가내로 독촉을 했다. 한창 실갱이를 벌이다 사장은 할 수 없이 그 자리에서 돈을 줄 수밖에 없었다. 어떻게 보면 좀 미련스럽기까지 한 이동기. 그는 오히려 겉으로 얌전한 척하며 뒤로 호박씨 까는 대부분의 사람들보다는 솔직한 편이다. 사실 사장은 돈을 주면서 속으로는 그가 자신의 음반을 알리기 위해 끈질기게 물고 늘어질 것이라고 생각했을지도 모른다.

그런 이동기에게 내가 한 편의 노래를 만들어 준 일이 있다. 사회정화위원회로부터 건전가요 부탁을 받고 만든 방기남 작곡의 〈우리의 땅〉이 바로 그 노래다. 마땅한 가수를 찾다가 이동기로 결정했다. 그런데 첫째 녹음날은 목 상태가 좋지 않아 두세 번 정도만 부르다가 그냥 돌아갔다. 시간도 남고 해서 우리는 그 자리에 있던 신인가수에게 그 노래를 부르게 했다. 이동기가 취입할 때 어떤 스타일로 부르게 하는 것이 좋을까 연구하기 위해서였다. 말하자면 실험용 녹음인 것이다.

그런데 이튿날이었다 녹음을 하기 위해 반주를 세팅하는 과정에서 이동기의 노래는 지워지고 신인가수의 노래만 남아 있었다. 아직 이동기는 녹음실에 오기 전이었다. 나는 그 자리에서 장난기가 발동하여 이 노래가 이동기의 목소리라고 우겨보자고 했다. 그러자 모두들 재미있어 했다. 아마 자신의 목소리가 아니면서도 여러 사람들이 우기면 속아 넘어갈지도 모른다고 했다. 그의 우둔성이라고 할까, 그 천진성을 익히 종사자 모두가 알고 있는 터였다.

아나나 다를까. 그는 처음에 "이건 내 목소리가 아닌 것 같은데?" 하고 믿으려 하지 않았다. 그러나 그 자리에 있는 모든 사람들이 입을 모아 우겨댔더니 정말로 믿는 모양이었다. 별로 농담을 하지 않던 녹음기사까지도 거들었기 때문이다.

"이동기 씨! 귀가 이상해진 것 같습니다. 한 번 병원에 가셔야겠어요."

그는 고개를 갸우뚱하며 계속 성냥개비로 귀만 후벼댔다. 아무래도 귀에 이상이 온 것이라고 느끼는 것 같았다. 우리는 모두 속으로 킥킥

대고 웃을 수밖에 없었다. 사람이 저렇게 미련스러울 수가 있느냐 하는 생각이 들어서였다.

몇 달 전 일본을 다녀와서 올백의 머리를 하고 나타난 그에게 그 애기를 했더니 배꼽을 잡고 웃지 않는가.

우리는 흔히 미련한 사람을 곰에 비유한다. 그러나 단군신화로 보면 우리는 결국 모두 곰의 자손이 아닌가. 사람들이 너무 영악하게 변해가는 세상에서 찾기 힘든 사나이 이동기는 사나이 중에 진짜 사나이다.

가수 채은옥의 엇갈린 기대

나는 채은옥의 노래를 좋아했다.

가수 석찬이라는 친구가 꼭 한 편만 취입한 그녀의 노래 〈너와의 석별〉을 들려주었다. 정종숙과 김인순 등이 신인가수라는 딱지를 겨우 떼어내고 활동하고 있을 때였다. 나는 적어도 그녀를 태풍의 눈처럼 생각했다.

그러나 〈빗물〉이라는 노래로 히트를 치던 그녀가 김정호, 이수미, 조용필 등 여러 가수들과 함께 대마초 사건에 연루되어 활동이 정지되고 말았다. 그리고 얼마 후 채은옥은 해금가수가 됐지만 같이 구속됐던 다른 가수들과의 의리 때문에 쉬었다는 얘기를 들은 것도 같다.

대마초에 연루되었던 가수들이 다시 활동할 수 있게 된 후 이야기다. 시청 왼쪽길 건너에 '티파니'라는 고급 업소가 있었는데 저녁 무렵이면 작곡가 계동균과 함께 나는 그곳을 자주 찾았다. 그곳에는 작곡가 최종혁 씨가 지휘하는 관현악 반주에다 클래식을 하는 성악가들과 이미배, 하남석, 임희숙, 이동원, 채은옥 등이 출연했다.

그곳에서 나는 처음으로 채은옥을 알게 되었다. 채은옥은 임희숙과 절친한 선후배 사이였고 우리는 가끔씩 만나 술에 취하곤 했다. 술이래야 나는 맥주 한 잔 정도지만 만나서 이야기하는 것이 좋아 늘 한데 어울리곤 했다.

그러던 어느 날 채은옥이 나에게 작품을 의뢰했다. 나는 그의 노래를 좋아하는 터라 조금은 설레이기까지 하면서 가사를 썼다. 그리고 계동균이 거기에다 멜로디를 붙였다. 그것이 김승덕이 불러 알려진 〈아베마리아〉였다.

그날 정동 경향신문사 건너 편에 있던 사무실에서 멜로디를 익히는 정도로 연습을 하고 나온 채은옥은 뭔가 못마땅한 표정이었다. 한 마디로 멜로디가 마음에 들지 않는다는 것이다. 나는 다른 좋은 곡을 더 만들어 볼 테니 내 체면을 봐서 그것은 밑에 깔더라도 그냥 불렀으면 좋겠다고 했다.

그러나 그 이후 채은옥으로부터 아무런 연락이 없었다. 할 수 없이 〈아베마리아〉는 장재현이라는 신인가수에게 취입을 시켰는데 별로 반응이 없었다. 앨범 자체를 PR도 변변히 못했기 때문에 나오자마자 그대로 사장되고 말았다.

나중에 그 노래는 김승덕이라는 신인가수가 다시 불러 히트를 했다. 그러나 당시 나에게는 한울타리가 부른 〈그대는 나의 인생〉이라든가, 최진희가 부른 〈우린 너무 쉽게 헤어졌어요〉 등의 히트가 연달아 터지고 난 뒤의 일이라 별로 비중 있게 생각하지는 않았다.

그런데 어느 날이었다. 나는 티파니에서 채은옥이 〈아베마리아〉를 부르는 것을 보았다. 자기의 노래가 될 뻔한 노래를 남의 노래로 부르고 있었다. 물론 채은옥이 불렀다고 해서 꼭 알려졌다고는 말할 수가 없지만 나에게는 습관적으로 작품을 투정하는 작곡가, 가수들이 있어 씁쓸할 때가 있다.

얼마 전에도 채은옥은 나에게 2편의 작품을 부탁한 적이 있다. 김영광 씨 멜로디였다. 나는 그 작품을 만들기 위해 이천 설봉호텔에서 하룻밤을 새웠다. 그러나 그것으로 끝난 것이 아니었다. 계속해서 다른 분위기의 작품을 요구해서 한 멜로디에 서너 번씩 가사를 썼다고 생각하는데 그나마도 발표가 안 된 것으로 짐작한다.

사실 어떤 한 사람의 기호에 맞게 가사를 쓴다는 것은 아주 힘든 일 중의 하나다. 어쩌면 그녀가 나에게 너무 큰 기대를 갖고 있었기 때문에 그랬던 것 같다.

누가 여자요?

가요계 초창기 때였다

현섭이 형과 나는 작품을 쓰기 위해 주로 여관을 이용했다. 그때 나는 흑석동 산동네에서 살았다. 부엌이 딸린 단칸 셋방을 일곱 식구가 쓰고 있었다. 잠을 자기도 비좁은 방에서 가사를 쓴다는 것은 매우 힘든 일이었다. 취직도 하지 않는 나를 어머니는 달가운 시선으로 바라보지 않으셨다.

그런 면에서는 현섭이 형도 마찬가지였다. 몇 년 동안 가요계를 기웃거렸으나 이렇다 할 흔적을 남겨놓지 않았을 때였다. 안쓰럽게 바라보는 식구들의 시선이 그를 더욱 주눅들게 했다.

그때 여관은 우리들의 도피처였다. 작품을 생산할 수 있는 작업실이나 마찬가지였다. 우리가 자주 이용한 단골여관으로는 을지로 4가에 있는 보은여관이다. 보은여관은 국도극장 건너편 뒷골목에 있었다.

우선 보은여관은 지리적으로 안성맞춤이었다. 왼쪽으로 청계천 5가에 있는 오아시스레코드사로 갈 수 있었고, 을지로를 건너 대각선으

257

로 뚫린 골목길을 조금 올라가다 보면 명보극장 건너 편에 있는 지구레코드사로 갈 수도 있었다.

그 당시 오아시스레코드사와 지구레코드사는 우리나라에서 가요제작을 하는 음반회사의 양대 산맥이었다. 유명한 가수들이 많이 전속해 있었고 좋기만 하면 어떤 스타일의 작품도 소화할 수 있는 곳이었다. 특히 오아시스레코드사 손진석 사장은 내가 아침에 가사를 몇 편 들고 가면 그것을 읽어 보고 작품료의 절반을 주었다. 아직 작곡도 되지 않은 가사에 절반의 작품료라도 현찰로 받을 수 있는 작사가는 그 당시에 나 혼자뿐이었다.

방주연의 〈기다리게 해 놓고〉를 발표한 직후 실력을 인정받았기 때문이다. 그러나 여전히 가사 쓰는 일을 생업으로 하는 데는 문제가 있던 시절이었다. 곡이 만들어지고, 가수가 취입을 할 때까지 최소한 6개월 정도의 기간은 소요되게 마련이었다. 그것을 생각한 손 사장은 내가 가사를 쓸 수 있도록 작품을 현찰로 사주었던 것이다.

현섭이 형과 나는 오아시스레코드사 전속가수들에게 돌아가며 한두 편씩의 작품들을 주었다. 그것은 손 사장의 배려였다. 또 당시 문예부장이었던 이현진 씨도 많은 협조를 해 주었다. 우리는 얼마 동안 집에도 가지 못하고 여관에서 작품을 만들었고 그 곡들을 녹음하러 뻔질나게 스튜디오를 드나들었다.

그 무렵 오아시스레코드사 뒤에 있는 국수집에서 다른 작가들과 어울려 술을 마실 때였다. 작곡가 K가 현섭이 형에게 시비를 걸었다.

"당신, 나 똑바로 쳐다보지 말아요."

무슨 영문인지 모르는 내 옆의 다른 작가에게 신문기자인 B씨가 귓속말로 설명했다.

"현섭이가 수란이에게 곡을 주었잖아?"

"그래요?"

신수란(가명)은 오아시스레코드사 전속가수였다. 그녀는 발표하는 노래마다 히트를 하여 점차 인기가 치솟는 중이었다. 그런데 인기가 치솟은 그녀는 자신의 후견인이자 연인관계에 있던 작곡가 K와 절교를 하여 시끄러울 때였다. 그때 오아시스레코드사의 모든 작가들은 그녀에게 신곡을 안 주기로 동맹을 했는데, 그것을 모르는 현섭이 형과 내가 곡을 주었던 것이다.

"어떻게 된 거야?"

K와 현섭이 형이 그 일로 다투자 매니저 J가 나에게 물었다. 나는 그의 느닷없는 질문에 우물쭈물하며 주위의 공기가 싸늘해 옴을 감지하고 있었다. 그때였다. 갑자기 그의 주먹이 날아와 나의 인중을 강타했다. 순간 피가 주르르 흘러 술잔 속으로 번지고 있었다.

"아니, 그렇게 주먹질까지 하면 어떻게 해?"

"우물쭈물해서 그랬지."

"우물쭈물한다고 그래? 자초지종은 들어보지도 않고."

갑자기 홀 안이 웅성거리기 시작했다. 그러나 나는 때리는 시어머니보다 말리는 시누이가 더 밉다고 그 자리에 앉아 있고 싶지가 않았다. 나는 현섭이 형을 끌고 국수집에서 나왔다.

통금 가까운 청계천 길은 인적이 한산했다. 우리는 바쁜 걸음으로 뛰다시피 하여 보은여관으로 왔다. 그리고 맥주 다섯 병을 시켰다.

생각할수록 이빨이 갈리는 일이었다. 그들이 뭔데 곡을 줘라 마라 하는가. 내가 처음 오아시스레코드사 문을 두드렸을 때 웬 떨거지냐 하는 시선으로 바라보던 그들이 아니었던가. 현섭이 형도 분이 풀리지 않는 모양이었다. 그때 조바 아줌마가 맥주를 들고 왔다. 맥주값과 팁까지 줬는데도 그녀는 나갈 생각을 하지 않았다. 뭔가 말할 듯 말 듯하며 망설이는 것 같았다. 그때까지도 분이 삭지 않은 나는 퉁명스럽게 한 마디 던졌다.

"할 얘기 있어요?"

그제서야 조바 아줌마는 고개를 갸우뚱하며 묻는 것이다.

"누가 여자요?"

"뭐라구요?"

나는 처음에 그 말뜻을 몰랐다. 그러나 다음 순간 그녀의 질문 요지를 알 것 같았다. 남자끼리 여관에 자주 오니까 그녀는 동성연애자로 알았던 모양이다.

"둘 다 남자요!"

이렇게 대답한 나는 그만 피식 웃고 말았다.

'끼'의 귀재 김영광 스토리

그의 눈에는 건방끼

1971년이었다.

나는 〈모닥불〉이라는 가사를 써서 작곡가를 찾아다니던 중 명보극장 부근에 있던 그의 사무실에서 첫 만남이 시작되었다. 그러나 시골에서 갓 올라와 촌놈이었던 나를 바라보는 그의 시선은 별로 달가운 것이 아니었다.

처음 보는 김영광 씨는 영화배우처럼 미끈했다. 그리고 사람을 아래로 깔면서 바라보는 그의 눈에는 건방끼가 담겨져 있었다.

'사람을 잘못 찾아 왔구나.'

이렇게 생각하고 돌아서려는 나를 다방으로 끌고 간 사람이 지훈이라는 가수 지망생이었다. 그는 나에게 김영광 씨가 얼마나 천재적인 작곡가인지를 설명했다. 남진의 데뷔곡 〈울려고 내가 왔나〉, 나훈아의 데뷔곡 〈사랑은 눈물의 씨앗〉이 그의 작품이라는 것을 처음 알았다.

　사실 내가 김영광 씨를 찾아간 것은 어떤 사전지식이 있어서가 아니었다. 대중가요 작곡가라면 백영호, 박춘석 정도만 알고 있을 때였다. 그때 나는 우연히 인현동 명보극장 앞을 지나가다가 건너편 골목 명궁다방에 걸려 있는 두 개의 작곡 사무실 간판을 보고 올라갔던 것이다. 3층에 있는 것은 백영호 작곡 사무실이었고 2층에 있는 것은 김영광 작곡 사무실이었다. 마침 백영호 선생님은 출타중이어서 계단을 내려오다가 그의 작곡 사무실에 들렀을 뿐이었다.

　그가 작곡한 것이 무엇이고 어떤 노래가 히트했는지 나는 알지 못한 상태였다. 그리고 히트라는 것이 얼마만큼 중요한 것인지도 몰랐다. 필요하다면 많은 가사를 써서 팔 수 없을까 하는 궁리만 하고 있던 중이었다. 그때는 어느 누구와도 인연을 맺을 수가 없었다. 시를 공부하던 나와 대중가요와의 거리는 너무도 멀었기 때문이다.

　내가 김영광 씨와 인연을 맺은 것은 그로부터 몇 년 뒤의 일이었다. 이미 박인희의 〈모닥불〉을 발표했고, 방주연의 〈기다리게 해 놓고〉가 발표된 이후였다.

　O음반사에서 김기웅 씨와 가수 허림의 〈인어 이야기〉를 발표할 무렵이었다. 복도에서 마주친 김영광 씨가 뒷주머니에서 멜로디 하나를 쭉 내밀더니 가사를 붙여달라고 했다. 그때만 해도 나는 멜로디 위에 가사를 붙이는 것이 서툴렀다.

　나는 그의 방에서 기타로 멜로디만을 튕기면서 가사를 써보았다. 중간에 〈내 곁에 있어주〉라는 말은 이미 다섯 번 들어가 있었다. 가사를 다 쓰고 나서 여덟 번째 행 '너에게 다정한 웃음을 보이잖니'는 나중에 노래하기에 불편하여 '내 너를 위하여 웃음을 보이잖니'로 바꾸었다. 그러나 웬지 나는 그렇게 쓰는 것이 가사로 생각되지 않았다. 김영광 씨가 보면 다시 써달라고 할 것 같아 그가 없을 때 가만히 그의 책상 위에 가사를 놓아두고 도망치듯 방에서 나와 버렸다.

"어제 쓴 가사 참 좋았어."

이튿날 복도에서 우연히 만난 김영광 씨는 만족해 했다.

그때부터 우리는 자연스럽게 콤비가 되어 바니걸즈의 〈그 사람 데려다 주오〉도 같이 만들었다. 〈내 곁에 있어주〉와 〈그 사람 데려다 주오〉는 1975년에 크게 히트를 했다. 특히 〈내 곁에 있어주〉는 그해 MBC 주최 10대 가수 가요제에서 최고 인기곡으로 선정되었다. 그러나 히트한 것만큼 회사에서는 대우를 해주지 않았다. 두 개의 노래 외에도 나는 〈기다리게 해 놓고〉와 〈인어 이야기〉, 기획 앨범으로 박인희의 시낭송 〈목마와 숙녀〉가 있었지만 J음반사로 옮기고 말았다.

J음반사에서 남진의 〈무엇 하러 왔니〉를 필두로 우리의 환상적인 콤비 생활은 시작되었다.

용서받을 수 있는 건 오직 하나

아직 거리에는 통금이 있던 시절이다.

사람들은 빗속에서 택시를 잡으려고 차도에까지 내려와 아우성이었다. 그때 나는 가수 유상봉이 운전하는 차를 타고 그곳을 지나가고 있었다. 뒷좌석에는 술에 취한 작곡가 김영광 씨가 타고 있었다.

우리가 탄 차는 다른 차들과 차도에까지 내려와 있는 많은 사람들 때문에 서행을 할 수밖에 없었다. 그때였다. 갑자기 누가 우리 차를 붙들고 "영등포! 영등포!"하며 외쳐대고 있었다. 술에 취한 젊은 여인이었다. 뒤에서는 한 젊은이가 그를 집에 들여보내지 않으려고 왼쪽 팔을 붙들고 비틀거리고 있었다. 아마 무교동 낙지집 아니면 어느 카페에서 잔뜩 취한 모양이었다.

김영광 씨는 얼른 차문을 열었다. 사나이는 엉겁결에 손을 놓쳐 버렸고 여인은 잽싸게 차에 타버렸다. 순식간의 일이었다. 사나이는 닭 쫓던 개 지붕 쳐다보듯 달리는 우리 차를 멍하니 바라보기만 했다.

여인은 차에 타자 후끈후끈한 히터 바람 때문인지 정신을 잃어버렸다. 차는 동아일보사 앞에서 우회전하여 광화문 대로로 접어들었다. 그리고 다시 광화문에서 한국일보사 쪽으로 우회전을 하였다.

"이 차 영등포 가는 것 맞지요?"

그제서야 정신이 조금 드는지 여인은 조심스럽게 물었다.

"걱정하지 마세요."

유상봉은 이렇게 대답했으나 어느덧 핸들은 창경원 쪽을 향해 좌회전으로 꺾이고 있었다. 한 번 정신이 든 여인은 영등포와 정반대 방향임을 직감하고 내려달라고 소리를 쳤다.

나는 여인이 달리는 차에서 그냥 뛰어내릴 것 같아 얼른 한쪽 손으로 뒷문을 잡았다. 여인은 두 손으로 얼굴을 파묻고 울음을 터뜨렸다.

술에 취한 김영광 씨가 떠듬거리는 발음으로 소리를 질렀다.

"조……조용히……해!"

"……."

지금 생각하면 마치 거리를 헤매는 깡패들에게나 있을 법한 하나의 추억이다. 우이동 어느 여관에서 김영광 씨는 그 여인과 밤을 새웠고, 오히려 나중에는 그 여인이 더 몸달아서 김영광 씨를 따라다녔던 것으로 기억한다.

옛날에 영웅호걸들은 모두 여자들을 좋아했다고 하던가. 그런 탕아 기질의 김영광 씨는 작곡에 있어서는 천재적이었다. 언제나 기타를 잡으면 한 곡조의 멜로디가 흘러 나오는 그였다.

사람들은 그의 플레이 보이적인 기질 때문에 특이한 작품이 나온다고들 한다. 그의 행동이 어떻든 다 용서받을 수 있는 것은 뛰어난 그의 작곡 솜씨 때문이다.

어느 간호사와의 사랑

청계천 3가 센추럴 호텔은 작품을 쓰기 위해 김영광 씨와 내가 자주 찾았던 호텔이다. 장소가 시내 한복판이라 무엇보다도 오고가기가 편했고, 또 이층 나이트 클럽에서는 그룹 '템페스트'가 연주를 하고 있었다. 우리는 그 호텔에서 많은 작사, 작곡을 했다. 선우혜경의 〈철들 무렵〉, 박경애의 〈오, 그대여〉, 하춘화의 〈도시의 거리〉 등은 다 그 호텔에서 만든 작품들이다.

센추럴 호텔은 어느 층이나 똑같은 모양이다. 정사각형의 복도 가운데 두 개의 방이 있고, 그 두 개의 방은 창문이 복도쪽으로 나 있었다. 장난기가 많은 템페스트 멤버들은 그 가운데 방에는 꼭 젊은 남녀를 투숙시키라고 호텔 웨이터에게 부탁했다. 그러면 그들은 휴지통을 딛고 올라서서 창문을 통해 방 안에서 벌어지는 남녀의 정사장면을 훔쳐보곤 했다.

그러던 어느 날이었다. 올갠을 연주하는 S군이 방안을 들여다보다가 발가벗고 누워 있던 여자와 눈이 마주쳤다. 깜짝 놀란 S군이 와장창 소리를 내며 복도에 쓰러졌고 항의를 받은 호텔 측에서는 그 후로 휴지통을 다른 곳으로 옮겨 버렸다.

그 시절이었다. 호텔 방에 앉아 멜로디에 가사를 붙이고 있는데 김영광 씨와 유상봉이 피투성이가 되어 들어왔다. 김영광 씨의 포항 선배들이 건방지다고 호텔 뒤에서 각목으로 두들겨 팼다는 것이다.

그날 밤 김영광 씨는 분이 안 풀리는지 계속 술을 마셨다. 한 잠도 자지 못하고 이를 박박 갈았다. 그리고 그는 나에게 자신의 어린 시절의 이야기를 했다. 의붓 아버지 밑에서 매를 많이 맞고 자라서 지금도 말을 약간 더듬거린다는 이야기는 가슴을 찡하게 했다.

김영광 씨의 가슴에는 늘 울분이 들어있었다. 그래서 술을 좋아하거나 여자를 좋아하는 일로 그것을 해소하며 지냈다. 그러나 그가 뽑아내는 멜로디는 언제나 달콤했다. 작곡을 하거나 노래를 부를 때면 마음이 편안해지는 모양이었다.

어느덧 나에게는 그가 기타를 치며 허밍으로 불러주는 노래를 듣고 난 후에야 멜로디 위에 가사를 붙이는 버릇이 생겼다. 그가 허밍으로 불러주는 노래를 들으면 저절로 가사가 떠올랐다. 그렇게 멜로디가 먼저 나오고 가사가 나중에 붙는 것을 가요계에서는 '후로스키'라고 한다. 내가 이 후로스키의 천재소리를 듣는 것은 센추럴 호텔에서 김영광 씨의 멜로디에 가사를 쓰면서부터 단련된 것이었다.

사실 가요계에서 작사가로 생활을 하려면 멜로디 위에 가사를 잘 붙일 줄 알아야 한다. 대부분의 작곡가는 멜로디부터 만드는 경우가 많기 때문이다. 나의 대표곡 〈아! 대한민국〉이나 〈잊혀진 계절〉 등은 다 가사가 나중에 만들어진 것이다.

김영광 씨가 밤새도록 끙끙 앓는 것을 보고 나는 이튿날 을지로에 있는 을지병원에 입원을 시켰다. 모 레코드사 상무로 있는 김영광 씨의 선배 W씨에게 연락을 했다. W상무는 김영광 씨를 보자 "이 놈의 새끼들 가만히 안 둔다"며 때린 사람들을 향해 욕설을 퍼부었다.

당시 김영광 씨는 히트 메이커였다. 대부분의 사람들은 작품만 발표하면 무조건 히트를 한다고 생각했다. 가수들이나 제작자들은 그의 작품을 받으려고 난리였다. 너무 많은 주문으로 인해 돈을 받고도 미처 작품을 써주지 못해 펑크가 나는 경우도 많았다. 나는 김영광 씨가 폭행 당한 것이 그런 문제로 인한 갈등이 있었던 것이 아닌가 하는 추측을 해 보았다.

3일 후였다. 병원측에서는 별 것 아니니까 퇴원을 하라고 했다. 그러나 김영광 씨는 며칠 동안 미적거리며 퇴원 수속을 하지 않았다. 간호사 중에 한 명이 맘에 들어 그랬다는 것을 안 것은 퇴원하고 난 뒤의 일이다. 그 간호사가 센추럴 호텔로 찾아온 것이다. 마치 센추럴 호텔은 얼마 동안 우리들의 집이나 다름 없었다.

작곡도 열심히 하고 연애도 열심히 하던 김영광 씨. 그를 비판하기에 앞서 많은 사람들은 그를 부러워했다.

원희명과 '오리다리'

박건호 에세이 · 나는 허수아비

작곡가 원희명 씨.

사람들은 〈미스 고〉(이태호 노래)나 〈몇 미터 앞에 두고〉(김상배 노래)를 작곡한 뽕짝 작곡가로 연상한다. 그러나 그는 훨씬 이전부터 편곡으로 유명했다. 이수미의 〈내 곁에 있어주〉나 바니걸즈의 〈그 사람 데려다 주오〉 등을 편곡한 바 있는 1970년대 중반에 가장 잘 나가던 편곡자인 동시에 〈아직도 그대는 내 사랑〉(이은하 노래)의 팝 스타일의 작곡가다.

그가 어느 날 이 땅에서 홀연히 사라지자 갖은 억측이 나돌았다. 미국에 가서 교통사고로 죽었다느니 한쪽 다리를 절단했다느니 하는 소문이었다. 그러나 확인할 방법은 없었다. 지금처럼 해외여행이 자연스럽던 시절도 아니었기 때문이다.

내가 그를 만난 것은 1976년 무렵이었다. 편곡 때문이었다. 작사를 하면서 음반기획을 겸하고 있던 나는 편곡을 하는 것을 지켜보며 밤을 지새우는 일이 많았다.

그때 우리는 을지로 4가의 B여관 종로 2가의 C여관, 청계천 8가의 삼호호텔 등을 자주 이용했다. 나는 문득 한창 편곡에 열중인 그에게 물었다.

"형, J음반사 미스 방을 어떻게 생각해요?"

"미스 방 말이야, 그 오리다리?"

내 말을 들은 그는 빙그레 웃으며 양쪽 검지 손가락을 구부려 걷는 시늉을 했다.

미스 방은 J음반사 문예부에 다니는 아가씨였다. 검은 안경을 쓴 것이 지적으로 보였고 얌전한 편이었다. 작품료 지불을 받을 때, 심의용 악보를 제출할 때, 녹음 스케줄을 잡을 때, 음반을 편집할 때 등 모든 문예의 실무분야는 문예부장 밑에서 그녀가 관장했으므로 우리 작가들과는 밀접한 관계의 아가씨였다. 그러니 그녀한테 관심을 갖는 것은 당연한 일이었다.

그런데 그로부터 1년 후였을 것이다. 수색에 있는 60사단에서 6주간 방위훈련을 끝내고 인사차 지구레코드사의 임정수 사장을 만났을 때였다. 임정수 사장은 나에게 대뜸 이렇게 묻는 것이었다.

"미스 방이 원희명하고 결혼을 한다면서?"

"네엣? 저는 처음 듣는 얘긴데요."

이렇게 대답을 하면서 나는 깜짝 놀랐다. 그 둘이 결혼을 하리라고는 꿈에도 생각하지 못했기 때문이었다. 그러나 그들 둘은 얼마 후에 정말로 결혼을 했다. 그때 나는 방위로 근무하던 중이라 결혼식에는 참석하지 못했지만 그들 둘이서 진심으로 행복하기를 빌었다.

"형, 결혼식에 참석하지 못해서 미안해요. 내가 방위 근무중이라 어쩔 수가 없었어요. 그런데 하나 묻겠는데 어떻게 하다 그 오리다리하고 결혼할 생각까지 했어요?"

"……?"

처음에는 그 말이 무슨 뜻인가 영문을 몰라 하던 그는 말없이 빙그
레 웃기만 했다. 1년 전에 그는 아내 될 사람을 '오리다리'라고 했기
때문이다.

양복 없어 시상식에도 못 나가

1975년 12월. MBC 최고 인기곡으로 이수미의 〈내 곁에 있어주〉가 선정되었을 때의 이야기다. 나는 시상식장에 입고 나갈 마땅한 양복이 없어 고민하다가 공연 2시간 전에 원주행 고속버스에 몸을 실었다. 뭐라고 표현할 수 없이 착잡한 심정이었지만 그 상을 직접 내 손으로 받지 못해 안타까워 하는 마음은 아니었다.

가요계에 입문한 지 몇 년 되지 않았고 그리고 이따금씩 가사를 써서 발표하기는 했지만 그런 류의 상을 받는 것이 목표는 아니었다. 가요계는 잠시 머물렀다가 문학을 하기 위해 다시 탈출해야 할 곳으로 생각했다.

아직 시인이나 소설가로 입문하지 않은 내가 쉽게 돈을 마련할 수 있는 방법은 가사를 써서 파는 것이라는 단순한 생각에서 시작한 일이다. 그러나 〈내 곁에 있어주〉 시상식장에 입고 나갈 양복 한 벌도 마련하지 못하고 이렇게 고향으로 도피하는 신세가 되고 말았다.

원주에 도착하여 중앙동에 있는 호수다방으로 갔다. 마침 TV에서 시상식을 중계하고 있었는데 사회를 누가 맡았으며 가수는 누구누구 나왔는지 기억이 나지 않는다.

그러나 사회자가 금년 최고 인기곡으로 〈내 곁에 있어주〉가 선정되었다고 발표하자 가수 이수미와 작곡가 김영광 씨, 그리고 나를 대신하여 작곡가 이민우 씨가 나란히 함께 걸어 나오는 장면은 아직도 눈에 선하다. 돌이켜 보면 눈물이 핑 도는 순간이 아닐 수 없다.

대구에서 사업을 하다가 많은 빚을 지고 피해 다니던 작곡가 이민우 씨는 당시 마땅히 하는 일도 없어 그저 신인가수 레슨 등으로 김영광 씨를 도와주는 입장이었다. 나중에 지다연이 부른 〈동반자〉 등을 히트시켰고, 지금은 '한국음악저작권협회'에서 상무로 있다가 몇 년 전에 타계했지만 그때는 이민우 씨나 나나 점심값도 없어 때가 되면 김영광 씨의 눈치나 살피던 시절이었다.

일이 있은 후에 지구레코드사로 나를 찾는 한 통의 전화가 걸려 왔다. 대구에서 걸려온 시외전화였는데 수화기를 들자마자 다짜고짜 고함을 지르는 경상도 사나이의 목소리가 들려왔다. 그는 몹시 흥분하여 뭐라고 하는데 나는 무슨 말을 하는지 한 마디도 알아 들을 수가 없었다. 나중에 자초지종을 알아 보니 이민우 씨를 나로 착각했던 모양이다. 내 대신 TV에 출연하여 상을 받는 것을 보고 빚쟁이 중에 한 사람이 여기저기 수소문하다 지구레코드사로 전화를 했던 것이다.

졸지에 나는 빚쟁이가 되어 여러 사람들로부터 시달려야 했다. 그 중에는 심지어 회사 옆에 있는 명궁다방으로 찾아오는 사람도 있었는데, 나를 보자 고개를 갸우뚱하는 것이었다. 자신들이 찾고 있는 사람이 아니고 다른 사람이었기 때문이다.

그렇지만 그 때가 그리운 시절이다.

〈아! 대한민국〉은 관제가요인가?

〈아! 대한민국〉이 발표되자 어느 방송 관계자는 "멜로디는 아주 좋은데 가사가 개떡 같다"고 했다. 가사를 만든 주인공을 앞에 놓고 이렇게 말하는 것은 몰상식한 행위임에 틀림없지만 그의 표정이나 당시 상황으로 보아 나를 모욕하기 위한 뜻은 전혀 없었던 것 같다. 오히려 그런 작품을 만들어야 했던 나를 향한 연민의 정으로 한 말이라고 해야 옳을지도 모른다.

그러나 그는 자신도 모르게 잠시 우리나라를 '개떡'으로 만들었다. '콩깍지 털어내다 보니 콩이 묻어 나간다'는 말처럼, '정의사회 구현'을 슬로건으로 내걸고 출발한 당시 정권에 대한 거부감은 정부와 국가를 혼동해 버리는 결과를 낳고 말았다. 불신풍조와 사회불안을 해소해 보겠다고 아무리 좋은 말로 구호를 외쳐대도 그것은 언어의 본래 뜻만 퇴색시키는 결과만을 낳았다.

국가가 '개떡'이었던가. 가사가 '개떡'이었던가. 이 땅의 지성인이라면 무조건 정부시책을 비판해야 하고 애국자라면 얼마간의 피를 동반해야 그 가치를 인정받을 수 있는 것이 우리 사회의 풍조였다. 그런데 '원하는 것은 무엇이건 얻을 수 있고 뜻하는 것은 무엇이건 될 수가 있다'고 했으니 이 얼마나 뚱딴지 같은 찬사냐고 반박하는 사람들이 있을 법도 하다.

'제2의 애국가'라는 말을 들으면서 히트한 〈아! 대한민국〉은 그 출발이 순탄했던 것만은 아니었다. 정치인도 아니고 위대한 예술가도 아닌 일개 대중가요 작사가가 〈아! 대한민국〉이라는 노랫말을 쓰게 된 것은 우연이었다.

〈잊혀진 계절〉이라는 노래로 가요계 생활 10년 만에 처음으로 작사상을 받고 돌아온 다음 날이었다. 나는 사회정화위원회에 있는 K위원으로부터 한 번 만났으면 좋겠다는 전화를 받았다. 사회정화위원회가 무엇을 하는 곳인지 전혀 몰랐을 때였다. 그는 나에게 사회정화위원회가 펼치는 정화사업의 일환으로 노래를 만들어 보급하겠다는데 협조해 줄 수 있느냐고 물었다.

노래 만드는 일이 직업인 나의 입장에서 마다할 이유는 없었다. 그리하여 부탁 받은 주제가 '주인의식'이었다. 학창시절 흥사단운동에 참여하여 '도산사상'을 연구한 바 있는 나에게 그것은 그리 낯선 말이 아니었다. 일찍이 도산 안창호 선생은 우리 국민들에게 '주인정신'을 주장했다. 주인이 주인행세를 못하면 노예가 된다는 것이 그의 철학이었다. 그러나 '주인정신'과 '주인의식'은 그 발생 동기나 배경이 전혀 달랐다. '주인정신'은 일제에 의해 탄압 받고 있는 우리 민족을 향한 각성의 호소였고, '주인의식'은 국민을 순화시키기 위한 일종의 구호였다. 전자가 자연발생적인 것이라면 후자는 인위적인 것이었다.

인위적인 주제를 가지고 노래를 만들면 성공할 수가 없다고 생각하면서도 나는 한 편의 가사를 만들게 되었다. 사회정화위원회 관계자들의 수 많은 의견이 가미되어 수정에 수정을 거듭한 끝에 한 편의 노래가 만들어졌다. 〈주인이 되자〉라는 것이었다. 그러나 나는 처음부터 그 노래는 설득력이 없을 것이라고 느꼈다.

녹음 날짜를 며칠 앞둔 어느 날이었다. 나는 신인 작곡가 김재일 군으로부터 가사가 없는 멜로디 하나를 받게 되었다. 창 밖으로 한강의 야경을 바라보며 혼자 조용히 기타를 튕겨 보았다.

하늘에 조각구름 떠 있고
강변에 유람선이 떠 있고
저마다 누려야 할 행복이
언제나 자유로운 곳

우리 대한민국이 이렇게 낭만적인 나라였으면 하고 생각하며 가사를 붙이기 시작했다. 뜨거운 눈물이 흘러 내렸다.

아 – 우리 대한민국
아 – 우리 조국
아 – 영원토록 사랑하리라

이 부문에 이르러서는 나 자신도 모르게 감탄했다. 가사와 곡이 이토록 조화를 이룰 수 있단 말인가?

이튿날 김재일 군을 만나 가사를 보여주고 이 작품을 곧 녹음하겠다고 했다. 잠자코 얘기를 듣기만 하던 김 군은 "멜로디 하나 도둑 맞은 느낌이네요" 하며 쓸쓸한 표정을 지었다.

나는 아무 변명도 하지 않고 — 사실 변명할 까닭도 없지만— "그래, 멜로디 하나 없어졌다고 생각해"라는 말을 남기고 헤어졌다.

나는 그 노래를 신인가수 정수라와 장재현의 듀엣으로 부르게 했다. 애당초 한 편의 노래를 부탁했던 사회정화위원회에서는 내가 스스로 끼워 넣은 또 한 편의 작품 〈아! 대한민국〉을 놓고 의견이 엇갈렸다. 〈아! 대한민국〉이라는 말에 대해 학생들이 거부감을 느낄지도 모른다는 이야기를 하는 사람도 있었고, 대중가요에 '대한민국'이라는 단어를 쓰는 것은 신성하지 못하다고 주장하는 클래식 작곡가도 있었다.

나는 그 모든 의견을 묵살하고, 당신들이 원하는 노래 한 편이 있으니 이것은 그냥 이대로 음반에 수록해 넣으라고 했다. 이 노래가 히트할 것이라는 기대감 때문은 아니었다. 데모하는 학생도, 노동자도, 문화예술계에서 철저히 소외되어 버린 우리 대중가요인도 모두 대한민국의 국민이라면 어느 누가 '대한민국'을 거부하겠느냐 하는 내 나름대로의 분노가 있었다. K위원은 개인적으로 나의 의견에 동감했고 그때부터 우리는 하나의 동지가 되어 버렸다.

"당신 때문에 내 사업 망치겠어!"

어느 날 저녁 나는 정수라의 매니저 P씨로부터 느닷없는 공격을 받았다. 수화기를 통해 흥분된 어조로 항의해 오는 그의 말인즉 내가 정수라에게 〈아! 대한민국〉을 취입시켰기 때문에 다른 노래를 PR하기 힘들다는 것이었다.

"그래? 그러면 그 노래를 다른 가수한테 취입시키지."

나는 다시 〈아! 대한민국〉을 민해경과 김현준에게 녹음시켰다. 그러나 불행히도 민해경은 방송에 출연할 수 없는 모종의 사건(?)으로 인해 이 노래를 부를 수 없게 되었다. 각계 각층에 탄원서를 보내고 백방으로 뛰어다녀 보았지만 그는 끝내 가수생활을 휴업하고 일본으로 건너가야 했다.

그리고 몇 달이 흘렀다. 정수라 매니저로부터 만나자는 연락이 왔다. 〈아! 대한민국〉이 의외로 크게 히트할 조짐이 보이는데 이번에는 정수라 혼자서 취입을 했으면 한다는 것이었다.

충분히 녹음 시간을 갖고 〈아! 대한민국〉은 다시 취입되었다. 그리고 정수라 독집 디스크 B면 타이틀로 그 노래를 끼워 넣었다. 〈아! 대한민국〉은 그야말로 홈런이었다. 가는 곳마다 이 노래가 들려오고 디스크 판매량도 상위권을 차지하면서 정수라는 하루 아침에 신데렐라가 되었다.

그런데 음반협회에서 각 음반회사로 〈아! 대한민국〉은 어느 누구나 무료로 사용하라는 공문이 전달되었다. 나는 사회정화위원회로 달려갔다.

"음반협회의 요청에 의해 내가 허락해 주었습니다."

저작권이 무엇인지 모르는 K위원은 이렇게 말하는 것이었다. 기가막힐 노릇이었다. 물론 정화위원회로부터 작품 사용료를 받은 바 있지만 무형의 재산인 창작물은 영원히 작가의 것이라고 주장했다. 그러나 설득력은 없었다.

"나라를 위해 작품 하나를 기증할 수 없습니까?"

K위원의 말이 나를 더 이상 항의할 수 없게 만들었다. 결국 〈아! 대한민국〉은 음반협회 어느 관계자의 공명심(?)에 의해 오랫동안 저작권이 말살되었다.

"이제 건전가요는 만들지 마십시오. 차라리 그 돈으로 좋은 노래를 만드는 창작자에게 상금을 주시는 편이 나을 겁니다."

나는 K위원에게 이렇게 건의했고, 이것이 받아들여져 '아름다운 노래대상'이라는 것이 생겼다. 봉사라는 이름으로 창작인들은 작품을 내놓지만 그것으로 돈을 벌게 되는 음반회사가 있다는 것은 하나의 모순이다.

"〈아! 대한민국〉은 정부에 아부한 작품이 아닙니까? 그 노래를 만들고 어떤 혜택을 받았습니까?"

오늘도 나에게 이런 질문을 해 오는 사람들이 있다. 나는 그런 말을 들을 때마다 다음의 두 가지를 이야기한다.

"백 년쯤 지난 다음에 봅시다. 그때도 사람들은 〈아! 대한민국〉을 노래하게 될 겁니다. 그리고 또 하나는 그 노래를 작곡한 김재일 군은 작곡생활로는 살아갈 수가 없어 지금도 새로운 일을 찾아 거리를 헤매고 있습니다."

〈빈 의자〉와 콧물감기

그것은 순전히 콧물감기 때문이었다. 그날 나는 백일장에 출품하는 시를 쓰듯 〈빈 의자〉라는 제목 하나를 미리 정해 놓고 가사를 쓰기 위해 종로 1가에 있는 리본다방에 앉아 있었다.

다방에서 가사를 쓰는 것은 나에게 새삼스러운 일이 아니었다. 내가 초기에 썼던 가사들은 대부분 다방에서 쓰여졌고 그 중에는 히트한 작품도 여러 편 있다. 방주연이 불러 히트한 〈기다리게 해 놓고〉가 그렇고, 박인희가 부른 〈끝이 없는 길〉이나 이용이 부른 〈잊혀진 계절〉이 다 그런 곳에서 만들어진 작품이다. 다만 생활이 나아짐에 따라 다방에서 호텔 커피숍으로 옮겨간 것이 다를 뿐이다.

1970년대 중반까지 나는 흑석동 산동네에서 살았다. 식구는 모두 일곱이었지만 우리가 쓰는 방은 단칸 사글세 방이었다. 말이 집이지 잠만 자야 하는 합숙소와 마찬가지였다. 그래서 나는 집에서 가사를 쓸 수가 없었다. 그리고 전화도 없었기 때문에 자주 나가는 리본다방을 연락처로 삼고 있었다.

그 당시에는 나처럼 할 일도 없이 하루종일 다방에 죽치고 앉아 시간을 죽이는 고등실업자가 많이 있었다. 요즘 같은 시대에는 달랑 커피 한 잔만 시켜놓고 하루종일 죽치고 있는 사람도 없겠지만 엽차 갖다 달라 재털이 비워달라 하고 귀찮게 구는 사람은 더 더욱 없을 것이다. 그러나 그 당시에는 비록 커피 한 잔 값도 없어 외상을 달고 가기가 일쑤인 나에게 주인 마담은 친절하게 대해 주었다.

"좋은 시 좀 썼어요?"

가끔씩 옆자리에 앉아서 내가 쓴 원고를 훑어보며 이렇게 말할 때도 있었다. 어떤 날은 시키지도 않았는데 쌍화차를 공짜로 갖다주기도 했다. 돈은 없었지만 훈훈한 인정이 오고가던 그때, 종로 1가 리본다방은 나의 연락처이자 작업실이었다.

'어떻게 시작할까?'

나는 원고지를 탁자 위에 펼쳐 놓은 채 생각에 골몰했다. 그러나 좋은 아이디어는 떠오르지 않고 자꾸 콧물만 흐르고 있었다. 가을에서 겨울로 막 넘어가는 환절기였던 탓으로 콧물감기가 심했다.

나는 열심히 콧물을 닦아냈다. 어떻게나 힘을 주어 코를 풀어댔는지 코 밑이 벌개지고 얼얼했다. 그 때문에 재털이에는 코를 푼 휴지들이 산더미처럼 가득해져 갔다. 그 때마다 다방 종업원 아가씨가 재털이를 비워 주긴 했지만 그것도 한두 번이지 나중에는 염치가 없었다.

나는 그것이 미안하여 다른 다방으로 자리를 옮겼다. 그러나 다른 다방으로 옮기기는 했지만 콧물이 흐르는 것은 마찬가지였다. 머리가 멍하고 정신이 몽롱해져 갔다.

내가 왜 그런 제목으로 가사를 쓰려 했는지 알 수가 없었다. 아마 처음에는 사랑하는 사람과 앉아 있던 자리에 홀로 앉아서 지나간 시절을 회상하는 그런 스토리를 만들려고 했을 것이다. 님이 떠난 빈 자리, 그 쓸쓸한 빈 자리를 묘사하고 싶었는데 그날의 콧물감기는 작품을 엉뚱한 방향으로 몰고 갔다.

콧물감기 때문에 다방에서 다방으로 옮겨 다니기를 몇 번이나 거듭했다. 어느덧 나는 창경궁 앞을 지나 명륜동에 있는 성균관대 쪽으로 걸어가고 있었다. 초겨울이었지만 불어오는 바람은 매서웠다. 갑자기 몰아닥친 추위 때문에 사람들은 대부분 외투깃을 세우고 종종걸음으로 목적지를 향해 뛰어가고 있었다.

나는 코에서 흘러 내린 콧물이 코 밑에서 그냥 얼어 붙는 듯했고 거기에 기침까지 나왔다. 가사고 뭐고 다 집어치우고 집에 들어가 이불을 뒤집어 쓴 채 한숨 푹 잤으면 하는 생각도 들었다. 그러나 그럴 수도 없는 것이 내일까지 가사 한 편을 써서 작곡가 최종혁 씨에게 가기로 장재남과 약속을 했기 때문이다.

그때 장재남은 부산에 있는 어느 통기타 업소에서 노래를 하고 있었는데 그 일 때문에 일부러 서울에 올라오기로 되어 있었던 것이다. 부산에서 서울까지 올라온 그에게 한 편의 가사도 못됐다고 할 수는 없는 노릇이었다.

내가 성균관대 앞의 모 다방으로 들어 갔을 때는 비몽사몽간이었다. 마치 술에 취한 듯했다. 손은 글씨를 쓸 수 없을 만큼 굳어서 자리에 앉자마자 두 손을 무릎 사이에 넣고 비벼댔다. 바로 그때였다.

"거기 서 있는 분 이리로 오세요. 여기 빈 자리가 있어요"하는 소리가 들렸다. 나는 잠에서 깬 듯 얼른 고개를 쳐들었다. 나에게 엽차를 들고 오던 종업원의 목소리였다. 카운터 앞에서 빈 자리를 찾고 있던 연인들을 내 옆자리로 부르는 것이었다.

서 있는 사람은 오시오
나는 빈 의자

나는 꿈인지 생시인지 모르는 상태에서 이런 구절을 생각했다. 처음에 생각했던 빈 의자의 이미지와는 전혀 다른 것이다. 나는 그 구절을 단숨에 원고지에 적어 내려갔다.

"무슨 차로 하시겠어요?"

종업원이 차 주문을 하러 왔을 때도 "잠깐! 지금 차가 문제가 아니오! 잠시만 기다려요."

나는 여전히 흥분해 있었다. 그리고 계속해서 다음 구절을 연결했다. 이상하게 콧물도 흐르지 않는 것 같았다. 정신도 점점 맑아지고 있었다.

서 있는 사람은 오시오
나는 빈 의자
당신의 자리가 돼 드리다

피곤한 사람은 오시오
나는 빈 의자
당신을 편히 쉬게 하리다

두 사람이 와도 괜찮소
세 사람이 와도 괜찮소
외로움에 지친 모든 사람들

무더기로 와도 괜찮소

서 있는 사람은 오시오
나는 빈 의자
당신의 자리가 돼 드리리다

가사를 다 썼을 때 나의 기분은 이루 형용할 수 없었다. 오랜 산고 끝에 옥동자를 얻은 산모와 같은 기분이었다. 흘러 내리는 콧물도, 콜록콜록하는 기침소리도 문제가 아니었다. 콧물감기 때문에 독특한 가사를 한 편 건진 것이다. 그날 내가 콧물감기에 걸리지 않았다면 그저 평범한 가사를 썼을지도 모를 일이다.

1976년 어느 초겨울의 일이었다.

노랫말은 3분 드라마

박건호 에세이 · 나는 하수인가

나는 가끔씩 노랫말을 만들고 싶다는 편지를 받는다. 그들은 한결같이 좋은 노랫말을 만들 수 있는 방법을 가르쳐 달라고 한다. 그럴 때마다 나는 적이 당황스럽다. 솔직히 말해서 나는 그런 질문에 해답을 내릴 수 있을 만한 이론적 바탕이 없기 때문이다.

창작이란 숙명적으로 공식이 없는 것이기 때문에 사람에 따라 그 방법이 모두 다를 것이다. 설령 그 공식이 있다 해도 이론과 실제는 같은 것이 아니기 때문에 결국 그것은 혼자서 해결할 수밖에 없다. 노랫말을 만드는 행위도 일종의 창작이기 때문에 예외일 수는 없을 것이다. 다만 노랫말은 작곡을 전제로 탄생되며, 우리의 눈을 통해 전달되는 것이 아니라 귀를 통해 전달되는 것이 다를 뿐이다.

이렇게 생각하면 노랫말을 만드는 일은 그리 어려운 것이 아닌지도 모른다. 우리는 학창시절에 글을 배우고 글을 통해서 희로애락을 표현해 왔으니, 이제 그것을 노랫말로 바꾸어 놓으면 되는 것이다. 그러나 나에게 보내 오는 작품들은 노래가 되기에는 적절하지 않은 것이 많았다.

이것은 무엇 때문일까.

문장력이 부족한 때문일까.

나의 좁은 소견으로 그것은 이유가 될 수 없다고 본다. 그들의 작품 속에는 뛰어난 재치가 엿보이는 것도 있었던 것이다. 여기에는 분명 설명할 수 없는 하나의 수수께끼가 숨어 있다. 엄격히 말해서 시와 노랫말은 특성이 같을 수가 없다. 시를 쓰는 사람이 노랫말을 쓴다고 해서 반드시 훌륭한 작품을 만들 수 있는 것은 아니다. 시와 노랫말 사이에 가로놓여 있는 것, 그것을 편리상 '유리벽' 이라고 하자. 우리는 이 보이지 않는 유리벽을 허물어야 한다. 노랫말은 노랫말대로 하나의 새로운 분야이기 때문이다.

그러면 노랫말을 쓰려면 어떻게 해야 하는가.

그동안 내가 경험했던 것을 토대로 그것을 이야기하려고 한다. 여기에 모순이 있다고 해도 나는 그것에 책임질 수가 없다. 이 점에 대해 많은 이해를 바랄 뿐이다.

나는 노랫말을 발표하고 난 후 첫 번째로 하는 일은 작품을 버리는 일이었다. 이미 나의 손끝을 통해서 표현된 언어는 대중들의 것이 되어야 하기 때문이다. 내가 나의 작품에 대해 불만을 느낄 때 나는 또 새로운 작품을 구상하지 않을 수 없다.

창작을 하는 사람들은 자신의 작품을 사랑하는 나머지 공감하지 않는 상대를 섭섭하게 생각하기 일쑤다. 이런 행위는 자신이나 상대에게 무척 피곤한 일이다. 특히 대중가요는 그것을 선택하는 쪽이 대중이기 때문에 자신의 정신세계를 고집하며 강요할 수가 없는 것이다. 물론 좋은 작품이라고 해서 모두가 히트되는 것은 아니다. 어떤 것은

1년 후에도 히트되고 10년 후에도 히트되는 수가 있다. 그리고 히트되는 것이 다 좋은 작품이라고 말할 수도 없다. 요즘 와서 노랫말의 중요성이 거론되고 그 비중이 높아가고 있지만 그것이 절대적인 것은 아니다. 작곡도 잘 되어야 하고 노래도 잘 불러야 하고 시기도 맞아야 하는 것이다.

이산가족찾기 생방송으로 온 국민의 관심이 그쪽에 쏠려 있는데 다른 것을 이야기한다면 대중의 공감을 불러 일으키기는 어려운 것이다.

여하튼 노랫말을 만드는 사람은 자신의 작품을 버릴 줄 알아야 한다. 늘 새로운 것을 추구하고 새로운 것을 쫓아 길을 떠나는 나그네의 마음이 되어야 한다.

노랫말은 우리의 생활과 밀접해 있고 우리의 생활은 보이지 않게 달라져 가기 때문이다. 지난 10여 년 동안 나는 끝없이 작품을 써왔고, 또 끝없이 버렸다. 그러나 그것들은 결국 나에게 돌아왔고, 나의 이름 아래 놓여진 작품들은 또 하나의 내 모습이 되어 버렸다.

노랫말을 만들고 싶은 사람들아!

그대의 작품을 버릴 줄 알아라.

하나를 버려야 열 개를 얻을 수 있다.

우리의 생활은 항상 타인과 연결되어 있다.

이것은 길게 설명할 필요도 없을 것이다. 때문에 우리의 행동은 규제를 받으며 살고 있는 것이다. 타인이 지켜보고 있기 때문이다. 여름 날 폭염이 쏟아질 때 덥다고 하여 옷을 훌훌 벗고 명동 한복판을 활보할 수 있는가? 그것은 어려운 일이다. 우리 마음 속에서 일어나는 욕구를 그대로 행동할 수는 없다. 이는 우리의 삶이 타인과 연결되어야 하기 때문이다.

　창작은 삶을 이야기한다. 그러나 삶의 겉모양만을 이야기할 수는 없을 것이다. 오히려 감춰진 내면세계는 더욱 더 가깝게 정감을 불러 일으킬 수가 없는 것이다. 노랫말이 될 수 있는 소재는 먼 곳에 있는 것이 아니다. 우리의 삶을 눈여겨보고 그곳에서 새로운 이야기를 건져야 한다.

　사람마다 사는 모습이 다르다.

　사람마다 느끼는 것이 다 다르다.

　철저한 자신의 참을 이야기하면 그것은 하나의 개성 있는 작품이 될 수 있다. 우리는 작품 속에서 상상의 나래를 펴고 행동하지 못하는 자신을 이야기해야 한다. 행동하지 못하는 자신을 내보일 때 우리는 서로가 함께 울어 줄 수 있고 기뻐할 수 있다. 그것이 가식 없는 진실이기 때문이다.

　진실이 담겨 있지 않은 작품은 결코 공감할 수 없다.

　언어란 참으로 애매모호하다.

　아무리 훌륭한 표현이라고 해도 거기에는 오해를 불러일으킬 수 있는 함정이 있다. 이는 일상의 대화에서도 마찬가지다. 우리는 서로가 상대편의 말을 잘못 해석하여 멱살을 잡고 싸우는 일을 흔히 볼 수 있을 것이다.

　노랫말을 만들어 나에게 보여주는 많은 지망생들이 잘못 이해할까봐 애써 설명을 하려고 한다. 그들의 심정을 내가 모르는 것은 아니다. 그러나 노랫말이란 그렇게 설명을 통해 이해되어져서는 안 된다.

　노랫말은 소리로 전달되는 것이다. 따라서 몇번이고 다시 들여다보며 이해할 수 있는 성질의 것이 아니다. 듣는 즉시 이해하고 공감해야

287

하는 것이다. 따라서 노랫말은 쉬운 단어를 써야 한다. 부득이한 경우를 제외하고는 일상의 언어를 사용해야 한다. 그리고 노랫말은 스토리를 전개시키는 것이 좋다. 노래는 3분 동안의 작은 드라마일 수 있기 때문이다.

연인들의 사랑 이야기로도 좋고, 노를 젓는 사공의 이야기라도 좋다. 그 광범위한 일상의 모든 것이 노랫말의 소재가 될 수 있다.

부르는 사람보다 듣는 사람이 더 많은 느낌을 받아야 한다.

바로 자신의 이야기처럼 느끼게 해야 한다.

그러기 위해 노랫말을 만드는 사람은 객관적인 눈으로 자신을 바라볼 필요가 있다. 너무 주관적인 감정에 치우치면 자신만 이해하는 작품이 되어 버리기 때문이다. 노랫말은 설명하지 말아야 한다. 그래서 모두가 쉽게 받아들일 수 있는 작품을 쓰기 위해 노력해야 한다.

일찍이 우리 조상들이 남겨 놓은 노래는 아무런 해석없이 전해져 왔다. 우리는 그것을 통해 그 시대를 알고, 그 시대를 살다 간 사람들의 마음을 느끼는 것이다.

그렇다. 작품은 오로지 작품으로만 이야기해야 한다. 좋은 노랫말일수록 설명을 필요로 하지 않기 때문이다. 노랫말을 쓰려는 사람들은 추상적인 단어를 표현하는 경우가 많이 있다. 그저 '그립다' 느니 '쓸쓸하다' 느니 하는 표현으로 한 편의 노랫말이 된다고 생각하는 모양이다. 그러나 거기에는 이유가 있어야 한다.

왜 그리운가. 그 그리움의 깊이는 어느 정도이고 그 쓸쓸함의 색깔은 어떤 것인가.

우리나라는 사계절이 있다. 계절에 따라 느끼는 생각도 다르다. 봄에는 봄의 느낌이 있고 가을에는 가을의 느낌이 있다. 그런데 가을에 느낀 것을 노랫말로 만들면 발표되는 것은 겨울이나 봄이 된다. 이것을 계산한 나머지 당연히 '가을'이라고 표현해야 할 것을 그냥 '계절'이라고 표현하는 경우가 많다. 가령 '그대는 가을 속으로 떠나네'를 '그대는 계절 속으로 떠나네'라고 한다면 여기에서 무엇을 느껴야 하는가?

앞의 것은 진실인데 비해 뒤의 것은 거짓말이 되는 것이다. 과연 이런 거짓들이 공감을 불러 일으킬 수 있을까?

아무런 느낌도 없이 노랫말을 만들려고 음을 잡으면 쓸 것이 없다. 붓을 잡기 전에 충분히 체험하고 충분히 느끼고 그것을 담담하게 종이 위에 옮겨 놓아야 할 것이다.

조용필이 부른 노래 〈돌아와요 부산항에〉는 '꽃피는 동백섬에 봄은 왔건만 형제 떠난 부산항에 갈매기만 슬피 우네'로 시작된다. 여기에서 우리는 하나의 그림을 보는 듯한 느낌을 받는다. 그리고 '동백섬'이나 '부산항'이라는 지명들을 자연스럽게 받아들이게 된다.

이것을 다음과 같이 바꾸어 보자.

'꽃피는 작은 섬에 봄은 왔건만 형제 떠난 항구에는 갈매기만 슬피 우네.'

'작은 섬'이나 '항구'라는 단어가 주는 것은 추상적이 되는 것이다. 물론 그 자체로 노랫말이 될 수 없다는 말은 아니다. 다만 '동백섬'이나 '부산항'이라는 구체적인 지명을 쓰는 것보다 그 공감도는 약해질 수 있다는 것을 이야기하고 싶은 것이다.

나는 노랫말을 쓰려는 사람들에게 '구체적으로 표현하라'고 말하고 싶다. 이것은 비단 계절이나 지명을 이야기하는 것만은 아니다. 시처럼 함축성 있고 소설처럼 구체적으로 만들어진 것이 한 편의 이상적인 노랫말이라고 생각한다. 이렇게 하기 위해서는 많은 경험이 필요하고 풍부한 상상력이 요구된다.

지난 십여 년의 세월은 나에게 많은 것을 느끼게 했다. 하는 일은 노랫말을 만드는 일이었고 그것은 나에게 숱한 어려움을 선사했다. 돌아보면 그것은 모두가 아름다운 기억으로 남아 있다.

솔직히 말해서 나는 어떤 목표를 갖고 노랫말을 만든 것이 아니다. 작품을 만드는 일보다 중요한 것은 생활이었다. 상을 받기 위해 노랫말을 만든 것도 아니고, 처음부터 이 계통을 사랑하여서도 아니었다.

사람의 운명이란 이상한 것이다. 뜻하지 않은 이 길을 걸으면서 어느덧 나는 철저한 연예인이 되어 버린 것이다.

이제는 내외적으로 노랫말에 대한 관심이 높아져 가고 있다. 대중가요의 발전을 위해서는 그 모체인 노랫말이 좋아야 한다는 것이다.

이런 움직임은 노랫말을 만드는 나에게 여간 반가운 일이 아니며, 또한 무거운 책임감을 느끼게 한다.

그러나 어떻게 좋아야 하는가. 이것은 상당히 심각한 문제가 아닐 수 없다. 그동안 우리 대중가요는 갖은 비난과 채찍으로 멍들어 왔고, 일부 사람들은 유교적 관습으로 인해 윤리나 도덕적인 것을 강요하고 있는 것이다.

건전한 내용의 노랫말이라고 해서 무조건 높은 점수를 주고, 눈물과 한탄조의 노래라고 해서 한꺼번에 외면해야 하는가. 우리에겐 진정한 의미의 국민가요가 거의 없는 실정이다. 우리 선조는 농사 지으면서 〈농가월령가〉를 만들어 냈고, 집을 지으면서 〈성조가〉를 만들어 냈고, 배를 타면서 〈뱃노래〉를 만들어 냈다. 우리는 모두 그 전통을 이어 받아 우리 생활 곳곳에 숨어 있는 이야기를 찾아내야 한다. 그것은 기쁨일 수도 있고 그것은 애환일 수도 있다.

오늘의 실정에 맞는 우리의 노래가 필요하다. 우리는 모두 그런 노래들이 탄생되도록 저마다 힘을 합해야 한다. 대중가요는 우리 모두의 것이기 때문이다.

박건호를 읽으면 인생이 보인다

이 규 형 (영화감독/소설가)

    내가 영화감독이 된 것은 순전히 박건호라는 사람 때문이다. 소설가가 된 이유도 박건호 씨가 내 직업을 망쳐 놓았기 때문이다.

    "거 무슨 막말이냐, 남들은 소설가, 감독 못해서 안달인데 망치긴 뭘 망쳤느냐?"고 나무라실 분도 있겠지만 난 화가 난다. 아직도 억울하고 그래서 내 직업을 한 번에 산산이 날려 버린 박건호라는 인간에 대해 아직도 열받아 있다.

    난 20대 시절에 기가 막히게 재미있는 세계를 발견했었다. 막 시나리오를 쓰고 데뷔한 차였는데 보통 이게 6개월이나 쉴새없이 써야 한 편이 완성되고 재수가 좋아 영화가 나오기까지는 1년이 넘는다. 말하자면 내 능력상 일년에 한 편인 거다. 경제적으로도 작품 욕심으로도 (순전히 양적인) 성에 차질 않아 뭐 없을까 주위를 둘러보고 있는 차에 음악동네 녀석들과 꿍짝이 맞았다. 작곡을 하고 노래를 하고 기타를 치는 이 친구들의 얘기를 들어보니 나 같은 감각있는 젊은 작가들이 작사를 해야 이규형 개인적으로나 대한민국 음악발전에나 결정적인 도움이 된다는 거다.

한 번 해봤더니 야아! 이건 며칠만 눈 딱 감고 밤새면 음반 한장을 채울 물량의 작사 작품이 나오는 거 아닌가. 그리하여 영화동네에서 가요동네로 펄쩍 뛰어 거의 1년간을 음악쟁이들과 어울려 지냈다.

즐거운 시절이었다. 같이 먹고 마시고 꼬시고(?) 일하는 것도 즐겁고 노는 것도 일하는 것 같은(필링 잡는다고들 하면서) 세월이었다. 가사는 꽤 많이 썼고 음반도 열장 이상에 관여를 했던 것 같다. 그런데 즐거운 청춘도 좋고 음반 물량이 쫙쫙 늘어나는 것도 좋은데 한 가지 이상한 점이 있었다.

'왜 히트작(히트곡)이 안 나오는 걸까?'

주위의 내 또래 음악쟁이들은 간단하게 답하며 날 부추겼다.

"곧 이규형이가 이 나라 작사계를 다 말아먹게 될 거야"라고.

그러나 어영부영 또 1년이 지났는데도 히트는 나랑 관계가 없는 단어였다. 그럼에도 불구하고 난 가슴 속에 불타는 야심을 아직 끄지 않고 있었다.

'대한민국 가요발전을 위해서라면 이 한 청춘을……'

이런 해답이 안 보이는 시기의 어느 날 어떤 친구와 우연히 냉커피를 마시게 됐다. 나도 언젠가는 저런 히트곡의 작사를 해내겠다고 생각하는 그런 작품들을 만든 남자였다.

〈잊혀진 계절〉의 작사가 박건호. 그가 나한테 먼저 친절하게 웃으며 반가워 하는 것 아닌가. 아! 이 감격. 그는 음악동네 사람들을 통해서 내 이름을 들었다고 한다. 작사계의 대부는 나에게 좋은 후배가 생겨서 기쁘다고 말했다.

이때다! 난 2년간 가슴 속에 품고 있던 질문을 용감하게 해 버렸다.

"난 왜 히트작이 안 나오죠?"

그가 한참 나와 작품 얘기를 한 뒤 헤어질 때 그런 말을 했다.

"난 작사를 오랫동안 했지만 이규형 씨처럼 풀어헤치는 글은 아직 못씁니다."

쇼크였다. 난 그 여름 날 정동에서 그와 헤어진 뒤 광화문, 경복궁, 비원, 창경원 코스를 뜨겁게 걸으면서 생각해 봤다.

'과연 작사를 계속 해야 할 것인가?'

박건호라는 작사가는 〈잊혀진 계절〉을 쓰기도 했지만 내가 고교시절 최고의 노래로 꼽았던 〈모닥불〉을 썼다고 한다. 그리고 〈단발머리〉, 〈슬픈 인연〉, 〈모나리자〉 등등 히트곡만도 백개 이상이다.

나는 과연 연륜이 쌓인다면 저런 히트곡들을 쓸 수 있을 것인가. 결정적으로 다음과 같은 결론이 난제에 부딪히며 내 고민은 끝났다. 나는 과연 나이를 먹어서 성숙해진다 해도 〈우린 너무 쉽게 헤어졌어요〉를 히트시키면서 〈아! 대한민국〉이란 가사를 쓸 수 있겠는가.

땡!이었다. 게임 끝.

난 거기까지 생각한 뒤 명륜동에서 버스 타고 집에 들어온 날부터 다시 시나리오와 소설을 쓰기 시작했다. 박건호가 있는 동네엔 다시 기웃거리지 않겠다. 때려 죽여도 난 그만큼 좋은 작사가가 될 수 없으니까. 더구나 박건호는 나에게 결정적 해답을 주고 있었다. 내가 작사 능력보다는 풀어헤치는 글(산문) 쪽에 재능이 있다고 기분 나쁘지 않도록 조심스런 언질을 주지 않았던가.

그 후 1년. 나는 〈청춘 스케치〉라는 풀어헤친 작품을 갖고 영화감독으로, 소설가로 1등을 먹게 됐다. 나는 《일본을 읽으면 돈이 보인다》는 책을 썼는데 이런 식으로 얘기하면 〈박건호를 읽으면 인생이 보인다〉라고 말할 수 있다. 내가 소설가로 영화감독으로 성공한 것은 순전히 박건호라는 사람 때문에 잡은 행운이었다. 그래서 난 이 존경스런 대선배에게 내 영화의 노래 부분을 부탁했던 일이 있다.

"좋은 작사를 해 주십시오."

그는 물론 좋은 주제가 작사들로 영화 〈어른들은 몰라요〉를 대히트시키게끔 해주었는데 그때 정말 놀란 것은 '이 양반이 대중가요 작사가가 아니잖아' 하는 의아함이었다. 나뿐만 아니라 많은 사람들, 예를 들면 이장호 감독도 이 영화를 같이 보다가 마지막 장면에 올라가는 어떤 글귀를 보면서 "어! 이거 뭐야?" 하며 깜짝 놀랐다.

그 영화는 외국에 입양가는 아기가 공항을 떠나며 뒤돌아보고 우는 게 라스트 신인데 그 장면 뒤에 바로 다음과 같은 글이 떠오르는 것이다.

태평양 상공에서
단군의 아기가 울음을 떠뜨린다
그것은 마지막 모국어
그냥 울게 내버려 두라

이장호 감독이 물었다.

"야, 규형이. 이 새끼 많이 늘었구나. 이런 멋진 시 어디서 구했니?"

그건 박건호 씨의 시였다. 나는 그의 시 〈단군의 아기〉에서 한 구절을 인용했다. 그 결과 영화는 대박이 났다.

달빛이 차가운 태평양 상공/ 엔진소리만 요란한 미국행 비행기에서/ 양부모를 찾아가는/ 단군의 아기가 갑자기 울음을 터뜨린다/ 그것은 마지막 모국어/ 알 수 없는 분노와 슬픔으로/ 나의 가슴은 찢어지는데/ 무표정한 이방의 승객들은 눈살을 찌푸린다/ 안절부절 못하는 파란 눈의 아가씨야/ 아기를 달래려고 애쓰지 말고/ 그냥 울게 내버려두라/ 네가 물려주는 미국산 우유로는/ 한 방울의 눈물도 씻어낼 수 없느니/ 지금도 방황하고 있을 어느 미혼모와/ 비정한 사나이를 향하여/ 차라리 저주의 기도를 올려라/ 그리고 함께 울어라/ 한반도의 아픔이 흩어지는 태평양 상공/ 날짜 변경선을 지날 무렵/ 우리의 사랑스런 단군의 아기가/ 울다 지친 얼굴로 잠이 든다/ 그것은 체념의 시작/ 파란 눈의 아가씨는/ 비로소 안도의 숨결을 몰아쉬며/ 시계바늘을 돌리고/ 승객들은 다시 눈을 감는데/ 나의 가슴은 갈갈이 찢겨진 채/ 밤바다를 향해 곤두박질한다/ 아무런 죄도 없이 이름을 잊어버린 아이야/ 나는 너에게 무슨 말을 해야 하느냐/ 조국이 멀리 사라져 가는 태평양 상공에서/ 너를 버린 엄마를 생각하며/ 배냇짓하는 아기야

— 박건호의 시 〈단군의 아기〉 전문

그 이후에 난 박건호 씨의 시를 좋아하게 됐다. 그렇다. 박건호 씨는 작사가 이전에 멋진 시인이었다. 나같은 놈이 죽어라고 써도 한 곡을 히트 못시키는 그 어려운 동네에서 그는 대한민국 사상 최대의 히트곡들(양적, 질적 모두)을 만들었다. 그것은 그의 시인으로서의 감각과 사건과 사물을 보는 남다른 날카로움, 거기에 인생에 대한 따뜻한 휴머니즘 위에서 나올 수 있었던 것이다.

대중문화의 한 장르를 석권했던 그는 요즈음 만나면 가사는 안 쓰

고 시 집필에만 전적으로 몰두하고 있다. 이유를 물으면 그는 내가 처음 만났던 날처럼 친절하게 웃으며 답한다.

"난 이규형이처럼 산문을 못쓰니까 열심히 시를 써야지!"

난 그래서 확신한다.

'이젠 히트 작사가 아니라 100편이 넘는 대히트 시들이 탄생하겠구나' 라고.

"여러분! 박건호의 시를 읽으면 여러분의 인생이 보입니다."

노래는 인생이고 시는 예술이다

정 준 형 (자유기고가)

작사 편수 3천곡, 수백 곡이 히트

1999년 말 대중매체들의 단골 메뉴는 단연 '20세기 베스트'에 관한 갖가지 조사 결과였다. 무하마드 알리, 테레사 수녀, 아돌프 히틀러 등과 함께 가장 많이 거론되었던 이름 「비틀즈」. 그들은 지난 한세기는 물론이고 지난 천년을 망라하는 최고의 음악가로 선정되기까지 했다. 바흐와 모차르트보다도 비틀즈는 위대했다? 인간이 생각해낼 수 있는 멜로디는 그들에 의해 거의 다 시도되었다는 말까지도 있지만, 삶과 사랑과 인간에 대한 촌철살인(寸鐵殺人)적인 노랫말이 아니었더라도 비틀즈의 음악이 반세기 동안 이어져 왔을지는 의문이다.

〈예스터데이(Yesterday)〉의 서정성, 〈렛 잇 비(Let it be)〉의 철학적 통찰, 〈컴 투게더(Come Together)〉의 사회지향성에 이르기까지, 그들의 노랫말은 멜로디와 분리해 놓아도 한 편의 훌륭한 시(詩)가 된다.

평범한 일상어를 구사하는 가운데 누구도 흉내낼 수 없는 창의성과 통찰력이 있고, 특별한 기교부림 없이 솔직 담백한 표현 속에 전(全) 시대를 관통하는 보편적 정서가 흐르는 것, 노랫말의 운율(韻律)과 곡의 선율(旋律)이 충돌 없이 결합하여 애초부터 하나인 것처럼 흐르는 것. 팝이든 가요든 우리는 이러한 노래들을 '명곡(名曲)'이라 부른다.

지금도 기억하고 있어요
시월의 마지막 밤을
뜻 모를 이야기만 남긴 채
우리는 헤어졌지요
그날의 쓸쓸했던 표정이
그대의 진실인가요
한 마디 변명도 못하고
잊혀져야 하는 건가요
언제나 돌아오는 계절은
나에게 꿈을 주지만
잊을 수 없는 꿈은 슬퍼요
나를 울려요

가을이 절정에 다다르는 시월 말이면 채널마다 흘러 나오는 이 노래 〈잊혀진 계절〉. 과연 이 노래가 '시월의 마지막 밤'이라는 구절이 없었대도 이십년을 이어올 수 있었을까. '한 마디 변명도 못하고 잊혀져야' 했던 장면이란 누구나 간직하고 있음직한 추억이고, 그것이 '시월의 마지막 밤'으로 인해 보편, 추상을 벗어나 구체성을 띠면서 차츰 절절한 울림을 만들어낸다.

작사가 박건호(朴健浩). 그는 지난 세기 우리 가요사를 정리하는 데 빠져서는 안 될 작사가의 한 명으로 기록되었다. 비록 최다(最多) 작사가 반야월 선생 다음 칸에 이름이 올랐으나, 대부분의 가요계 종사자들이 그들 동시대(同時代) 최고의 작사가로 박건호란 이름을 말하기에 주저하지 않았다. 이미 완성된 멜로디를 조금도 변형시키거나 거스르지 않으면서, 평범한 일상 언어들을 가지고 주제를 새롭게 소화해내는 귀재(鬼才)라고 평가되는 박건호 씨. 그가 노랫말을 붙인 곡이 3천 곡이고 아직도 인구(人口)에 회자(膾炙)되는 소위 히트곡만 해도 수백 편이다.

유행가란 당대의 추억과 더불어 끈질긴 생명력을 갖는 법이다. '이산가족 찾기' 화면 위로 흐르던 설운도의 〈잃어버린 30년〉, 그 사연들에 함께 울고 웃던 시간, 여름날 해변의 캠프파이어에서 박인희의 〈모닥불〉을 부르며 대책없는 낭만으로 빠져 들던 기억, 쓰레기차의 스피커에서 울려 퍼지던 〈아! 대한민국〉에 잠을 깨던 새벽, 이들 기억 중 하나쯤 지니고 있다면 당신은 박건호란 사람의 자장(磁場)에서 벗어나 있지 않다.

호는 '토우(土偶)'

필자의 경우도 예외는 아니다. '우리 대한민국, 아~ 우리 조국, 아~ 영원토록, 사랑하리라' 대목에서 다 함께 원을 만들며 매스게임의 대단원을 이루던 학창시절, 〈단발머리〉를 열창하는 젊은 조용필과 〈그녀에게 전해주오〉를 덤블링하며 외치던 세 명의 소방차 오빠들을 향해 소리지르는 것이 그 답답한 학창시절의 유일한 출구였던 날들, 〈내 인생은 나의 것〉을 따라 부르는 것으로 그나마 반항의 제스처를 취했고, 〈어느 소녀의 사랑 이야기〉를 들으며 풋사랑에 잠을 설치던 밤…….

필자는 이를테면 이런 기억을 공유할 수 있는 세대로서, 작사가 박건호를 만나기 위해 북악산 기슭까지 가는 동안 알 수 없는 민망함에 휩싸여 있었다. 그를 마주하게 되면 왜소하고 유치한 내 지난 모습들을 속속들이 들킨 듯한 기분이 될 것 같아서였다. 그것은 민망함인 동시에 친밀감이었고 경외심 비슷한 감정이기도 했다.

개량 한복을 입고 커피를 거푸 석 잔째 마시고 있는 박건호 씨를 맞닥뜨렸을 때 필자는 적잖이 당황했다. 오랜 투병생활의 흔적이 고스란히 남은 얼굴, 오십의 나이가 버거워 보이는 모습 때문만은 아니었다. 그는 나의 실망을 알아차리기라도 한 듯, 혹은 그쯤은 익숙하다는 듯, 태연자약하게 물었다.

"뭣 때문에 나를 취재하지요?"

그 언젠가
나를 위해 꽃다발을 전해 주던 그 소녀
오늘따라 왜 이렇게 그 소녀가 보고 싶을까
비에 젖은 풀잎처럼 단발머리 곱게 빗은 그 소녀
반짝이는 눈망울이 내 마음에 되살아나네

그는 확실히 서정적 노랫말에서 유추되는 바의 이미지는 아니었다. 그의 아호(雅號)가 '토우(土偶)'라는 것만 알았더라도 조금은 짐작할 수 있었을 것이다. 송수권 시인이 지어준 이 호는 말 그대로 '불가마에서 막 구워낸 토우(土偶)'처럼 생겼다는 의미다.

그 밖에도 사람들이 그를 표현하는 말로 고구마, 두꺼비, 시루떡, 먹도둑놈, 금방 캐낸 감자덩어리 등이 있다. 중요한 것은 그는 그런 자신을 너무도 잘 안다는 것이며, 더욱 중요한 것은 그 자신의 이미지에 얽매이지 않는, 그래서 '토우(土偶)'를 자신의 이름 앞에 즐겁게 내세울 줄도 아는 그의 당당함일 것이다. 하지만 지난 10년간 뇌졸중과 신부전증을 맞아 싸우는 동안 그도 어쩔 수 없이 많이 지쳐 있었다.

문학청년에서 작사가로 변신

박건호 씨는 많은 사람들이 생각하는 이름의 명성과는 다른 삶을 살았던 것이 분명하다. 30년 전 겨울, 강원도로부터 대책없이 상경(上京)한 그는 외투 한 벌 없이 가난했다.

"돈 때문입니다. 먹고 살려고 작사 일을 시작했습니다. 작사란 저에게 있어서 예술도 아니고 행복도 아니었습니다."

그는 본래 문학청년이었다. 누구나 통과의례로 거치는 그런 문학청년 말고, 약관(弱冠)의 나이에 첫 시집을 낸 진짜 시인이었다.

강원도 원주의 고향집이 지방문화재로 지정될 만큼 들썩한 집안의 장남이었지만, 부친의 죽음과 함께 가세(家勢)가 기울어 불행한 소년기를 맞이했다. 대학 진학을 포기한 그가 가진 것이라고는 확신없는 글 재주밖에 없었다.

글을 쓰면서 돈을 벌 수 있는 일은 없을까 찾아다니다가, 가수 지망생이던 친구를 통해 노랫말 쓰는 일이 있다는 것을 알았다. 작사가란 일이 하나의 직업으로서 인정받지도 못하던 시절이었고 그걸 직업으로 삼을 생각도 결코 없던 그였다. 가수라고는 이미자(李美子) 정도나 알까, 종로 1가 르네상스 음악 감상실에서 베토벤을 청해 듣던 문학청년에게 가요계 입문이란 치욕적인 일이었다.

함께 글을 쓰던 한 선배는 그를 다시 안 보겠다는 말까지 했다. 딱 한두 해만 하다가 다시 문학으로 되돌아가리라고 다짐했다. 릴케와 문학편지를 주고 받던 가프스가 작사가가 되었고, 사르트르도 샹송 가사를 썼다는 사실을 위안으로 삼고서야 그는 작사 일에 뛰어들 수 있었다. 친구들과 손을 잡고 친구 아버지의 재정적 도움을 받아 작사와 작곡을 전문으로 하는 조촐한 사무실을 낸 것이 작사가로서의 출발이었다.

'뽕짝'이 주류(主流)를 이루던 당대의 가요계는 학생들로부터 소외당하고 있었으며 학생들은 세미클래식 혹은 통기타 음악에 귀를 기울이고 있었다. 그러한 흐름을 읽은 박건호 씨는 세미클래식적인 분위기의, 학생들이 소풍가서 친근하게 부를 수 있는 노래를 만들고 싶었다. 노래 몇 개를 만들어 가지고 당시 동아방송 DJ를 하고 있던 가수 박인희를 찾아갔다. 박인희 씨는 난데없이 불쑥 찾아와 노랫말을 내미는 치기어린 젊은이에게서 기성작가에게선 볼 수 없는 진솔함을 보았다. 그리고 가사를 읽어내려 가다가 자신도 모르게 멜로디가 읊조려지는 것을 느꼈다.

경험부족이었던 그들은 평균보다 두세 배나 되는 돈을 퍼부으며 열심히 앨범을 만들었지만, 가요계의 선배는 '애들 장난 같다'는 혹평을 내렸다. 이 말을 들은 친구의 아버지는 돈줄을 끊어버렸고 그들은 첫 앨범을 다른 음반회사에 10분의 1 가격으로 넘길 수밖에 없었다.

PR 하나 없이 시중에 나온 박인희 앨범은 1년쯤 지나면서 들불처럼 인기를 얻기 시작했다. 〈모닥불〉이란 노래였다. 박인희의 청아한 음성과 신선한 멜로디, 그리고 기존에 볼 수 없던 간결하고도 서정성 넘치는 노랫말이 있었다.

　　모닥불 피워놓고 마주 앉아서
　　우리들의 이야기는 끝이 없어라
　　인생은 연기 속에 재를 남기고
　　말없이 사라지는 모닥불 같은 것
　　타다가 꺼지는 그 순간까지
　　우리들의 이야기는 끝이 없어라

박건호 씨의 꿈대로 〈모닥불〉은 학생들의 야유회마다 빠지지 않는 노래가 되었지만, 모닥불의 작사가라는 칭호가 그에게 가져다준 건 아무것도 없었다. 작사가라는 명함을 내밀 수도 없는 시절이었다. 작사가에 대한 투자와 처우가 형편없었고 전문 작사가가 발디딜 수 없는 것이 가요계의 풍토였다.

최초의 전속(專屬) 작사가

갈 곳 없이 떠돌던 그는 우연찮게 신인가수 방주연의 〈기다리게 해놓고〉를 작사하게 되었다. 이 노래의 호응이 좋아, 오아시스레코드사의 사장이 그에게 관심을 갖고 가사 몇 편 써서 가져와 보라고 했다. 그리고 그가 부랴부랴 써간, 곡도 붙여지지 않은 노랫말들을 즉석에서 현찰로 사주었다. 그런 대접이 전무후무(前無後無)한 일이란 사실엔 관심도 없었고, 우선은 돈을 손에 쥐었다는 사실이 감격스럽기만 했다.

다음으로 〈내 곁에 있어주〉가 빅히트하자, 지구레코드사에서 월급을 보장해 주겠다며 전속을 제의했다. 일개 작사가에게 레코드사 전속(專屬)이란 최초이자 의미있는 사건이었다. 박건호 이전에는 작사만 해서 먹고 살 수 있는 사람은 아무도 없었다는 얘기다. 남진의 〈무엇하러 왔니〉, 박인희의 〈끝이 없는 길〉, 정종숙의 〈새끼 손가락〉, 허림의 〈인어 이야기〉 등이 속속 좋은 반응을 얻었고, 작사가 박건호는 음반 기획자로까지 자신의 위상을 높이기에 이르렀다.

"그때까지도 작사가란 내게 돈벌이 이상은 아니었죠. 나는 여전히 문학으로부터 유배 생활을 하고 있다고 생각했습니다. 1975년도 〈내 곁에 있어주〉가 MBC 최고인기가요로 선정되어 시상식에 나가게 됐는데, 나는 양복이 없다는 이유로 불참했지요. 사실 진짜 이유는 딴데 있었던 것 같습니다. 누가 날 알아보면 어쩌나. 나는 시인이 될 사람이고 곧 여길 탈출할 사람인데 누군가 알아보고 비웃으면 어쩌나……."

누구나 가요를 따라 부르면서도, 가요 종사자들을 딴따라고 천대하던 문화 귀족주의의 시대가 그를 은둔자로 살게 했던 것이다. 그때까지도 그는 자신의 천부적인 자질을 제대로 깨닫지 못했던 것 같다. 경제적으로도 크게 나아진 것은 없었고, 그는 무언가에 정신없이 떠밀려가는 느낌으로 살았다. 지구레코드사를 나와 프리랜서로 일하려던 중에 작곡가 이범희 씨를 만났다.

편곡자로 일하던 그에게 박건호 씨가 본격적인 작곡 활동을 권했고, 두 사람은 장은아의 〈고귀한 선물〉, 〈이 거리를 생각하세요〉 등을 시작으로 훗날 많은 작업을 함께 하게 된다. 그 무렵 신장염이 도져 앓아 누워 있다가 나와 보니, 예전에 노랫말을 붙여뒀던 〈잊혀진 계절〉이란 노래가 폭발적인 인기를 누리고 있었다.

레코드사에서 보너스는 물론 거액의 전속금을 안겨줬고, 그 돈으로 집도 사고 결혼도 했다. 먹고 살 만해지자 그제야 '이거 직업이구나, 내가 작사가구나' 하는 감이 조금은 왔다. 그에게 발라드의 시대 1980년대가 화려하게 열리고 있었다. 〈잊혀진 계절〉이 붙여준 가속도에 힘입어 그는 유명세와 돈벌이와 망각의 고속도로로 접어들었다. 한두 해만 하고 그만두리라던 다짐 같은 건 잊고 싶었고 잊혀져 갔다. 자신이 고속도로를 타고 있다는 것조차 몰랐겠지만, 한 번 탄 고속도로를 빠져 나오기란 쉽지 않은 일이었다. 급기야는 기계에 탈이 나고야 만 1989년까지 그의 질주를 막을 자는 아무도 없었다.

박건호 에세이 · 나는 하수이며

원하는 것은 무엇이든 얻을 수 있고
뜻하는 것은 무엇이든 될 수가 있어
이렇게 우린 은혜로운 이 땅을 위해
이렇게 우린 이 강산을 노래 부르네
아~ 우리 대한민국
아~ 우리 조국
아~ 영원토록 사랑하리라

〈잊혀진 계절〉에 이어 〈아! 대한민국〉이 히트하면서 빅히트 뒤엔 빅히트 없다는 징크스조차 그에 의해 깨졌다. 정수라, 민해경, 소방차, 나미 같은 스타들이 탄생하는 데 그의 이름이 빠질 때가 없었고, 예전과 달라진 그는 시상식 무대에 오르는 데도 익숙해졌다. 열 편 이상 청탁이 쇄도하는 날도 있었고, "어 내가 히트했나" 하고 좋아할 새도 없이 바로 다음 작업에 착수해야 할 정도였다. 앉은 자리에서 줄줄 써 내려가는 건 물론, 수화기에 대고 생각나는 대로 불러준 적도 있었다고 한다.

노랫말은 청각적(聽覺的) 언어

"가사는 내용도 중요하지만 입으로 퉁겨져 나올 때 제3의 살아 있는 생명을 갖는 것입니다. 예를 들어 '꽃'은 그 이미지와는 달리 말로 튀어나오면 화살을 '꽂'는 느낌이 되어버리지요. 시는 생각할 시간을 주지만 노래는 휙휙 지나가는 가운데 느낌을 남겨야 하기 때문에, 시각적 언어가 아닌 청각적 언어를 선택해야 하는 것입니다."

그는 '노랫말은 3분 드라마'라고 말했다. 몇줄 안에서도 엄연히 스토리가 전개되어야 하고 자신의 이야기처럼 느끼게 해야 한다는 것이다. 그렇다고 설명해서는 안 된다. 객관적인 눈으로 자신을 볼 줄 알게 되고 타인의 마음을 진심으로 이해하게 되면 감동적인 말들이 저절로 나온다. 관념적, 추상적인 표현은 피하고, '시월의 마지막 밤', '명동성당 근처에서 쓸쓸히 헤어졌네', '토요일은 밤이 좋아'처럼 구체적으로 표현한다. 무엇보다 중요한 것은 멜로디를 떠나서 생각하지 않는다는 것이다. '안녕', '사랑해' 같은 흔해빠진 말도 어떤 멜로디와 어떻게 만나느냐에 따라 전혀 다른 감흥으로 느껴지게 하는 것. 이런 것들이 작사가 박건호의 스타일이자 히트의 비결이 아닐까.

"어떻게 하면 히트하는지는 지금도 잘 모르겠네요. 물론 한때는 히트의 맛을 알게 되면서 유행하는 언어, 감각적인 언어에 집착했던 적도 있었습니다. 하지만 감정이 살아나지 않았고 언어 유희 속에 내 자신이 지쳐가는 느낌이었지요."

'언어를 아예 잊어버리자'고 생각한 그는 부탁받은 대로 적당히 가사를 써주고 적당히 삶을 즐겼다. 사랑을 하면 사랑에 대해 썼고 외로워지면 외로움에 관하여 썼다. 병을 앓으면서는 정형률(定型律)의 구속조차 벗어 버렸다. 그렇게 스스로에게 솔직해지면서 차츰 깨달았다.

"있는 건 있다 하고 없는 건 없다고 하는 것, 아는 건 안다 하고 모르는 건 모른다고 하는 것, 그게 바로 대중성(大衆性)인 것 같습니다. 저는 작곡가와 가수가 가사에 이의를 제기하면 어지간한 건 받아들였습니다. 작사를 예술로 생각하지도 않았지만, 작곡가부터 이해하지 못한다면 대중들도 이해 못 할 거라고 생각했기 때문입니다. 베토벤도 제9교향곡의 전주(前奏)를 청중 한·사람의 요청에 의해 바꾼 적이 있다지요."

저항가요가 있으면 애국가요도 있어야

어찌 보면 그는 색깔이 없다는 소리를 들을 법도 하다. 그는 예컨대, 〈아! 대한민국〉과 〈토요일은 밤이 좋아〉를 동시에 써낼 수 있는 사람이요, 〈잃어버린 30년〉과 〈빙글빙글〉을 함께 히트시킬 수 있는 사람이다. 용의주도함이라기보다는 그게 그의 체질이다.

〈아! 대한민국〉이 히트칠 당시, 세간의 평가는 엇갈렸다. 정권에 대한 거부감으로 예민해 있는 사람들에게 '원하는 것은 무엇이든 얻을 수 있고, 뜻하는 것은 무엇이든 될 수가 있어' 라는 노랫말은 상당한 반감(反感)을 불러 일으켰다. 하지만 그는 아부를 목적으로 한 적도 없고 국가와 정권을 혼동한 적도 없다고 말한다.

우리 대한민국이 이렇게 멋진 나라라면, 하는 진심어린 소망으로 흥분하며 이 노래를 썼다는 것이다. 대중가요에 '대한민국' 이라는 단어를 집어넣은 것도 그만이 할 수 있는 일이었다. 하지만 결과적으로 〈아! 대한민국〉은 저작권에 무지한 관료들에 의해 누구나 무료로 사용할 수 있는 노래로 지정되었고, 제2의 애국가처럼 고리타분해졌다. 그래도 그는 계속해서 88올림픽 노래 , 엑스포 노래, 아시안게임 노래 등을 써 왔다.

"건전가요가 뭐가 나쁩니까? 건전가요라는 명칭이 문제지……. 저속하면 저속하다고 야단이고 건전하면 건전하다고 타박하나요. 저항하는 노래도 있고 애국하는 노래도 있을 수 있지요."

88올림픽이 끝나고, 그는 뇌졸중으로 쓰러졌다. 첫 번째 뇌졸중으로 수족(手足)마비와 언어 장애가 덮쳤고, 두 번째 뇌졸중으로 시(視)신경까지 고장났다. 뇌졸중이 어느 정도 회복되자 만성신부전 말기 진단이 내려졌다. 다행히 1989년부터 저작권 문제가 해결되어 상당한 액수의 저작료가 지급되는 덕에 먹고 사는 문제에서는 해방될 수 있었다. 정신없이 살아온 날들이 다 헛되이 느껴진 그는 잊었던 꿈을 떠올렸다. 병상에서 그는 열심히 시를 썼다.

신장 이식수술을 받아가면서도 열심히 썼다.

"왜 시를 쓰십니까?"

"작사가라고 시를 쓰지 말란 법은 없으니까요."

들리지 않는 귀로 마지막 교향곡을 작곡한 베토벤, 보이지 않는 눈으로 《실락원》을 쓴 밀턴의 예를 들지 않더라도, 때로 가혹해 보이는 운명은 예술가에게 오히려 필연적인 것일 수가 있다. 태생적으로 병약한 육체는 끊임없이 그로 하여금 글을 쓰게 만들어 주었다. 그의 말대로 '건강했다면 지금과는 전혀 다른 사람이 되었을 것'이다.

'순졸미(純拙美)의 시인 / 주홍글씨처럼

중학교 1학년 때 그는 아버지의 죽음을 겪었다. 장남이었지만 아버지의 영정 앞에서 곡(哭)을 하지 않아 불효자란 소리도 들었다.

억지로 곡소리를 짜낼 수 없었던 대신, 그의 가슴 속은 시커멓게 타들어갔다. 본래 약한 몸을 타고 나긴 했지만, 그 후로 점점 몸이 쇠하여 1년 휴학까지 했다. 병상에서 그는 미처 밖으로 내뱉지 못했던 그 안의 생각들을 되는 대로 끄적여 나갔다. 그게 왠지 모르게 시라는 형식으로 표출되었다. 그의 습작들을 본 학교 선생님이 '시에 소질 없다'는 가혹한 말을 던졌을 때, 그는 진짜 시를 쓸 수 있을 것 같은 용기를 얻었다. 국내외 명시(名詩)란 명시는 모조리 외웠고 문학에 달뜬 친구들과 서클을 만들어 열심히 시를 주고 받았다.

까까머리 학생 신분으로 첫 시집을 낼 적에는 당돌하게도 미당 서정주(未堂 徐廷柱) 시인을 찾아가 서문을 부탁하기도 했다. 미당은 그를 이렇게 회고한다.

"하루는 어느 애송이가 예고도 없이 불쑥 찾아와서 '시집을 내려고 하는데 선생님께서 서문을 지어주시면 은혜를 잊지 않겠습니다.' 하고 원고뭉치를 내미는데 얼떨결에 한 번 읽어보겠노라고 대답하고 돌려보낸 뒤 그의 작품을 몇 개 살펴보니 상당한 수준이어서 막걸리라도 한 잔 먹여 보내려고 탕발인 채 급히 쫓아나가 보니 애송이 녀석은 이미 온데 간데 없더라."(시집《고독은 하나의 사치였다》중에서)

하지만 그는 작사가가 되었다. '노래는 인생이고 시는 예술'이라고 그는 말했다. 하지만 그 두 길이 전혀 제각각의 길은 아니라는 생각이 든다. 그가 작사가의 길로 나아간 것은 그가 우기는 것처럼 '생활'의 문제만은 아니었을지도 모른다. 그 근본이 시가(詩歌)의 형태이고 시가의 형태로 존재할 수밖에 없는 시의 운명과도 무관하지 않아 보인다. 그의 노랫말과 시들을 비교해 보면 그런 생각이 든다.

"내가 굴렁쇠를 굴리면/ 네가 감기어서 굴르고/ 네가 고무줄을 뛰면/ 내가 묻어서 뛰고"(〈헛바퀴만 돈다〉중에서)

"아직도/ 제가 가진 것은 시뿐이라/ 죄송합니다"(〈무제〉중에서)

"윗주머니/ 아랫주머니/ 겉주머니/ 속주머니/ 다 뒤져도 줄 것이 없어/ 가슴을 꺼내준다"(〈선물〉중에서)

작가 마광수(馬光洙)는 그의 시에 대고 '순졸미(純拙美)'라는 말을 했다. 시적 수공(手工)의 흔적이나 의도적 작의(作意)가 보이지 않는 점, 억지로 변조되고 날조된 감상이 아니라 티없이 순수하고 치기어린 감상이 그대로 태연스럽게 노출되어 있는 점, 이런 점들은 추사 김정희(秋史 金正喜)의 치졸해 보이는 글씨가 완벽한 필법(筆法)을 구사하는 한석봉의 글씨보다 한 수 위에 드는 것과 통한다는 것이다. 그의 시는 사람과 너무하다 싶을 정도로 똑같아서 소박하고도 투명하다. 시를 사치로 아는 댄디즘(Dandyism)류가 아닌가 오해받을 소지가 크지만, 그는 절대로 '멋부린' 시를 못 쓴다. 문학 이론, 사조, 문단의 관행 등에 대해서도 그는 관심이 없다. 단지 시를 쓰고 시로 살고 싶었을 뿐이다. 주홍글씨처럼.

"크게 앓고 나서는 진짜 시인이 되고 싶어서 시화전, 시낭송회도 열심히 쫓아다녔고 한국문인협회에도 가입했지만 사람들은 여전히 나를 작사가라고 부르더군요."

일곱 권의 시집과 세 권의 수필집을 냈지만 문단의 반응은 냉담하기만 했다. 멜로디를 탈출한 그의 언어들은 힘이 없었고, 작사가란 꼬리표는 주홍글씨처럼 그를 따라다녔다. 글쟁이들의 따뜻한 '동네'를 꿈꾸던 그를 기다리고 있었던 것은 비슷한 처지끼리 명분을 만들어 패거리를 형성하고 권위 있는 자가 군림하는 풍경, 문예지별로 등단 시인들끼리 만들어 온 배타적인 질서일 뿐이었다.

노천명(盧天命)의 시 〈남사당〉을 읽고 그녀를 알지도 못하는 시인 몇몇이 모여 축배를 들었던 신문학기(新文學期)의 낭만을 기대한 것은 그의 시대착오였다. 어느 문학인 모임에 갔다가 '문학에 대한 순수성을 잃어버리고 현실과 타협한 인간'이라는 질타를 받으면서 그는 생각했다.

"나는 현실과 타협한 적이 없다. 사람들이 좋아하고 행복해 하는 일을 했을 뿐이다. 어쩌면, 내가 썼던 가사들이 진짜 시였던 것은 아닐까."

신세대 노래는 파괴가 아니라 창조
얼마나 세월이 흘러야
저 바다가
산이 되려나
또 저 산들이 바다가 되면
그 모두가 행복하려나

이제 얼마나 더 바보인 척하고 있어야

속인 자는

자신을 알까

– 밥 딜런의 〈블로잉 인 더 윈드(바람만이 아는 대답)〉 중에서

미국의 팝 아티스트 밥 딜런이 노벨문학상 후보에까지 올랐다는 사실은 그에게 희망을 주었지만, 한국이라는 현실에서 그는 절망했다. 그는 다시 문단의 이방인(異邦人)이 되어 가요계를 그리워하게 되었다. 그의 삶에서 정작 본론(本論)은 작사하는 삶이었고 그때가 행복이었다는 걸 깨달았다. 하지만 그 사이 10년이 흘러 버렸다.

세대 교체의 바람에 뿌리째 흔들린 가요계에서 의지와는 무관하게 많은 가요 작가들이 도태되어 갔다. 작사가 박건호도 그들 중 한 명으로 잊혀지고 있었던 것이다. 단지 공백기의 길이만으로 그가 도태되었다고 말할 수는 없을 것이다. 그는 마치 오랜 여행에서 돌아와 짐을 푸는 사람처럼 "다시 작사를 할 겁니다"라고 말했던 것이다. 그러면서 익숙한 노래 한 곡을 들려주었다. 테크노 리듬으로 편곡된 〈아! 대한민국〉이었다. 그의 작품들을 새롭게 편곡해 모은 〈히트곡 100선〉 앨범을 제작 중인데 거기 들어갈 노래 중 하나라고 한다. 시대 감각에 맞게 편곡된 〈아! 대한민국〉은 예전과는 다른 새로운 느낌으로 다가왔다.

"물론 나는 발라드 세대이지만, 요즘은 랩도 테크노 음악도 듣습니다. 테크노 바에도 가봤지요. 테크노란 그리 새로운 게 아니거든요. 옛날엔 노래란 처음, 중간, 끝이 있어야 한다는 고정관념이 강해서 멜로디나 리듬을 계속 반복하는 게 불가능했지요. 듣기 좋은 멜로디나

리듬을 반복적으로 연주하려는 시도는 옛날에도 있었습니다. 그게 발전한 형태가 요즘 테크노라는 거 아닙니까. 장르에 구애받지 않는 신세대의 자유로움이 부러울 때가 많습니다. 1백명 중에 20~30명이 스테이지에 나와 춤을 췄던 것이 우리 세대라면, 1백명이면 1백명 스테이지 구분없이 다 나와 춤을 추는 것이 요즘 세대지요. 자기 표현에 적극적인 모습은 참 보기 좋습니다."

세대간의 괴리가 어느 때보다 커져 버린 가요계 실상에 대해 그는 조금도 우려하는 기색이 없었다. 오히려 자연스러운 현상이라고 했다. 신세대 가요의 가벼운 가사와 언어 파괴적 경향에 대해서도 그는 너그러움을 보였다.

"정해진 길을 만들어 놓고 가라고 하면 누구나 옆길로 새고 싶은 것이 사람의 본능입니다. 특히 젊은 세대가 남들이 안 쓰는 말을 쓰고 싶은 것은 당연한 욕구지요. 이탈(離脫) 욕구라고 할까요. 우리 기성 세대는 그걸 파괴가 아니라 새로운 창조로써 인정해 줘야 합니다. 언어는 약속이지만 바뀔 수도 있는 약속입니다. '요즘 노래는 노래 같지도 않다' 하는 말은 어느 시대에나 있어 왔습니다. 〈모닥불〉 같은 착한 노래도 그런 소리를 들었던 때가 있었으니까요. 가요란 그런 식으로 발전하는 것입니다."

음악의 템포는 사람의 맥박수를 따른다는 말이 있다. 나이 많은 사람은 세월이 빨리 가는 게 아쉬워 되도록 느린 음악을 선호하지만 젊은 세대는 세월이 답답해 빠른 음악을 찾는다는 말도 있다. 구세대가 랩이나 테크노를 감정적으로 좋아할 수 없는 것은 당연할 수 있지만 부정해서도 안 된다는 게 그의 생각이다. 마찬가지로 신세대들도 구세대의 취향을 무시해선 안 되는 것이다.

"특히 요즘 세대들은 멜로디의 아름다움을 잊어가고 있는 것 같아 아쉽습니다. 멜로디에만 집착하는 것도 문제지만 비(非)멜로디적인 것에 집착하는 것 또한 똑같이 문제라고 봅니다. 아름다운 선율은 구태의연한 낭만에 불과한 것이 아니라 인간의 따뜻한 본성을 일깨워주고 순수하게 만들어 줍니다. 진정한 새로움이란 과거의 것을 부정하는 게 아니라 과거의 것도 인정하는 토대 위에서 이루어지는 게 아닐까요. 구세대가 한때는 자신도 신세대였다는 걸 기억하고, 신세대 역시 자신도 언젠가는 늙는다는 걸 새겨 듣는다면 세대간의 소통은 그리 어려운 일이 아닐 텐데요."

박건호 씨는 올 봄부터 다시 활동을 시작할 생각이다. 모든 세대를 망라하는 전천후(全天候) 취향의 가요를 만들겠다고 한다.

"시대가 바뀌었는데 노랫말도 바뀌어야죠."

"결국엔 사랑밖에 없지요."

나 오직 그대를 사랑해

그 사랑 변하지 마오

우린 비밀이 없어요

꿈과 사랑을 나누어요

그대는 나의 인생(인생)

아직은 아쉬움도 있지만

그대는 나의 인생(인생)

우리는 선택했어요

　　　– 〈그대는 나의 인생〉 중에서

박건호, 그의 노랫말의 테마는 시종일관 '사랑'이었다. 사람들은 유행가 가사의 사랑 타령이 지겹다고들 말한다. 그러다 사랑에 빠지면 유행가를 주절거리고 실연(失戀)이라도 하면 유행가에 우는 게 사람들이다.

어쨌거나 사랑은 시대를 초월하는 테마이고 박건호 씨의 작품들이 오래 살아남는 이유이기도 하다. 그는 '무작정 당신이 좋아요'라고 주저없이 쓱 말해 버리기도 하고 '나는 그대 잔 속에서 찰랑대는 술이 되리라'고 끈적끈적하게 다가오기도 한다. 사랑의 설레임과 기쁨, 고통과 회한, 사랑의 깊고 얕은 면들을 한 손에 쥐고 주무르는 그이지만, 실상은 연애 경험도 별로 없고 숫기도 없는 남자였다고 한다.

결혼도 서른 다섯이 돼서야, 석 달 연애 끝에 부랴부랴 해치운 멋없는 사내다.

"삶에서 사랑 말고 달리 빠질 길이 있나요. 한 때는 사랑, 이별, 눈물 같은 것들이 너무 시시해 철학적이고 비판적인 가사를 소화되지도 않은 채로 쏟아내기도 했지만, 그건 나 혼자만의 독백일 뿐이었지요. 결국은 사랑으로 되돌아올 수밖에 없었습니다."

진짜 사람이 사람을 좋아하는 시대, 사랑을 소재로 했다고 해서 시대나 사회세태와 무관할 수는 없을 것이다. 관계부처로부터 저속한 내용이나 비탄조(悲嘆調)의 노래는 만들지 말라는 행정지시가 내려져 한 동안 '고향' 노래만 무더기로 쏟아져 나오던 시절도 그리 오래 전이 아니다. 사랑을 표현하는 데도 얼마나 많은 억압이 있었고 얼마나 많은 극복이 있어 왔는가.

박건호 씨도 예외는 아니다. '누군가의 품에 안겨서' 정도의 가사를 '누군가를 사랑하면서'로 바꿔 쓰면서, 그도 심의에 대한 노이로제에 시달리면서 작사를 했다. 표현의 자유로움에 대한 갈구는 '나는 네가 좋아서 순한 양이 되었지. 풀밭 같은 너의 가슴에 내 마음은 뛰어놀았지'(〈내 곁에 있어주〉 중에서) 같은 은유적 표현으로 표출되기도 했다. 사랑이란 그 본질이 이기적인 것이라고 그는 여겼다. 〈잊혀진 계절〉은 이별의 아픔이라기보다 과거의 연인에게 그럴 듯한 추억으로 남고 싶은 이기심을 담은 노래이고, 〈그대는 나의 인생〉이란 노래는 '꼭 사랑해서 결혼하는 건 아니다'라는 부정적인 생각에서 출발해 쓴 것이다.

"내가 과연 진짜 사랑을 알았던가요. 결국은 모조리 내가 나를 사랑한 얘기들 아니었나 싶네요. 그래도 그 시절엔 진짜 사람이 사람을 좋아하는 노래가 있었는데, 요즘은 사랑 노래라고 하는 것들이 그저 성적(性的)인 관심 아니면 이성에 대한 호기심 정도에 머무르는 것 같습니다."

'몰라, 왜 내가 흔들리는지 그대가 싫어진 것도 아닌데', '사랑했으니 책임져' 하는 노래들이 이 시대의 연가(戀歌)라고 한다면, 아무리 신세대와 보폭(步幅)을 맞추려고 노력하는 그이지만 불만이 있을 법도 하다. 그는 노래가 아쉬운 것이 아니라 '진짜 사람이 사람을 좋아하는 시대'를 그리워하는 것 같았다.

신장 이식수술 후 '큰 사랑'에 눈 떠 5년 전 그는 비로소 '내가 나를 사랑하는' 사랑을 넘어선 큰 사랑을 발견했다. 아니, 그 사랑으로 인해 다시 태어났다. 만성 신부전 말기로 죽음 직전에 이르렀을 때 생판 모르는 한 청년으로부터 장기기증을 받고 회생(回生)했던 것이다. 「사랑의 장기기증본부」를 통해 자신의 신장을 내놓은 스물다섯 살 박정환이라는 청년이었다. 수술 직전 그는 두려움 없는 눈으로 "건강을 찾으시고 좋은 일 많이 하세요"라고 말했다.

　그가 붙여준 콩팥의 무게 때문에, 박건호 씨는 날마다 어떻게 살아야 할까 곰곰이 생각하며 살게 되었다. 그의 권유대로 교회에도 나가고 가스펠도 작사했다. 자신의 가사가 성경 구절과 똑같지 않다는 이유로 거부당하면서도 노력했다. 하지만 주일마다 교회에 나가기에는 그는 삶의 너무 많은 이면을 알아버렸고 너무 자유로웠고 자신에게 너무 솔직했다. 비록 독실한 신자는 되지 못했지만 더 큰 사랑을 발견한 것으로 그는 행복하다.

　비틀즈가 '네 손을 잡고 싶어(I want to hold your hand)' 하는 발랄한 사랑으로부터 '삶 속에서 너희들을 더욱 사랑할 거야(In my life)' 하는 다의적(多義的) 사랑으로 나아갔듯이, 그의 다음 연가(戀歌)는 어떤 사랑을 보여줄지 몹시 기다려진다.

　고교시절 흥사단 단우이기도 했던 그는 여전히 도산 안창호(島山 安昌浩)를 존경하는 인물로 꼽는다. 안창호의 지식은 치열한 삶 그 자체에서 얻은 지식의 원판, 살아있는 지식이라는 것이다. 그 역시 살아있는 언어로 진정한 삶의 가치를 일깨울 수 있는 글을 쓰고 싶다고 했다.

　저승 입구까지 보고 온 그가 삶으로부터 추출해낸 살아 있는 언어들을 곧 우리는 보게 될 것이다. 시든 노래든, 발라드든 테크노든, 그 형식은 아무래도 상관없을 것이다.

　"지금까지 내가 쓴 것들을 다 잊어버리려고 합니다. 노랫말을 만드는 사람은 자기가 만든 걸 버릴 줄 알아야 합니다. 박건호란 이름을 버리는 겁니다. 사람들은 저에게서 옛날 노래들을 떠올릴 뿐이니까요."

자리를 뜨기 전에 그가 크게 소리내어 웃는 것을 들었다. 차분한 어조와는 달리 어린 아이처럼 씩씩하고 꾸밈없는 웃음이었다. 웃음 소리 하나만으로도 자신을 다 드러내 보여주는 사람, 박건호는 그렇게 자신을 텅 비워놓고 산다. 시간이 지나도 늘 그 자리에 있고 누구든 쉬어 갈 수 있고 무더기로 앉아도 버틸 수 있는 '빈 의자' 같은 사람이다.

서 있는 사람은 오시오
나는 빈 의자
당신의 자리가 돼 드리리다
피곤한 사람은 오시오
나는 빈 의자
당신을 편히 쉬게 하리다
두 사람이 와도 괜찮소
세 사람이 와도 괜찮소
외로움에 지친 모든 사람들
무더기로 와도 괜찮소
　　　－〈빈 의자〉 중에서

※ 이 글은 『월간조선』에 발표된 것을 재 수록한 것이다.

나는 허수아비

지은이 / 박건호
발행인 / 김재엽
발행처 / **한누리미디어**
디자인 / 지선숙
일러스트 / 장재남

110-816, 서울시 종로구 부암동 185-5번지 4층
전화 / (02)379-4514, 379-4519
Fax / (02)379-4516
E-mail/hannury2003@hanmail.net

신고번호 / 제300-2006-61호
등록일 / 1993. 11. 4

초판발행일 / 2007년 1월 1일

ⓒ 2007 박건호 Printed in KOREA

값 10,000원

ISBN 89-7969-299-4 03810